HEYNE <

Das Buch

Der 12-jährige Bobby stiehlt sich eines Nachts in einen Wasserpark, um die Delfine zu besuchen. Dabei gerät er in eine Befreiungsaktion militanter Tierschützer. Sein Onkel, der Anwalt Steve Solomon, kommt gerade noch rechtzeitig, um einen der Aktivisten zu stellen. Daraufhin übernimmt Steve die Verteidigung des Festgenommenen, den man beschuldigt, für den Tod seines Komplizen verantwortlich zu sein. Der Haken an der Sache: Steves Lebensgefährtin Victoria wird überraschend für die Anklage als Staatsanwältin vereidigt. Dass das ungleiche Anwaltspaar auf unterschiedlichen Seiten steht, führt zu vielen rasanten Wortgefechten, bei denen die Funken nur so sprühen.

»Levine schreibt die witzigsten Gerichtsthriller, die man je gelesen hat.« *Carl Hiaasen*

Die Autorin

Die Autorin, eine erfolgreiche Anwältin, wurde mit den Jake-Lassiter-Romanen in den USA berühmt und ist auch in Deutschland durch ihre Drehbücher zur Erfolgsserie »JAG – Im Namen der Ehre« bekannt. Ihre *Solomon-vs.-Lord*-Krimis wurden für mehrere renommierte Preise nominiert. Vor ihrer Karriere als Autorin arbeitete sie viele Jahre lang als Anwältin. Sie lebt mit ihrer Familie in Kalifornien.

Lieferbare Titel

Liebe Lebenslänglich
Liebe auf Bewährung
Liebe auf Verdacht

Polly Levine

Liebe ohne Alibi

Roman

Aus dem Amerikanischen
von Silvia Kinkel

WILHELM HEYNE VERLAG
MÜNCHEN

Die Originalausgabe TRIAL & ERROR / 04 SOLOMON VS. LORD
erschien bei Bantam Dell,
a division of Random House, Inc. New York

FSC
Mix
Produktgruppe aus vorbildlich bewirtschafteten Wäldern und anderen kontrollierten Herkünften

Zert.-Nr. SGS-COC-1940
www.fsc.org
© 1996 Forest Stewardship Council

Verlagsgruppe Random House
FSC-DEU-0100
Das für dieses Buch verwendete
FSC-zertifizierte Papier *Holmen Book Cream*
liefert Holmen Paper, Hallstavik, Schweden.

Vollständige deutsche Taschenbuchausgabe 09/2009

Printed in Germany 2009
Umschlagillustration: © Pando Hall / Digitial Vision / Getty Images;
© Angelo Cavalli / Tips / Picture Press
Umschlaggestaltung: © Eisele Grafik-Design, München
Satz: KompetenzCenter, Mönchengladbach
Druck und Bindung: GGP Media GmbH, Pößneck
ISBN: 978-3-453-40616-2

www.heyne.de

Eins

Aufrecht laufen

Kurz nach zwei Uhr morgens. Steve Solomon jagte die Kaimauer entlang, um sich den Kerl auf dem Jetski zu schnappen.

Schwarzer Neoprenanzug. Schwarzer Helm. Dunkles Visier. Darth-Vader-Look.

Der Typ zeigte Steve den Stinkefinger und gab Gas. Der Jetski schoss los, hob ab, landete klatschend wieder auf den Wellen und röhrte in Richtung Biscayne Bay davon.

»Halt ihn auf, Onkel Steve!«

Bobby spornte ihn an. Steve hatte seinem zwölfjährigen Neffen zwar befohlen, auf dem Dock zu warten, aber der Junge lief ihm nach.

»Du kriegst ihn!«

Sicher, Kiddo. Überlass es nur mir, die Bösen zu schnappen, die Delfine zu schützen und die Welt zu retten.

Der Viertelmond hing wie eine Sichel über der Bay. Im Cetacean Park hätte es jetzt eigentlich ganz still sein müssen. Das Wasser im Kanal sollte sich sanft in der feuchten Brise kräuseln, die Luft nach Salz und Tang riechen. Stattdessen knurrte der Jetski wie eine wütende Bestie und fauchte ölige Abgase ins Kielwasser.

Steve legte einen Zahn zu. Als Kind war er der schnellste jüdische Läufer im Pine Tree Drive gewesen, wo es zugegebenermaßen mehr Versager als Sprinter gab.

Ihm blieb nur eine Chance, um den Burschen zu schnappen. Die Fahrrinne verlief knapp 300 Meter weit geradeaus, bevor sie nach rechts abknickte und nach weiteren 200 Metern ins offene Meer mündete. Wenn er abkürzte und quer über die freie Fläche lief, konnte er den Jetski an der Mündung abfangen.

Steve warf einen Blick über die Schulter. Bobby war stehen geblieben. Vielleicht, weil ihm die Puste ausgegangen war, vielleicht, weil er verspätet doch noch gehorchte.

Steve lief aufrecht, mit geradem Rücken, die Schultern locker, der Kopf ruhig. Auf kurzen Strecken war er kaum zu schlagen. Beim Baseball an der Uni von Miami war er der Spezialist für den Sprint zur nächsten Base gewesen. Läppische dreißig Meter. Doch auf Langstrecken war er eine Niete. Keine Ausdauer fürs Training, nicht leidensfähig genug. Bevor er Victoria kennenlernte, war er auch im Privatleben ein Sprinter gewesen. 100 Meter Kurzstreckenläufe, 100 Tage Kurzzeitbeziehungen.

Er flog förmlich, und seine Füße berührten kaum den Boden. Mit einem Satz sprang er über einen herumliegenden Ast. Ein rascher Blick zu dem Kerl auf dem Jetski. Steve bemerkte das Tauchermesser in einer Scheide über dessen Fußgelenk. Er kalkulierte Zeit und Entfernung – und die möglichen Verletzungen.

Stichwunde, Gehirnerschütterung, Ertrinken.

Sie würden die Mündung gleichzeitig erreichen.

An der Uferböschung stieß sich Steve mit dem Fuß ab. Er stürzte ins Leere. Mit ausgebreiteten Armen flog er auf den Mann mit dem Jetski zu und dachte ...

Was zum Teufel tue ich hier?

Zwei

Vom Bett zur Bay

Eine Stunde bevor er in die Dunkelheit über der Biscayne Bay sprang, hatte sich Steve noch in der Löffelchen-Position an seine Freundin und Kanzleipartnerin Victoria Lord geschmiegt. Ihr Haar hatte ihn an der Nase gekitzelt, ihr Duft seine Träume versüßt. Bis ihn das Telefon aus dem Schlaf riss. Wade Grisby vom Cetacean Park.

Victoria regte sich, als Steve seine Hurricane Running-Shorts und das T-Shirt mit dem Spruch *»Was, wenn es doch nur um das Eine geht?«* überstreifte.

»Bobby«, flüsterte Steve. Mehr war nicht nötig.

Victoria drehte sich um, ihr blondes Haar fiel wie ein Fächer über das Kissen. »Delfine oder Sterne?«

Steve wusste, was sie meinte. Bobby war schon mal nachts ins Planetarium eingebrochen, als ein Meteoritenschwarm angekündigt war. Und in letzter Zeit war der Bursche ein paar Mal ausgebüxt, um mit den Delfinen in Key Biscayne zu spielen.

Steve strich Victoria über die Wange. »Delfine. Wade Grisby hat ihn beim Plaudern mit Spunky und Misty erwischt.«

Plaudern. Reden *und* Zuhören. Bobby war davon überzeugt, Delfinesisch zu verstehen, wie er es nannte. Der Junge schrieb sogar gerade an einem Wörterbuch über all die Klick-, Pfeif- und Ächztöne, die die Tiere von sich gaben.

Victoria stützte sich auf den Ellbogen. In ihrem durchsichtigen schwarzen Negligé und mit den verschlafenen

Augen sah sie aus wie der Star in einem alten Schwarz-Weiß-Film. Lauren Bacall, wie sie Bogey zurück ins Bett lockt.

»Steve, ich kann einfach nicht genug von dir bekommen.«

Stattdessen sagte Victoria: »Vielleicht wäre es an der Zeit, Bobby zu einem Therapeuten zu schicken.«

»Ich werde mit ihm reden. Sicher ist es nur halb so schlimm.«

Steve beugte sich vor und küsste Victoria. Er spürte ihren warmen Atem. Noch bevor er durch die Tür war, schlief sie wieder ein.

Jeden Tag eine neue Katastrophe, dachte Steve, während er den Rickenbacker Causeway entlangfuhr. Ständig muss ich Bobby aus der nächsten Patsche holen. Diese Sache schien allerdings weniger dramatisch als sein Balanceakt über der Interstate 95, wo er ein Ausfahrtsschild mit Farbe besprühen wollte. Bobby hatte den Apostroph hinter dem Wort »Beaches'« gestrichen, weil ihn dieser Fehler wahnsinnig machte. Der Junge war süß und liebenswert und auf rätselhafte Weise ein Genie. Aber sein Sozialverhalten war nicht sonderlich gut entwickelt, und das wurde in letzter Zeit ziemlich deutlich.

Ausgehverbote missachten. Unbefugtes Betreten fremder Grundstücke. Geheimniskrämerei.

Steve hatte Bobby gefragt, ob alles okay sei oder ob er Probleme habe und reden wolle.

»Jo.«

»Nö.«

»Hä?«

Typisch für einen Teenager. Aber ungewöhnlich für einen Jungen, der sonst so redselig war. Steve fragte sich, ob das mit Bobbys Störung des zentralen Nervensystems zu tun hatte. Ein bisschen tollpatschig, ziemlich gescheit. Der Junge pendelte zwischen halbautistischen Verhaltensweisen und hochbegabten Erinnerungs- und Sprachleistungen. »Paradoxe funktionelle Facilitation«, hatte der Arzt es genannt. Bobby konnte im Kopf Anagramme bilden. Doch in letzter Zeit waren seine Wortspiele auf ein Tschilpen am Frühstückstisch beschränkt. Delfinesisch.

Steve steuerte sein Mustang Cabrio auf den leeren Parkplatz an der Bayside-Touristenattraktion. Schilder wiesen zum Tümmlerkanal, dem Killerwalbecken und zum Aquariumsgebäude.

Steve hetzte in Richtung Kanal. Er fragte sich, ob er zu nachsichtig mit Bobby gewesen war, sich zu sehr scheute, auch mal durchzugreifen. Hausarrest funktionierte bei seinem Neffen offenkundig nicht. Der Bursche kletterte einfach aus seinem Zimmerfenster und zog los.

Ein Palmenpfad führte zum Kanal. Strahler auf Metallpfosten beleuchteten das dunkle Wasser. Bestimmt war Grisby in seinem kleinen Büro unten am Kai und las Bobby die Leviten, sagte ihm, wie gefährlich es war, in anderer Leute Betriebe einzusteigen.

In dem Moment hörte Steve das Röhren des Motors. Entdeckte Darth Vader. Das Ganze war absolut unwirklich.

Der Jetski fuhr einen Bogen, ließ Wasser aufspritzen und bremste neben der Kaimauer ab. Der Fahrer starrte Steve an. Anfang zwanzig, mit kampflustig vorgestrecktem Kinn und einem grausamen Zug um den Mund. Er riss die geballte Faust hoch und rief: »Freiheit!«

Was zur Hölle geht hier vor? Wo ist Grisby? Und wo steckt Bobby?

»Bobby!«

Steve hörte die Schritte von Turnschuhen auf dem Beton der Kaimauer. Sein Neffe kam mit wild rudernden Armen auf ihn zugerannt und zeigte zu dem maskierten Mann auf dem Jetski. »Er will Spunky und Misty entführen!«

Der Mann kreuzte dicht vor der Kaimauer und bleckte die Zähne. »Freiheit für die Tiere!«

So ist das also. Der Typ ist ein Delfin kidnappendes, tierbefreiendes ökoterroristisches Arschloch.

Steve fand Tierschutz wichtig und gut. Nicht aber das Abbrennen von Laboren, das Bombardieren von Forschungszentren oder das Terrorisieren von Wissenschaftlern. Wenn ein paar Ratten sterben mussten, damit ein Heilmittel gegen Krebs gefunden wurde, war das für ihn durchaus akzeptabel.

Der Mann zeigte Steve den Stinkefinger, beschleunigte den Jetski und steuerte in Richtung Bay.

»Halt ihn auf, Onkel Steve!«

Drei

Fischfutter

Nur kurze Zeit bevor Bobby Solomon seinen Onkel bat, Darth Vader davon abzuhalten, die beiden Delfine zu kidnappen, war der Junge über einen Maschendrahtzaun geklettert, die Kaimauer entlanggeschlichen und über eine Planke zu der schwimmenden hölzernen Plattform gekrochen. Dabei hatte er die ganze Zeit gebetet, dass ihn niemand erwischte.

Onkel Steve würde stinksauer sein. Aber Bobby hatte beschlossen, das Risiko einzugehen.

Ich muss mit Misty und Spunky reden.

Seine besten Freunde.

Bobby streckte sich auf dem Rücken aus und wartete auf das Signal der Delfine. Seine Augen gewöhnten sich allmählich an die Dunkelheit. Er entdeckte auf Anhieb das Sternbild des Schützen am wolkenlosen Nachthimmel.

Wasser spritzte, dann ein Stakkato von *Klicke-di-klacke-di-klicks*. Noch ein Spritzer, gefolgt von einem vertrauten hohen Pfeifton.

Misty und Spunky sagten Hallo.

Die beiden waren die Stars des Cetacean Park. Spunky hatte die Farbe eines stahlblauen Revolvers, einen langen Schnabel und einen grauen Bauch. Seine XXL-Schwanzflosse, ein flügelförmiges Paddel, ermöglichte ihm wahre Wahnsinnssprünge. Er wog an die 250 Pfund, je nachdem, wie viele Makrelen er zum Frühstück verdrückt hatte. Seine Freundin Misty hatte einen schlanken silberblauen Körper mit rosafarbenem Bauch. Sie ließ sich gern am Ansatz der Rückenflosse kraulen.

Bobby legte zwei Finger an die Lippen und pfiff. Zweimal kurz. *Hallo, ihr zwei.*

Spunky schlug mit der Flosse aufs Wasser und spritzte Bobby nass. Scherzkeks.

Die beiden Delfine waren nicht in ein Becken gesperrt, sondern lebten in einem Kanal, der direkt in die Biscayne Bay mündete. Ein Stahltor am Eingang versperrte ihnen den Weg ins offene Meer. Bobby schwamm mit den Delfinen, fütterte sie und spielte mit ihnen. Er sah ihnen sogar dabei zu, wie sie Bauch an Bauch Sex hatten.

Kein alltäglicher Anblick. Nicht so, als würde man sich ein Video von Pamela Anderson oder Paris Hilton ansehen, wie sie gerade schlimme Dinge taten.

Die über den Kanal gespannten Fahnen knatterten im Seewind. Der Park hatte schon seit Stunden geschlossen, aber aus den Lautsprechern drangen immer noch tausendjahrealte zuckersüße Songs. Barbra Streisand befahl irgendjemandem, ihr nicht die Suppe zu versalzen. Barbra Streisand. BERTAS RIND BASAR.

Es war so leicht. Man stellte sich einfach nur vor, wie die Buchstaben herumflogen und sich von ganz allein neu ordnen. Bobby dachte in Bildern und Geräuschen, so wie die Delfine. Er konnte sich an nahezu alles erinnern, was er je gesehen oder gehört hatte.

Während des vergangenen Jahres hatte er den Geräuschen aus Spunkys und Mistys Spritzlöchern zugehört und versucht, ihre Sprache zu lernen. Er wollte ein Wörterbuch der Delfinsprache schreiben. Jedes Klicken und Quietschen, Ächzen und Pfeifen hatte eine Bedeutung, er brauchte nur Geduld. Man musste *wirklich* zuhören und die Muster erkennen. Bobby hoffte, heute Nacht ein paar neue Formulierungen in sein Wörterbuch aufnehmen zu können. Dann würde er mit dem Fahrrad zurück nach Hause fahren, sich reinschleichen, ohne Onkel Steve und Victoria aufzuwecken, und sich noch mal schlafen legen, bevor er in die Schule musste.

Früher an diesem Abend hatte er Victoria eine fette Lüge aufgetischt. Genau genommen sogar mehr als eine. Sie hatte Hackbraten zubereitet, gefüllt mit Zwiebeln und vor Worcester- und Tabascosauce nur so triefend. Sie selbst aß keinen Bissen davon, kochte aber immer Bobbys Lieblingsgerichte. So war Victoria. Achtete darauf, dass er saubere Kleidung anhatte, seine Hausaufgaben erledigte, sich das Haar kämmte. Deshalb nagte es auch an ihm, wenn er sie anschwindelte.

Bobby wusste, dass sie sich Sorgen um ihn machte. Heute Abend hatte er versprochen, nicht heimlich auszubüchsen und sich nicht an Orte zu schleichen, an denen er nichts verloren hatte. Als sie dann gegen elf in sein Zimmer kam, während Onkel Steve sich im Fernsehen *Sports Center* ansah, tat Bobby so, als würde er schlafen. Victoria setzte sich auf die Bettkante, strich ihm übers Haar und sang ihm ein Schlaflied. »Goodnight, My Angel« von Billy Joel. Als Bobby noch ein kleiner Junge gewesen war, hatte ihm nie jemand etwas vorgesungen, schon gar nicht seine richtige Mom, die – Tatsachen musste man ins Auge sehen – eine koksende Hure war, die nur an sich selbst dachte.

Während Victoria sang, kniff Bobby die Augen ganz fest zu und biss sich auf die Unterlippe, um nicht loszuheulen. Wenn sie doch seine Mom wäre! Hoffentlich vergeigte Onkel Steve die Sache mit ihr nicht.

Jetzt, zwei Stunden nachdem Victoria ihm die Bettdecke

bis ans Kinn hochgezogen und die Zimmertür leise hinter sich geschlossen hatte, lag Bobby auf der schwimmenden Plattform im Cetacean Park. Bald kam Misty zu ihm geschwommen.

Bobby schnalzte mit der Zunge. *»Hungrig, Misty?«*

Sie pfiff eine zweisilbige Antwort. *Füttere mich.*

So hörte es sich jedenfalls an. Bobby langte in einen Plastikeimer und warf ein Stück Makrele ins Wasser. Misty verschlang es und pfiff. *Danke.*

Bobby griff erneut in den Eimer und zirpte tief aus der Kehle ein hohes Geräusch. *»Tintenfisch oder Krebs, Spunky?«*

»Wer ist da?«

Mist! Mr Grisby.

Bobby sah, wie sich die Silhouette des Besitzers vom Cetacean Park vor einem Scheinwerfer auf dem Kai abzeichnete. Netter Kerl – aber bisher hatte er Bobby auch noch nicht beim Einbrechen in seinen Park erwischt.

»Verdammt noch mal! Antworte gefälligst! Ich weiß, dass du da draußen bist.«

Und wenn Onkel Steve das erfährt …

Bobby spähte in die Dunkelheit, das Herz schlug ihm bis zum Hals. Mr Griffin hielt etwas in den Händen. Ein Gewehr? Eine Schrotflinte? Nein, warum sollte er …?

»Wer zum Teufel ist da?«

Südstaatenakzent. Klang wütend.

Bobby presste sich ganz flach auf die Plattform. In dem Scheinwerferlicht war es schwer zu sagen, aber Mr Grisby schien genau zu ihm herzusehen.

»Verdammt! Antworte gefälligst!«

Keine Möglichkeit, ungesehen wegzuschwimmen oder sich irgendwo zu verstecken.

Ein Donnerschlag. Spunky tauchte auf, schlug drei Meter über der Wasseroberfläche einen Salto rückwärts, hing eine Sekunde lang in der Luft und tauchte dann mit einem leisen *Platschen* wieder ein. Dieser Angeber ließ Bobbys Deckung auffliegen.

Aus den Lautsprechern drang Celine Dions »My Heart Will Go On.« Irgendwo, dachte Bobby, rammte ein Schiff gerade einen Eisberg. Celine Dion. CODE LINIEN.

Spunky tauchte wieder auf und pfiff. Ein trillerndes *Wee-o, Wee-o, Wee-o.* Er ruft Misty, wusste Bobby. Dann ein anderes Geräusch. Nicht vom Delfin.

Ein metallisches Schieben und *Klacken.*

Bobby kannte die Kombination. Sein Großvater nahm ihn gelegentlich mit zum Tontaubenschießen.

Das Durchladen eines Gewehrs.

»Letzte Chance! Du da, auf der Plattform! Hände hoch!«

»Nicht schießen, Mr Grisby.« Bobbys Stimme zitterte.

»Robert Solomon? Bist du das?«

»Ja, Sir.« Bobby kniete sich hin und hob die Hände.

Grisby lachte leise. »Verdammt, Junge. Weiß dein Onkel, wo du steckst?«

»Nein, Sir. Ich habe mich weggeschlichen.«

»Ich rufe ihn gleich an. Jede Wette, dass er dir noch vor Sonnenaufgang das Fell gerbt.«

»Onkel Steve hält nichts von der Prügelstrafe.«

»Dann ist er ein Idiot.«

Wasser spritzte auf. Spunky und Misty schossen Seite an Seite durch die Wasseroberfläche. Die Körper der Delfine schimmerten im Mondlicht silbrig schwarz. Sie tauchten gleichzeitig wieder ein, präzise und elegant, und verschwanden.

Die beiden haben etwas gehört, dachte Bobby. Oder mit

ihrem Sonar gespürt. Ihrem Echoortungssystem. Schickten Schallwellen aus, die dann zurückgeworfen wurden. So konnten Delfine quasi im Dunkeln sehen, sich eine Vorstellung von der Form der georteten Gegenstände machen.

Wie ultracool, ein Delfin zu sein. So schnell zu schwimmen, so tief zu tauchen, so hoch zu springen.

Bobby fragte sich, was die beiden in der Dunkelheit wahrgenommen hatten. Mr Grisby starrte hinaus auf den Kanal, in Richtung der offenen Bay. Bobby folgte seinem Blick. Aber da war nichts.

»Ich will, dass du ganz schnell von hier verschwindest.« Grisby ließ die Augen nicht vom Horizont.

Bobby hatte etwas in der Stimme des Mannes gehört. Er sah es als Bild, spürte es auf der Haut. Etwas Kaltes, Spitzes, ein Eiszapfen, der sich in seinen Rücken bohrte.

»Verdammt, Junge. Bist du taub? Du hast an diesem Ort nichts zu suchen.«

Grisbys Stimme glich einer eiskalten Flüssigkeit, die Bobby überzog, als würde er in einen Gletscher eingeschlossen. So klang Angst.

Vier

Schüsse im Dunkeln

In einem Tumult unterschiedlichster Gefühle und Empfindungen flog Steve von der Böschung aus auf den Jetski von Darth Vader zu. Das mit roten und grünen Lämpchen markierte Metalltor an der Mündung zur Bay stand weit offen. Wenn der Mistkerl es durch die Einfahrt schaffte, hätte er freie Bahn bis nach Key West. Draußen in der Bay dümpelte noch ein Jetski, offenbar ein Komplize. Und im Scheinwerferlicht leuchteten die Umrisse von zwei Delfinen, die ins offene Meer hinausglitten.

Mist. Zu spät.

Steve flog durch die Luft.

Wie Batman.

Der Maskierte duckte sich. Steve erwischte ihn mit der rechten Armbeuge unterm Kinn, schlug den Burschen nach hinten von seinem Jetski herunter. Ein Clothesline Tackle – wie aus dem Wrestling-Lehrbuch.

Eine Sekunde später traten beide Männer Wasser, und der Jetski drehte leise schnurrend Runden im Kanal. Steve spürte einen stechenden Schmerz in der rechten Schulter. Als hätte jemand einen Eispickel hineingejagt und bis in den Knochen gehämmert. Neben ihm fasste sich der Mann an den schmerzenden Hals.

Ein dicker Hals. Kräftiges Kinn mit hohen Wangenknochen. Hellhäutiger Afroamerikaner. Sein Helm war ihm vom Kopf geflogen und hatte einen rasierten Schädel entblößt. Nur vom Mond und den Strahlern beschienen, sah der Typ ein bisschen so aus wie der Wrestler, der inzwischen auch Schauspieler war. The Rock. Dwayne Johnson, von dem die University of Miami einen Haufen Geld bekommen hatte.

»Kapitalistischer Scheißer«, keuchte der Mann.

Steve trat Wasser und massierte sich die rechte Schulter. »Hallo, Arschloch. Wegen dir hat sich mein Neffe vor Angst fast in die Hose gemacht.«

»Was meinst du, wie viel Angst so ein Delfin hat, wenn er von seiner Mutter getrennt wird?«

»Lass mich mit dem Mist in Ruhe.«

Die beiden Männer starrten einander an. Auf dem Causeway heulte eine Polizeisirene.

»Glaubst du, das Leben deines Neffen ist mehr wert als das eines Delfins? Oder einer Schildkröte? Oder einer Hafenratte?«

»Allerdings.« Es war sinnlos, das diesem Kerl zu erklären, aber Bobbys Leben war Steve wichtiger als sein eigenes.

»Du bist auch einer von denen, nicht wahr?«, bellte der Mann.

»Von wem?«

»Denen vom Zirkus und vom Zoo. Den Laboranten und Folterknechten. Den Ausbeutern.«

»Ich bin einfach nur ein Typ mit einem Neffen, der Delfine liebt.«

Der Mann langte ins Wasser und zog sein Tauchermesser aus der Beinscheide. Die Schneide mit Wellenschliff schimmerte im Mondlicht.

Mit der freien Hand begann er, auf den Jetski zuzupaddeln. »Wenn du versuchst, mich aufzuhalten, schlitze ich dir die Kehle auf.«

»Ist mein Leben etwa weniger wert als das einer Laborratte?«

Ein Lichtstrahl blitzte auf und blendete Steve. »Bleibt, wo ihr seid! Alle beide!«, dröhnte es über ihren Köpfen.

Steve blinzelte in Richtung Ufer. Auf dem Kai hatte ein Streifenwagen gehalten, daneben standen zwei Cops. Einer umklammerte eine Maglite-Stablampe von der Größe eines Baseballschlägers. Der andere zielte mit seiner 9-mm-Glock auf die Männer im Wasser. Beide Hände an der Waffe, gespreizte Beine und gebeugte Knie – wie er es auf der Polizeiakademie gelernt hatte.

Steve trat weiter Wasser.

»Hände so, dass ich sie sehen kann!«

Was glaubt dieser Cop eigentlich, was ich hier gerade tue? Rückenschwimmen?

Steve streckte beide Hände nach oben und ging auf der Stelle unter. Er strampelte wild und tauchte gerade wieder auf, als Darth Vader die Cops als »vom Staat bezahlte Schläger« beschimpfte.

»Nur fürs Protokoll«, warf Steve ein und spuckte Wasser, »ich spiele Softball im Polizeisportverein.«

Einer der Cops wollte gerade etwas sagen, da hallte ein Gewehrschuss über den Kanal. Steve wirbelte herum und spähte instinktiv in Richtung Park.

Bobby! Wo ist Bobby?

Steve hatte den Jungen zuletzt gesehen, als er auf dem Kai stehen geblieben war und darauf gewartet hatte, dass sein Onkel den Helden gab.

Einen Augenblick später hallte ein zweiter Schuss durch die warme Meeresbrise.

Solomons Gesetze

§ 1 Vermeide es, einen Cop zu ärgern, es sei denn, du hast einen verdammt guten Grund … oder einen verdammt guten Anwalt.

Fünf

Noch ein Komplize

Die Cops legten Steve Handschellen an und stießen ihn mit dem Gesicht nach unten auf die Kühlerhaube des Streifenwagens. Wasser lief ihm an den Beinen hinunter und tropfte in seine Schuhe.

Aber wichtig war jetzt nur Bobby – und Steve konnte nicht zu ihm. »Komm schon, Mann. Mein Neffe ist da draußen.«

»Wie viele von euch rennen denn noch hier rum?«, bellte der größere Cop.

»Ich bin keiner von denen!« Steve hob den Kopf. Eine Hand stieß ihn sofort wieder runter. Steves Augen tränten, aus seiner Nase tropfte Blut. Tief in der Schulter spürte er einen brennenden Schmerz. »Habt ihr die Gewehrschüsse gehört? Ich muss Bobby finden!«

»Klappe halten.« Der Cop zog Steve wie beiläufig die Maglite über den Schädel. Nur ein Übungsschwung. Steve war nicht scharf darauf, den Ernstfall zu erleben.

»Bringt man euch auf der Polizeischule nicht bei, dass Gewehrschüsse kein gutes Omen sind?«, fragte Steve.

»Darum kümmern sich schon die Kollegen.« Der Cop ging den aufgeweichten Inhalt von Steves Brieftasche durch. Siebzehn Dollar, ein altes *Fantasy-5*-Lotterielos und sein von der Anwaltskammer Florida ausgestellter Ausweis. »Sie sind Anwalt.«

»Ja, und Sie werden bald einen brauchen.«

Steve mochte die meisten Cops, selbst diejenigen, die es bei ihren Zeugenaussagen mit der Wahrheit nicht so genau nahmen und ihn dadurch zwangen, im Kreuzverhör den ganzen Mist aus ihnen herauszuleiern. Die Cops machten ihren Job und er seinen, der darin bestand, sie wie Idioten oder Lügner aussehen zu lassen – oder beides.

Die beiden hier waren noch jung. Einer Latino, der andere schwarz. Ihre Ärmel spannten sich um beeindruckende Oberarmmuskeln.

Gibt es eigentlich keine Doping-Kontrollen für Cops?

Das musste er unbedingt überprüfen, wenn das nächste Mal einer seiner mutmaßlich unschuldigen Mandanten von einem Cop aufgemischt wurde. *Roid Rage* – gesteigerte Aggressivität durch Steroidmissbrauch.

»Mein Neffe hat gesundheitliche Probleme. Wenn Sie beide also so freundlich wären ...«

»Klappe halten«, blaffte der Latino-Cop erneut. Ein Stück weiter weg unter einer kümmerlichen Palme vernahm sein Partner Darth Vader. Steve konnte die Fragen nicht hören, aber die Antworten enthielten Ausdrücke wie »Gestapo-Schläger« und »weltweite Verschwörung«, durchsetzt mit Erwähnungen von Abu-Ghraib und Guantanamo.

Steve erklärte, dass Grisby ihn wegen Bobby angerufen hatte, dass er zum Cetacean Park gefahren und mitten in eine Tierbefreiungsaktion geplatzt war. Er berichtete, wie er dem Saukerl im Neoprenanzug hinterhergejagt war und dann den zweiten Jetskier bemerkt hatte, der es mit den beiden Delfinen bereits in die Bay hinaus geschafft hatte.

»Noch ein Komplize?«, hakte der Cop interessiert nach. »Konnten Sie sein Gesicht sehen?«

Steve schüttelte den Kopf, dabei tropfte Wasser aus seinen Haaren. »Zu dunkel. Zu weit weg. Er trieb die Delfine ins offene Meer, und dieser Wichser hier bildete die Nachhut.« Das Funkgerät im Streifenwagen rauschte. Der Latino bückte sich in den Wagen, um den Funkspruch entgegenzunehmen. Als er wieder auftauchte, sagte er: »Kann man davon ausgehen, dass Ihr Neffe nicht um die vierzig ist und auch keine 200 Pfund wiegt?«

»Er ist zwölf und gebaut wie ein Besenstil.«

»Gut. Dann handelt es sich bei ihm auch nicht um den Toten.«

Sechs

Vorladung für Delfine

Im Streifenwagen fuhren sie das kurze Stück zurück in den Park. Die Cops erzählten Steve alles, was sie über Funk erfahren hatten. Wade Grisby hatte jemanden erschossen, noch so einen Kerl im schwarzen Neoprenanzug. Ein dritter Komplize, meinte der Cop. Es war auf dem Weg beim Häuschen des Wachmanns passiert. Steves Neffe hatte nichts gesehen, er war nicht einmal in der Nähe gewesen. Es ging ihm gut, und er wurde gerade von einem der Detectives befragt.

Steve spürte die Erleichterung. Wenn Victoria sein Herz war, dann war Bobby seine Seele. Vor achtzehn Monaten hatte Steve alles riskiert, um den Jungen zu retten (genauer gesagt, ihn zu kidnappen) – vor seiner eigenen Mom. Janice Solomon war Steves drogenverwirrte Schwester, eine Mutter, die ihr Kind misshandelte und verwahrlosen ließ, sowie eine notorische Lügnerin. Und das waren noch ihre besseren Eigenschaften.

Als Steve den Jungen zu sich geholt hatte, war Bobby ein psychisches Wrack gewesen. Verängstigt und von Alpträumen geplagt. Steve hatte damals beschlossen, alles Menschenmögliche zu tun, um dem Jungen zu helfen. Mittlerweile hatte Bobby große Fortschritte gemacht, wenn auch nicht ganz ohne Rückschläge. Doch im Grunde war der Junge so warmherzig und lieb, dass er Steve den Glauben an das Gute im Menschen zurückgab.

Drei weitere Streifenwagen und eine Ambulanz standen mit eingeschaltetem Blaulicht auf dem Uferdamm. Ein

Trupp Polizisten in Uniform und zwei weitere in Zivil schwirrten umher. Ein Feuerwehrwagen kam angefahren, und zwei Rettungssanitäter sprangen heraus. Auf dem Causeway heulte eine weitere Sirene.

Ein paar Meter vom Killerwal-Becken entfernt saß Bobby in der ersten Reihe der Tribüne. Eingewickelt in ein pinkfarbenes Strandtuch nuckelte er Limonade aus einer Dose. Ein Hilfssheriff vom Miami-Dade County, den Steve aus dem Gericht kannte, machte sich Notizen. »Dann ist Onkel Steve hinter dem Kerl her«, sagte Bobby aufgeregt. »Sie hätten ihn sehen sollen! Rattenschnell! Als hätte er eine Million Stundenkilometer drauf.«

»Hey, Kiddo. Alles okay?« Steve schnappte sich seinen Neffen und drückte ihn.

»Hast du ihn erwischt? Die sollten dir eine fette Belohnung geben.«

Der Hilfssheriff hob die Hand. »Augenblick noch, Mr Solomon.«

Steve sah seinen Neffen forschend an. »Wirklich alles in Ordnung, Bobby?«

»Abso-posi-lutiv. Aber wo sind Spunky und Misty?«

»Irgendwo in der Bay.«

Bobbys Gesichtsausdruck erstarrte. Sämtliche Energie schien zu verpuffen.

»Wo in der Bay?«

»Keine Ahnung, Kiddo. Sie sind in Richtung Südspitze des Keys geschwommen.«

Was bedeutete, dass sie mittlerweile im tiefen blauen Atlantik sein konnten. Das sprach Steve aber lieber nicht aus.

»Kannst du sie finden, Onkel Steve?« Angst schwang in der Stimme des Jungen. »Kannst du sie zurückholen?«

»Ich werd's versuchen, Kiddo.«

Aber wie? Vielleicht mit einer Vorladung.

»Bitte, Onkel Steve.«

»Ich werde mein Bestes geben.«

»Das genügt nicht!«

»Was?«

»Genügt nicht. Genügt nicht. Genügt nicht. Ich will sie zurückhaben. Jetzt!«

Wimmernd. Zitternd. Mit verzerrtem Mund. Der alte Bobby. Dabei hatte er schon so große Fortschritte gemacht, dass es mittlerweile schwierig war, sich den bis auf die Knochen abgemagerten verdreckten Jungen mit eiternden Wunden an den Beinen vorzustellen, der in einen Hundezwinger eingesperrt gewesen war.

Steve zog Bobby zu sich hoch. Der Junge schlang Arme und Beine um seinen Onkel. Steve drückte Bobby und flüsterte ihm ins Ohr: »Es wird alles wieder gut, Kiddo.«

»Klar.« Das klang nicht überzeugt.

Steve spürte Bobbys Tränen auf den Wangen. »Ich weiß, wie viel dir Spunky und Misty bedeuten. Für dich sind sie wie die Geschwister, die du nicht hast.«

»Das könntest du ja ändern«, schniefte Bobby.

»Wie bitte?«

»Du und Victoria, meine ich.«

»Ach, das meinst du. Lass uns zuerst die Delfine zurückholen. Danach werden wir darüber beraten, ob diese Welt noch mehr Solomons braucht.«

»Abgemacht«, stimmte Bobby zu und schien ein wenig erleichtert. Er löste sich von Steve, rieb sich mit dem Daumen die Nase und wandte sich dann an den Hilfssheriff. »Möchten Sie jetzt den Rest meiner Aussage hören, Officer?«

Er klang wie jemand, für den Zeugenaussagen zum Alltag gehörten. So war Bobby nun mal. Gerade noch ein stammelndes Kind, zählte er im nächsten Augenblick die Namen sämtlicher Mautstationen entlang der Schnellstraße von Homestead nach St. Lucie auf.

»Bist du sicher, dass du klarkommst?«, fragte Steve.

»Geh nur«, drängte Bobby. »Vielleicht kannst du was herausfinden.«

Steve ließ Bobby bei dem Hilfssheriff zurück und ging zu den Cops, die auf dem Weg zum Häuschen des Wachmanns standen. Zwei riesige Füße in Tauchschuhen ragten aus einer niedrigen Ficushecke.

Steve trat näher und warf einen Blick auf die Leiche. Ein Mann im schwarzen Neoprenanzug, wie der Bursche auf dem Jetski. Der Mann lag auf dem Rücken in einer riesigen Blutlache. Ziemlich viel Blut für eine einzelne Person. In seiner Brust klaffte eine große Wunde. Schrotflintenschuss aus nächster Nähe. Kein schöner Anblick.

Ein weiterer Treffer – wahrscheinlich das Ergebnis des ersten Schusses – hatte die rechte Hüfte zerrissen. Dicht beim Fuß des Mannes lag eine Rolle Isolierband, besprenkelt mit Blut und Gewebefetzen. Neben dem Knie kringelte sich eine Bootsleine. Ein Polizeifotograf wieselte um den Leichnam herum und schoss ganze Fotoserien.

Zwei Detectives in Zivil standen in der Nähe und hörten Wade Grisby zu, der immer wieder an einer Zigarette sog. Seine ledrigen Hände zitterten. »Ein Mann hat das Recht, sich zu verteidigen. So ist es doch?«

Grisby war Anfang fünfzig, klein und drahtig, mit sonnengegerbter Haut und grau meliertem Bart. Als Steve sich näherte, hob er den Kopf. »Der Mann da kennt mich. Sag's ihnen, Steve. Ich würde nie jemanden erschießen, außer in Notwehr.«

Steve gesellte sich zu der Gruppe. »Wade, du solltest besser keine Aussagen mehr machen, bis du einen Anwalt hast.«

»Ich hab nichts zu verbergen.«

»Trotzdem, Wade. Du brauchst einen Anwalt.«

Steve wollte gerade auf seine Verfügbarkeit zu sehr vernünftigen Konditionen hinweisen, als er eine vertraute Stimme hörte. »Wer braucht denn hier einen Juristen? Wir haben doch die Polizisten!«

Ein geschmeidiger Klang – wie Bourbon, der über Eiswürfel rann.

Steve drehte sich um und sah Ray Pincher auf sich zukommen. Der Staatsanwalt trug einen dunklen Anzug und ein Smokinghemd. Fehlte nur noch die Krawatte – vielleicht ein Zugeständnis an die Tatsache, dass es kurz vor Morgengrauen war. Pincher war ein Afroamerikaner in den Vierzigern, durchtrainiert, mit schmalem Oberlippenbart und der Angewohnheit, mit den Fingerknöcheln zu knacken, wenn er darauf aufmerksam machen wollte, dass er gerade etwas Wichtiges gesagt hatte.

Er war in Liberty City aufgewachsen, einem sogenannten sozialen Brennpunkt der Stadt, und hatte als Amateurboxer einige Titel in der Mittelgewichtsklasse gewonnen, bevor er in ein Priesterseminar in Jacksonville eingetreten war. Eigentlich hatte er als Baptistenprediger zurückkehren wollen, doch unterwegs kam ihm sein Glaube abhanden, und er entdeckte die Juristerei. Ein knallharter Ankläger, der sich vom Verkehrsgericht bis zu den Kapitalverbrechen hochgearbeitet hatte und jetzt gewählter Bezirksstaatsanwalt war.

»Für mich ist diese Sache klar, weil das ein Fall von Notwehr war.« Pincher klang wie eine Mischung aus Prediger und Rapper. Er winkte Steve, ihm zu folgen. »Wenn Sie hier einen Fall an Land ziehen wollen, vergessen Sie's, Solomon. Grisby hat im Rahmen seiner Rechte gehandelt. Dafür wird er niemals unter Mordanklage gestellt.«

»So einfach ist das? Sie sind gerade mal eine Minute am Tatort und wissen schon genau, was passiert ist?«

»Wir haben den Park überwacht.«

»Sie hatten heute Nacht Leute hier?«

»Eine Meile entfernt. Bei der Kläranlage auf dem Virginia Key.«

Richtig. Virginia Key. Dünen und traumhafte Strände. Wasserschildkröten und Seekühe. Wäldchen und Mangroven. Klar, dass die *Stadtväter* genau da eine Kläranlage bauen mussten. Sie lag zwar vor Blicken geschützt, aber wenn der Wind entsprechend stand, konnte man sie bis zum Causeway riechen.

»Tierbefreiungsbewegung«, sagte Pincher. »Ein Haufen von Losern und Linken. Nachdem sie das Primatenlabor auf den Keys überfallen hatten, dachten wir uns schon, dass Grisbys Park ihre nächste Station sein würde.« Pincher ließ die Fingerknöchel knacken.

»Wer ist der Tote?«, fragte Steve.

»Er hatte keine Papiere bei sich.«

»Warum ist er an Land gegangen?«

»Sieht aus, als wollte er den Wachmann fesseln. Stattdessen ist er Grisby vor die Flinte gelaufen.«

»War der Kerl bewaffnet?«

»Mit einer .45er. Seine Kanone flog in die Ficushecke, als er getroffen wurde.«

»Mit dem zeitlichen Ablauf stimmt was nicht. Als die Schüsse fielen, waren die Delfine längst im offenen Meer.«

»Grisby wollte den Kerl bis zu unserem Eintreffen festhalten. Plötzlich griff der Typ nach seiner Waffe.«

»Wer macht so was? Wenn jemand mit der Schrotflinte auf Sie zielt, würden Sie dann eine Waffe ziehen?«

»Ich habe nicht behauptet, dass der Kerl ein Intelligenzbolzen war. Ich habe lediglich gesagt, dass er tot ist.«

»Und warum zwei Schüsse? Der Typ wäre doch am ersten schon verblutet.«

»Was ist los mit Ihnen, Solomon? Verdächtigen Sie Grisby, damit Sie Arbeit bekommen?«

»Ich wundere mich nur, wie schnell Sie mit Ihren Schlussfolgerungen sind. Es gibt keine Zeugen. Trotzdem wollen Sie den Fall abschließen, während die Leiche noch warm ist.«

»Und was ist Ihr Problem dabei?«

Gute Frage. Steve wusste selbst nicht, was ihm an der Geschichte nicht schmeckte. Er war mit Leib und Seele Strafverteidiger, und sein Instinkt sagte ihm, dass Grisby in Notwehr gehandelt hatte. Aber Pincher war mit Leib und Seele Straf*verfolger* und glaubte prinzipiell niemandem. Warum also war er bei dieser brutalen Schießerei so wild entschlossen, den Schützen für unschuldig zu erklären?

Aber was sollte es. Im Grunde interessierte ihn das nicht.

Für mich zählt nur, dass Bobby nichts passiert ist.

»Nichts, Ray. Rein gar nichts.«

Pincher begleitete Steve zum Streifenwagen, wo die beiden muskelbepackten Cops den geschnappten Ganoven auf dem Rücksitz bewachten. »Hat das Arschloch irgendwas gesagt, was mich interessieren könnte?«, wandte sich Pincher an Steve.

»Wie ich Tubbs und Crockett schon sagte, hat er sich darauf beschränkt, mich zu beschimpfen.«

Der Latino nickte Pincher zu und öffnete dann die Hecktür des Streifenwagens. Der Verhaftete beugte sich aus dem Wagen, seine feinen Gesichtszüge waren im Licht der Wageninnenbeleuchtung gut zu erkennen.

Pincher stand da wie erstarrt. »Was zum Teufel ...«

Der Bursche grinste Pincher spöttisch an. »Hallo, Onkel Ray. Schönen Gruß von Mom.«

Pincher presste die Kiefer so fest aufeinander, dass Steve die Zähne knirschen hörte. »Darf ich vorstellen, Solomon: Gerald Nash, der Ganovenarsch von Sohn meiner Schwester.«

»Wir sind uns bereits begegnet«, antwortete Steve.

Pincher fuchtelte drohend mit dem Zeigefinger vor Nashs Nase herum. »Deine Mom hätte dir den Hintern versohlen sollen, statt sich deine frechen Antworten bieten zu lassen.«

»Du bist doch nur ein Werkzeug des Establishments, Onkel Ray. Ein winziges Rädchen im Getriebe der korrupten Unternehmen und kriegstreibenden Politiker.«

»Ich höre förmlich deinen Vater reden. Dieser ganze linke Schwachsinn.«

»Dad hatte schon immer Recht, was dich angeht, Onkel Ray. Du bist eine Marionette.«

»Wenn du mein Sohn wärst, hätte ich dir Disziplin beigebracht.«

»Ich habe eine Menge von dir gelernt, Onkel Ray.« Die Hände mit Handschellen auf den Rücken gefesselt, tauchte Gerald Nash wieder in den Wagen ab. Er verschränkte die Finger und ließ die Knöchel knacken. Dann bog er sich vor Lachen.

»Ob du wohl noch so gut gelaunt bist, wenn du lebenslang in Raiford sitzt?«, fragte sein Onkel.

»Lebenslang, Onkel Ray? Für unbefugtes Betreten eines Grundstücks? Einbruch und Diebstahl? Wohl kaum.«

Pincher kehrte seinem Neffen den Rücken zu. »Solomon, erzählen Sie diesem Blödmann die Neuigkeiten.«

Steve gefiel es nicht sonderlich, von seinem alten Feind und Widersacher herumkommandiert zu werden. Andererseits war es eine lange Nacht gewesen und er hatte nichts dagegen, Nash eine reinzudrücken. »Es geht um ›Felony Murder‹. Im Klartext: Wer an einem schweren Verbrechen beteiligt ist, bei dem jemand getötet wird, ist des Mordes schuldig, selbst wenn er den Tod nicht verursacht hat. Wade Grisby mag abgedrückt haben, aber Sie gehen dafür in den Knast.«

Sieben

Steve, immerzu Steve

»Nur damit ich das richtig verstehe«, sagte Richter Frederick Barash. »Sie verklagen eine Website, auf der Männer ihre Kommentare über Frauen abgeben, mit denen sie sich verabredet haben.«

»Triff dich nicht mit der Schlampe-dot-com«, bestätigte Victoria Lord und bemühte sich, ihre Verlegenheit zu verbergen. Sie hasste es, Steves Scherbenhaufen aufkehren und die Fälle seiner drittklassigen Mandanten bearbeiten zu müssen. »Die Website verbreitet verletzende und herabwürdigende Äußerungen über unsere Mandantin, Euer Ehren.«

Der Richter befeuchtete seinen Daumen und blätterte in der Anklageschrift. »Dass Miss Lexy Larson ›hohlköpfig, oberflächlich und nur aufs Geld aus ist und außerdem schlampig bläst‹.«

Richter Barash räusperte sich und spähte über die Gläser seiner Lesebrille hinweg zum Tisch der Klägerin. Er saß seit mittlerweile 27 Jahren auf der Richterbank, und ihn trennten nur noch wenige Monate von der Pensionierung. Seine Ehren war ein kleiner Mann mit kurz geschnittenem weißem Richterhaar und hätte gern jeden einzelnen Fall in seinem Gerichtskalender abgewiesen. Viel lieber wäre er jeden Tag Golf spielen gegangen. Man konnte seinen Burnout förmlich riechen.

»Genau das besagt unsere Klageschrift«, antwortete Victoria. Sie bezog sich auf Steves schwammig formulierten Schriftsatz. Neben ihr saß ihre Mandantin – eigentlich

Steves Mandantin – Lexy Larson, ein gut 1,80 großes Model mit blonder Stachelfrisur.

»›Schlampig‹«, grübelte der Richter, »ungewöhnliche Formulierung in diesem Zusammenhang, finden Sie nicht?«

»Fragen Sie das aus stilistischem oder persönlichem Interesse?«, feuerte Victoria zurück.

Verdammt, Steve, erledige deinen Mist in Zukunft gefälligst selbst.

»Bitte keine Haarspaltereien, Ms. Lord. Sagen Sie mir einfach nur, worauf sich die Beleidigung beziehen soll. ›Oberflächlich und nur aufs Geld aus‹ oder ›schlampig blasen‹?«

Bestimmt träum' ich das alles nur.

Während ihrer Studienzeit in Yale hatte sich Victoria vorgestellt, dass sie einmal eine Spitzen-Strafverteidigerin sein würde, wichtige Fälle gewann und in Gerichtssendungen Interviews gab. Auf ihre organisierte, methodische Art hatte sie den Weg dorthin genau geplant. Fünf Jahre als Staatsanwältin, Hunderte von Fällen verhandeln und sich einen Namen machen. Weitere zehn Jahre in einer privaten Kanzlei, um gutes Geld zu verdienen. Und schließlich die Richterbank. Im Dienste des Volkes.

Richterin Lord. Klang gut.

Niemals hätte sie sich träumen lassen, dass sie einmal vor Gericht die Qualität der Fellatiokünste eines Models mit zweistelligem IQ diskutieren musste.

»Manchmal spucke ich den Typen auf den Schwanz«, flüsterte Lexy und zappelte unruhig auf ihrem Stuhl herum. »Aber einige Kerle beschweren sich, wenn es zu glitschig ist, und sagen, sie spüren nichts.«

»Schscht.« Victoria legte die Hand auf Lexys nackten, künstlich gebräunten und unnatürlich straffen Arm. Das

Model trug ein schulterfreies Baumwollkleidchen mit Leopardenmuster und dazu mit Sonnencreme eingeölte Gänsehaut. Im Gerichtssaal herrschten Temperaturen wie in einem Kühlraum. Eine riesige Fendi-Krokodilledertasche stand neben Lexys Füßen, die in roten Lackleder-Mules von Mizrahi steckten. Ein passendes Outfit, um bei Delano einen Drink zu nehmen, doch vor Gericht hätte Victoria etwas Dezenteres bevorzugt. Dabei hätte es noch schlimmer sein können. Lexy zog sich sonst meist wie ein Victoria's Secret-Model an.

Lexy war eines der *Moe-dels* – wie sie es aussprach – von Les Mannequins, der zweitklassigen Agentur, die Solomon und Lord kostenfrei Büroräume zur Verfügung stellte, im Gegenzug für juristische Beratung. Als Steve kurz vor Morgengrauen ins Schlafzimmer gestolpert war, verschrammt und immer noch pitschnass, hatte er Victoria gebeten, seinen Verhandlungstermin an diesem Morgen zu übernehmen. Was bedeutete, sie musste verhindern, dass die Beleidigungsklage abgewiesen wurde. Und das bei einem Fall, der so durchsichtig war wie der goldfarbene Netz-BH, der aus Lexys Kleid hervorlugte.

»Wollen mal sehen, was sonst noch auf dieser Website steht«, sagte der Richter, blätterte um und las laut vor: »›Verabredet euch nicht mit einem Miststück namens Lexy, einem Möchtegernmodel mit Stroh im Kopf. Sie ist ein fader, dröger Hohlkopf, der magnumweise Cristal Champagner säuft und ihn auf die Rechnung deiner Platinkreditkarte setzen lässt.‹«

»Geizling«, murmelte Lexy.

Was wohl hieß, vermutete Victoria, dass der Kerl gleichzeitig geizig *und* ein Widerling war.

»Also, Ms. Lord«, fuhr der Richter fort, »hat Ihre Mandantin Champagner auf die Kreditkartenrechnung dieses Mannes setzen lassen?«

»Ja, Euer Ehren«, räumte Victoria ein.

Ganz zu schweigen von den zwei Tischrunden für ein paar Gäste, die sie gar nicht kannte, einem über 700 Gramm schweren Porterhouse Steak, von dem sie zwei Bissen zu sich genommen hatte, und einem vier Pfund schweren Hummer zum Mitnehmen für ihr indisches Kätzchen Veruschka.

»Dann sehe ich nicht, wie Sie eine Beleidigungsklage aufrechterhalten wollen«, erklärte Richter Barash. »Alles andere sind Meinungsbekundungen, und das Gesetz besagt, dass es keine unwahren Meinungen gibt.«

»Neun von zehn Kerlen sagen, ich würde großartig blasen«, zischte Lexy in Victorias Ohr.

»Still jetzt!«, ermahnte Victoria ihre Klientin mit einem der Lieblingsausdrücke ihrer Mutter. Dann wandte sie sich wieder der Richterbank zu.

»Euer Ehren, durch das Veröffentlichen intimer, persönlicher Informationen wurde Miss Larsons Privatsphäre verletzt.«

»Ich glaube nicht, dass Ihre Klageschrift diesen Vorwurf erhebt«, entgegnete der Richter.

Ihre Klageschrift war Steves schwammig formulierter Schriftsatz. Er hatte ihn wahrscheinlich diktiert, ohne auch nur eine Minute lang juristisch recherchiert zu haben. Vielleicht hatte er das verdammte Ding auch einfach von Cece Santiago, seiner Assistentin/Sekretärin/persönlichen Fitnesstrainerin, schreiben lassen. In jedem Fall war das Teil ein einziges Desaster – genauso wie Steves Unterhosenschublade.

»In dem Fall, Euer Ehren, würde ich mich mit einer Abweisung der Klage wegen Nichtzuständigkeit des Gerichts einverstanden erklären, um eine berichtigte Fassung der Klageschrift einzureichen, in der als Klagegegenstand Verletzung der Privatsphäre aufgeführt wird.«

»Ausgezeichnete Idee, Ms. Lord.« Zweifellos dachte Richter Barash, dass er längst seine Pension in Hilton Head genießen würde, wenn dieser faule Rechtsstreit zur Verhandlung kam.

»Was ist passiert?«, wollte Lexy wissen. »Was meinen Sie mit Abweisung?«

»Alles bestens. Gehen Sie ruhig zu Ihrem Pilateskurs. Ich werde die Klageschrift für Steve überarbeiten.«

»Wo steckt der Süße eigentlich? Er wollte doch hier sein.«

Lexy sagte das mit einem Hauch von Hilflosigkeit in der Stimme, den Männer wahrscheinlich bezaubernd fanden.

»Wie ich Ihnen schon sagte, Lexy: Der Süße hatte eine harte Nacht.«

Als Steve ins Bett gefallen war, hatte er etwas von Ärger im Cetacean Park gemurmelt.

»Was für ein Ärger?«

»Später. Schlaf weiter.«

Er begann zu schnarchen, ein Geräusch, das, wie Victoria fand, vage an das Pfeifen von Bobbys Delfinen erinnerte. Als sie sich für ihren Termin bei Gericht anzog, schnarchte Steve immer noch. Sie sah nach Bobby, der zusammengerollt in seinem Bett lag und im Schlaf keuchte. Als sie aus dem Haus ging, entdeckte sie, dass Bobbys Fahrrad aus dem Kofferraum von Steves Wagen ragte.

Es war schon das dritte Mal in diesem Monat, dass der Junge ausbüxte, dachte Victoria besorgt. Dabei hatte er sich so gut entwickelt und eingewöhnt. Aber seine Faszination für Delfine ließ ihn alles andere vergessen. Er war besessen von diesen Tieren, und das machte ihr Sorgen.

»Ms. Lord«, sagte der Richter, »könnte ich Sie vielleicht noch kurz in meinem Büro sprechen?«

Was kam jetzt?

»Gibt es ein Problem, Euer Ehren?«

»Nicht mit diesem popeligen Fall.« Der Richter quälte sich aus seinem Sessel, ging zu der Tür hinter der Richterbank und teilte ihr über die Schulter hinweg mit: »Aber wegen des Mordfalls, Frau Anwältin.«

Mord?

Die Kanzlei Solomon und Lord bearbeitete gar keinen Mordfall. Momentan waren ihre Klienten hauptsächlich Schleudertrauma-Simulanten und glücklose Kleinganoven. Steve wickelte die meisten Fälle zwar schnell ab, aber statt eines großen Geldregens bewirkte er gerade mal ein Nieseln.

Außerdem hatten sie im Augenblick eine Pechsträhne. Erst letzte Woche hatte das Gericht die Erklärung ihres Mandanten, er habe geschlafwandelt, als er mit einer Pistole in der Hand den Schnapsladen betrat, abgelehnt. Als der Richter ihn zu sieben Jahren Gefängnis verdonnerte, erwiderte dieser Trottel, dass ihm acht Jahre lieber wären, denn das sei die Trikotnummer von Daunte Culpeppers, und der Quarterback war nun mal sein Lieblingsspieler bei den Miami Dolphins, auch wenn er gar nicht mehr zur Mannschaft gehörte. Victoria fing an zu protestieren, aber Steve sagte nur, er sei dankbar, dass dieser Typ nicht Jason Taylor verehrte. Victoria brauchte einen Moment, bis ihr einfiel, dass es um den Jason Taylor mit der Nummer 99 ging.

Und noch etwas anderes hatte sie in letzter Zeit beschäftigt.

Konnte man zu eng aufeinanderhocken?

Zusammenarbeiten und zusammenleben. Büro und Bett miteinander teilen. Immerzu Steve, die ganze Zeit. Sie liebte Steve – aber sie liebte es nicht, mit ihm zu arbeiten.

Victoria befürchtete, dass ihre berufliche Zusammenarbeit allmählich ihre private Beziehung bedrohte. Aber was konnte sie dagegen tun? Sie hatte sogar schon mit dem Gedanken gespielt, eine eigene Kanzlei zu eröffnen. Aber als sie Steve davon erzählte, hatte er tagelang geschmollt.

»Wir sind ein Team«, hatte er gesagt. »So wie die Kobra und der Mungo.«

»Die beiden bekämpfen einander bis zum Tod.«

»Siehst du. Genau das macht uns zu einem fantastischen Team. Ich liefere die Idee – du fügst die Details hinzu.«

Acht

Die richtige Frau für den Job

Als Victoria den Raum betrat, hängte Richter Barash gerade seine Robe auf. Sein Büro verfügte über den obligatorischen Eichenschreibtisch, schwere dunkelrote Vorhänge, Bücherregale vom Boden bis zur Decke und einen hübschen Perserteppich. Vor dem Regal stand ein Mann, der mit einer bronzenen Waage der Gerechtigkeit herumspielte. Wie ein Metzger, der beim Fleischwiegen mit dem Daumen die Waagschale herunterdrückte.

Ray Pincher. Was will der denn hier?

»Ms. Lord«, sagte der Richter, »Sie kennen sicher den Bezirksstaatsanwalt.«

»Ich habe für Mr Pincher gearbeitet«, antwortete Victoria. Sie musste nicht unbedingt erwähnen, dass er sie gefeuert hatte.

»Ms. Lord war damals noch ziemlich grün«, sagte Pincher, und Victoria fragte sich, ob das eine Art Entschuldigung sein sollte.

Der Bezirksstaatsanwalt trug einen rabenschwarzen Anzug mit burgunderfarbenem Seidenhemd und passender Krawatte. Pinchers Manschettenknöpfe – Handschellen im Miniformat – klimperten. Er hatte die Haltung eines Militäroffiziers und strahlte gleichermaßen Selbstbewusstsein wie Selbstgerechtigkeit aus.

»Ich nehme mal an, Solomon hat Ihnen erzählt, was in den frühen Morgenstunden draußen auf den Keys passiert ist?«, wandte sich Pincher an Victoria.

Du liebes bisschen. Was hat Steve noch gleich gesagt? Ärger im Cetacean Park. Was kommt jetzt?

»Steckt Steve in Schwierigkeiten?«, fragte sie.

»Ausnahmsweise nicht. Kaum vorstellbar, aber tatsächlich ist er so eine Art halber Held.«

Pincher brauchte ein paar Minuten, um zu erläutern, dass die Tier-Befreiungs-Bewegung, kurz TBB, schon seit Monaten Zoos, Touristenattraktionen und Versuchslabore terrorisierte. Letzte Nacht hatten sie den Cetacean Park überfallen. Drei Typen. Einer war entkommen. Steve hatte geholfen, einen der beiden anderen zu schnappen. Pincher ließ es allerdings so klingen, als wäre das eher Zufall gewesen.

»Wade Grisby, der Besitzer des Parks, hat den dritten Eindringling erschossen«, erklärte Pincher und fügte hinzu: »Klarer Fall von Notwehr.«

»Was bedeutet, dass die Grand Jury den Burschen, den Solomon gefasst hat, anklagen wird«, mischte sich Richter Barash ein. »Gott sei Dank werde ich nicht den Vorsitz haben, wenn dieser Eimer Gülle ausgeschüttet wird.«

»Felony Murder«, sagte Victoria.

Pincher nickte. »Exakt.«

Eine der Seltsamkeiten des Gesetzes. Wenn man mit einem Kumpel zusammen einen Lebensmittelladen überfiel und der Inhaber den Kumpel erschoss, war man des Mordes schuldig, weil das ursprüngliche Verbrechen – der Überfall – die Schießerei herbeigeführt hatte. Es macht keinen Unterschied, dass das Opfer der eigene Komplize war und es vielleicht nicht anders verdient hatte.

»Was hat das alles mit mir zu tun?«, fragte Victoria.

»Der geschnappte Bursche ist eine dämliche Dumpfbacke, und ich muss den Fall abgeben«, erklärte Pincher.

Victoria stand eine Frage förmlich ins Gesicht geschrieben, die Pincher ohne Zögern beantwortete. »Sein Name ist Gerald Nash, und dieser Trottel ist der Sohn meiner Schwester.«

»Womit Sie wegen Voreingenommenheit draußen wären«, stellte Victoria fest.

»Ich und meine gesamte Abteilung.«

»Aber was hat das mit mir zu tun?«, wiederholte sie. Sie schaute von Pincher zum Richter und wieder zurück. »Sie wollen doch wohl nicht andeuten, dass *ich* die Anklagevertretung übernehmen soll?«

Pincher knackte mit den Fingerknöcheln. »Sie sind die richtige Frau für den Job.«

»Ich kann Sie auf der Stelle vereidigen«, erklärte Richter Barash. »Die Bibel liegt schon bereit.«

Die nehmen mich in die Zange. Was läuft hier?

Viktoria sah Pincher direkt ins Gesicht. »Ich begreife das nicht. Von allen Anwälten in Miami wollen Sie ausgerechnet mich als Staatsanwältin? Sie können mich doch nicht einmal leiden.«

»Ich kann *Solomon* nicht leiden. Mit Ihnen habe ich kein Problem.«

»Sie haben mich *gefeuert.*«

»Ich musste ein Exempel statuieren. Sie haben es geschafft, einen Prozess platzen zu lassen, und meine Abteilung in eine peinliche Situation gebracht.«

Nicht so sehr wie mich selbst, dachte Victoria. Es war ihr erster Zusammenstoß mit Steve »dem Hai« Solomon, Strafverteidiger, gewesen. Sie vertrat die Anklage in einem Prozess gegen einen Vogelschmuggler, und Steve rief einen weiß gefiederten Kakadu in den Zeugenstand. Victoria hatte ihren kühlen Kopf verloren, und Steve lockte sie schadenfroh in die Falle, so dass sie einen Fehler machte. Nicht nur das, der Vogel kackte ihr auch noch auf den Ärmel ihres Gucci-Blazers.

»Sie sind seitdem gereift«, fuhr Pincher fort. »Und ich habe immer ein wenig bedauert, dass ich Sie entlassen musste.«

»A-ha.« Victoria glaubte ihm kein Wort.

»Sie werden jede Menge Presse bekommen, sich einen Namen machen und zahlende Klienten an Land ziehen.« Pincher lächelte sie verschlagen an und knackte wieder mit den Knöcheln. »Lassen Sie jemand anderen diese Schlafwandler vertreten, die Schnapsläden ausrauben.«

»Wenn ich verliere, wird man sagen, Sie haben mich zur Anklagevertreterin gemacht, damit Ihr Neffe günstig wegkommt.«

»Ich verachte diesen kleinen Versager. Ein selbstgerechter Scheißkerl, genauso wie sein alter Herr. Und Sie werden nicht verlieren. Gerald ist in den Cetacean Park eingebrochen. Sein Komplize wurde getötet. Der Fall ist klar. Er hängt am Haken.«

Während ihrer kurzen Amtszeit als Staatsanwältin hatte Victoria nie einen Mordfall bearbeitet. Aber Pincher konnte den Fall unmöglich seiner eigenen Abteilung überlassen. Die politischen Folgen wären fatal. Und er hatte Recht. *Der Staat gegen Nash* war eine todsichere Sache. Auch in anderer Hinsicht lag er genau richtig: Ein Prozess, der in den Medien große Beachtung fand, war genau das, was Solomon & Lord jetzt brauchten. Besser noch – sie würde diesen Fall allein bearbeiten. Solo, ohne einen um sie herumscharwenzelnden, besserwisserischen Steve, der jede ihrer taktischen Entscheidungen anzweifelte.

Victoria hatte ein ungutes Gefühl, weil sie nicht wusste, was hier gespielt wurde. Trotzdem wandte sie sich an den Richter und fragte: »Wo ist die Bibel, Euer Ehren?«

Solomons Gesetze

§ 2 Am schnellsten ergatterst du einen Fall, wenn du Desinteresse heuchelst.

Neun

Dummheit ersten Grades

Gerald Nash – alias Darth Vader, alias Pinchers Neffe – warf Steve ein Schlaumeiergrinsen zu. »Warum habe ich Sie wohl angerufen?«

»Mal überlegen«, antwortete Steve. »Sie sitzen im Gefängnis. Ich bin Strafverteidiger. Keine Ahnung. Warum also?«

»Sind Sie nicht überrascht?«

»Ich bin seit zehn Jahren in dem Geschäft. Das Einzige, was mich noch überrascht, ist ein Klient, der die Wahrheit sagt.«

Sie saßen in einem grell erleuchteten und dennoch düsteren Verhörraum im Miami-Dade-County-Gefängnis. Die schmuddeligen Wände waren in Erbsensuppengrün gestrichen, und die Möbel – zerschrammter Holztisch, unbequeme, harte Stühle – wirkten wie ausrangierter Krempel aus einer Dorfschule. Der Ort stank nach Metall, Schmiere und Schweiß. Schwere Türen knallten. Summer ertönten aus den Tiefen des alten Höllenlochs.

»Warum wollen Sie meine Verteidigung übernehmen?«, fragte Nash provozierend.

Nash hatte eine gewisse Ähnlichkeit mit Pincher. Seine Haut war heller als die seines Onkels, aber Nash hatte das gleiche kampflustige Kinn. Auch in ihrer Persönlichkeit ähnelten sie einander. Nash war genauso arrogant und selbstgerecht wie der Bezirksstaatsanwalt.

»Wer sagt denn, dass ich Ihren Fall übernehme?«, feuerte Steve zurück. »Ich mag Wade Grisby, und Sie haben ihm das Geschäft vermasselt.«

»Er behandelt die Delfine, als würden sie ihm gehören.«

»Klar gehören sie ihm. Er hat sie gefangen oder gekauft oder gezüchtet. Jetzt füttert und trainiert er sie.«

»Wie früher die Sklavenhalter aus den Südstaaten.«

»Bei schwer kranken Kindern wird das Schwimmen mit Delfinen als Therapie eingesetzt, und Grisby verlangt dafür keinen Cent. Meiner Ansicht nach ist er ein strahlendes Beispiel menschlicher Hilfsbereitschaft, und Sie sind wertloser Dreck.«

»Sein Park ist ein gechlortes Gefängnis.«

»Blödsinn. Die Delfine kriegen All-you-can-eat-Sushi. Sie werden medizinisch versorgt. Die Tiere lieben die Besucher.«

»Sie haben doch überhaupt keine Ahnung, was ein Delfin fühlt.«

»Aber *Sie*?«

»Haben Sie jemals mit der Hand über den Bauch eines Delfins gestreichelt, so ganz nass und glitschig?«

Nash sagte das mit derart schwärmerischem Blick, als ginge es um den Hintern von Angelina Jolie.

»Es sind wunderschöne Tiere, anatomisch geradezu perfekt«, fuhr Nash fort. »Sie erreichen locker 40 Stundenkilometer und tauchen 300 Meter tief. Aber wissen Sie, was das Beste an ihnen ist?«

»Dass sie keine Haie sind?«

»Sie leben friedlich miteinander in harmonischen Gemeinschaften.«

»Ich frage mich, ob die Fische, die sie fressen, das auch so sehen.«

»Wussten Sie, dass Flaschennasen-Delfine eine eigene Sprache haben?«

»Ja, von meinem Neffen. Er glaubt, sie zu verstehen.

Übrigens findet er, man sollte Sie abknallen. Er wird mächtig sauer sein, wenn ich Ihre Verteidigung übernehme.«

»Warum das denn?«

»Die Delfine, die Sie rausgelassen haben, sind seine Kumpel.«

»Dann sollte er sich riesig freuen. In Gefangenschaft werden Delfine fett. Sie stopfen sich mit dem Mistzeug voll, das die dummen Touristen ihnen zuwerfen. Sie jagen nicht mehr, tauchen nicht mehr. Sie brauchen ihre Freiheit.«

»Wissen Sie, was Sie sind, Nash? Ein Fanatiker. Ein selbsternannter Heiland. Und genau das macht Sie gefährlich.«

»Ist das Ihre Masche, an Fälle zu kommen, Solomon? Die Klienten beleidigen?«

»Ich brauche diesen Job nicht, Nash.«

Rein praktisch gesehen stimmte das sogar, dachte Steve. Er konnte an zahllosen Fällen für Lexy und Rexy arbeiten, die Zwillings-Modeltussis, die genauso viel Zeit mit Prozessieren wie mit Posieren verbrachten. Nur würde er dafür leider kein Geld sehen. Lexy hatte zum x-ten Mal ein Strafmandat bekommen, weil sie ihren Wagen auf dem Behindertenparkplatz abgestellt hatte – trotz Steves Warnung, dass Bulimie keine anerkannte Behinderung sei. Außerdem wendete er regelmäßig Klagen gegen ihre Schwester Rexy ab, die die Angewohnheit hatte, Modeschmuck über eBay als echte Juwelen zu verhökern. Rexy begründete ihre Unschuld damit, dass der Billigschmuck von einem wenn auch nur mäßig bekannten South Beach Model, nämlich ihr selbst, getragen worden war, was seinen Wert natürlich beträchtlich erhöhte.

»Warum sind Sie dann hier?«, fragte Nash. »Warum

stehen Sie nicht gerade mit einem Ihrer vielen Klienten im Gericht?«

Eine wirklich gute Frage. Steve war gegen elf aufgewacht, hatte sich Jeans und ein T-Shirt angezogen, auf dem der Spruch stand: *»Ich spreche nicht fließend Idiotisch – also reden Sie deutlich.«* Danach brachte er Bobby zur Schule, weil ein halber Tag Sechstklässler-Unterricht immer noch besser war als gar keiner.

Dann hatte Cece, seine Sekretärin, Assistentin oder Büro-Zarin oder wie immer sie sich diese Woche schimpfte, angerufen, um ihm mitzuteilen, dass ihn ein Häftling namens Gerald Nash zu sehen wünsche.

Trotz seines demonstrativ zur Schau getragenen Desinteresses wollte Steve den Fall *Der Staat gegen Nash.* Nicht, dass er Nash mochte. Aber das war in Ordnung. Vielleicht sogar besser. Wenn man seine Klienten nett fand, traf es einen härter, falls sie in den Knast wanderten.

Wenn er den Fall bekam, würde er Bobby allerdings ein paar Dinge erklären müssen. Er würde dem Jungen sagen, dass Schuld nicht einfach schwarz oder weiß war. Im Rechtssystem gab es viele Grautöne. Gerald Nash war eher fehlgeleitet als gefährlich. Sollte er wirklich ein Leben lang hinter Gittern verschwinden für die dümmste Sache, die er je angestellt hatte? Steve glaubte, dass Menschen sich ändern konnten. Na gut, Serienmörder vielleicht nicht. Aber wenn ihm das Gefängnis erspart blieb, *konnte* Gerald Nash sein Leben ändern. Vielleicht würde er im Tierheim arbeiten und auf seine kriminellen Machenschaften verzichten.

Blieb nur noch die Kleinigkeit mit der Felony-Murder-Regel, diesem altersgrauen Überbleibsel des englischen Strafrechts. Klar war Nash verantwortlich für den Verlust von Misty und Spunky, aber er hatte nicht auf seinen Komplizen geschossen.

»Warum wollen Sie ausgerechnet *mich?*«, drehte Steve den Spieß um.

»Ich muss ständig an diesen verrückten Stunt denken, den Sie hingelegt haben. Mich zu verfolgen und in den Kanal zu springen ... Sie haben Prinzipien und sind hartnäckig. Sie sind der Typ, den ich auf meiner Seite haben will.« Nash schwieg einen Moment lang. Von irgendwo aus den Tiefen des Gefängnisses war ein durchdringender Schrei zu hören. »Sie sind dran, Solomon. Sie haben bisher nichts getan, außer auf mir und meiner Sache herumzuhacken. Warum sind Sie überhaupt gekommen?«

»Weil jemand, der Ray Pincher auf die Nüsse geht, nicht durch und durch schlecht sein kann.«

Nash lachte. »Eigentlich hasst Onkel Ray meinen Vater – Clifford Nash.«

Er sagte das, als müsse Steve der Name geläufig sein.

»Dad ist Professor an der Florida State University. Geopolitik. Die weltweite Verschwörung der Unternehmen. Der militärisch-industrielle Komplex hat das Land an sich gerissen. Leute wie Onkel Ray sind nur noch Dienstboten des Bösen.«

»Bei Ihren Familienfeiern geht es bestimmt lustig zu.«

»Wissen Sie, was Onkel Ray am meisten stinkt? Mein alter Herr ist weiß. Schon schlimm genug, dass er ein Linker und ein verkiffter Hippie ist, aber dass er auch noch weiß ist, das geht zu weit. Und jetzt kommt das eigentlich Verdrehte an der Sache: Dad *denkt* wie ein Schwarzer. Er hing mit Huey Newton und Eldridge Cleaver rum. Als ich noch ein Kind war, sagte meine Mom an Thanksgiving mal zu mir, dass Dad schwärzer sei als Onkel Ray. Mann, die haben sich darüber vielleicht in die Haare gekriegt. Ray hat Dad einen Elfenbeinturm-Sozialisten genannt und Dad ihn einen Haus-Nigger. Sie fingen an, sich zu schubsen und zu stoßen, bis der Truthahn auf dem Fußboden landete. Das war so ziemlich das Ende ihrer Beziehung.«

Nash schwieg. Vielleicht dachte er daran, wie sich sein Vater und sein Onkel mit der Sauciere bewarfen. Dann begann er zu erzählen, was in der Nacht zuvor passiert war. Der andere Jetskier – der, der mit den Delfinen entkommen war – war seine Freundin.

Oh. Eine Frau.

Darauf wäre Steve nicht gekommen. Aber wie auch – in der Dunkelheit, fast 100 Meter entfernt und in einem schwarzen Neoprenanzug. Sie hieß angeblich Passion Connor. Klar doch, dachte Steve. Wahrscheinlich hatte sie diesen Namen aus einer Daily Soap oder aus einem James-Bond-Roman. Er klang jedenfalls sehr nach Pussy Galore oder Mary Goodnight.

»Und wo steckt sie jetzt?«, fragte Steve.

Nash zuckte mit den Schultern. »Ich hab von hier versucht, sie auf ihrem Handy anzurufen. *Kein Anschluss unter dieser Nummer.*«

Das war aber fix, dachte Steve. Entweder hatte sich Miss Passion Connor gedacht, dass Nash sie vom Gefängnis aus anrufen würde, wo sämtliche Gespräche abgehört wurden, oder die Dame wollte jegliche Verbindung zu ihm kappen. Clever, so oder so.

»Was können Sie mir über Ihre Freundin erzählen?«, fragte Steve.

»Master in Meeresbiologie an der Rosenstiel School. Letzten Sommer wollte jeder als Praktikant bei der Umweltbehörde jobben. Aber Passion heuerte auf einem Thunfischfänger an. Mit einer versteckten Kamera filmte sie, wie Delfine ins Netz gingen. Hunderte, die in die Tiefe gezogen wurden und ertranken. Wenn einer aus der Mannschaft sie beim Filmen erwischt hätte – nicht auszudenken, was die mit ihr gemacht hätten. Wie sollte man eine solche Frau nicht lieben?«

»Waren Sie vorher schon zusammen? Vor letztem Sommer?«

Nash schüttelte den Kopf. »Als sie wieder in Miami war, kam sie zu mir. Passion hatte von meiner Arbeit gehört. Sie wollte bei der TBB mitmachen.«

»Und da ist Ihnen vor Sorge um die Delfine im Meer und die Hamster in den Labors so heiß geworden, dass Sie unbedingt etwas unternehmen mussten – nachdem Sie sich gegenseitig die Seele aus dem Leib gevögelt hatten.«

»Es ging nicht nur um Sex! Passion setzt sich noch radikaler für die Sache ein als ich.«

»Was ist mit dem Toten? Die Cops haben seinen Mietwagen auf einem Parkplatz am Hafen gefunden. Der Kerl hieß wohl Charles Sanders, sein Führerschein wurde in Colorado ausgestellt.«

»Wir haben uns vor etwa zwei Monaten in einer Bar in Islamorada getroffen. Sanders ist durch gemeinsame Freunde in der Tierbefreiungsbewegung auf mich aufmerksam geworden.«

»Sie scheinen über diesen Verein mächtig viele Leute kennenzulernen.«

»Sanders hatte seine Hausaufgaben gemacht. Er wusste von meinen Leistungen: beinahe einen Walfänger versenkt, Jäger-Hochsitze in den Glades abgerissen und einen Farbbomben-Anschlag auf einen Pelzladen in New York verübt.«

»Eine echtes Ein-Mann-Zerstörungskommando.«

Nash schien das als Kompliment aufzufassen. »Ja, die Bruderschaft ist zufrieden mit mir.«

Eine Bruderschaft anarchistischer Volldeppen, dachte Steve.

Sanders hatte aber auch einiges vorzuweisen gehabt, erzählte Nash. Der Mann hatte an der Westküste ein Versuchslabor abgebrannt, in dem Hundewelpen für pharmazeutische Zwecke mit Drogen vollgepumpt wurden. Das galt innerhalb der TBB als große Sache. Bevor er bei ihnen aufgetaucht war, hatten Nash und seine Kumpane allerdings nie etwas von dem Burschen gehört. Deshalb waren sie anfangs misstrauisch gewesen. Stank nach Cop oder FBI-Spitzel. Aber dann hatte Sanders seine Feuerprobe bestanden. Sie waren in ein Primaten-Versuchslabor in Marathon eingebrochen, hatten die Affen rausgeholt und ihnen in den Glades ein Leben in Freiheit geschenkt. Mit Ausnahme jener bedauernswerten Exemplare, die sich dann auf dem Overseas Highway überfahren ließen.

»Kannte Passion diesen Sanders schon vorher?«

Nash schüttelte den Kopf. »Wir haben ihn zusammen kennengelernt.«

»Hat sie Ihnen jedenfalls erzählt.«

»Was soll das heißen? Dass Passion Sanders kannte und mich angelogen hat?«

»Woher soll *ich* das wissen? Sie ist Ihre Freundin.«

»Sie sind auf dem Holzweg, Solomon. Passion liebt mich.«

»Und das zeigt sie, indem sie sich verdünnisiert?«

Darauf wusste Nash keine Antwort, und Steve fuhr fort: »Was machte Sanders beruflich, wenn er nicht gerade die Welt retten wollte?«

»Versicherungen.«

»Wollen Sie mich verscheißern?«

»Er hatte eine Visitenkarte. Leitender Sachbearbeiter bei irgendeiner Unfallversicherungsgesellschaft.«

»Und das haben Sie geglaubt?«

»Es hat mich nicht interessiert. Aber stimmt schon. Er sah nicht aus wie ein Versicherungstyp. Gut 1,80 Meter groß, vielleicht 90 Kilo schwer, athletisch gebaut. Topfit und muskulös. Ein fantastischer Schwimmer, als hätte er früher an Wettkämpfen teilgenommen.«

»Wie sind Sie drei darauf gekommen, den Cetacean Park zu überfallen?«

»Das war nicht meine Idee. Ich schlug eine Kette von Tierhandlungen vor. Dachte, wir könnten mit einem Pickup durchs Schaufenster rasen und die Tiere rausholen. Aber Sanders sagte: ›Lass uns ein größeres Ding drehen.‹«

»Und Passion war ganz seiner Meinung?«

»Ja. Sie wollte sich einen Namen machen.«

Steve hörte sich Nashs Schilderung des Überfalls auf den Cetacean Park an. Sanders hatte vorher die Lage sondiert. Es gab nur einen Wachmann. Ein alter Mann, der die ganze Nacht in seinem Schuppen vor einem Schwarz-Weiß-Fernseher hockte und sich Telenovelas ansah. Seine Bewaffnung bestand aus einer Dose Pfefferspray und einem Handy. Sie hatten ihren Plan bis ins Letzte ausgearbeitet. Sanders sollte sich an Land schleichen und den Wachmann fesseln. Nash hatte bisher noch keinen Mann-gegen-Mann-Einsatz gehabt und war ganz froh, dass jemand anderes diesen Job übernahm. Sanders war mit einer .45er bewaffnet, einer verdammt großen Handfeuerwaffe, die aber nur zum Einschüchtern gedacht war. Aber als Sanders an Land ging, fand er keinen alten Mann mit Pfefferspray vor, sondern Grisby. Mit einer Schrotflinte in der Hand.

»Ich kapiere einfach nicht, warum Sanders erschossen wurde«, sagte Nash. »Wir hatten die Delfine doch schon längst aus dem Kanal raus. Passion wartete in der Bay. Und da war ich auch schon fast, bis Sie angeflogen kamen. Die ganze Sache war längst *gelaufen!«*

»Grisby behauptet, er hätte Sanders mit der Schrotflinte in Schach gehalten und auf die Polizei gewartet. Dann hätte Sanders ganz plötzlich zur Waffe gegriffen.«

»Das ergibt keinen Sinn.«

»Dass Grisby zweimal geschossen hat, genauso wenig.«

Die einzelnen Puzzleteile passten nicht zusammen. Der Schlüssel zur Lösung des Falls lag darin, herauszufinden, was zwischen Grisby und Sanders passiert war, bevor die Schüsse fielen. Aber vom Kanal aus konnte Nash nichts gesehen haben. Bobby vom Dock aus genauso wenig. Somit stand Grisbys Wort gegen das eines Toten.

»Sonst noch was, Gerald? Etwas, das ich wissen müsste?«

Nash blickte sich unsicher um, als fürchte er, belauscht zu werden. »Da ist noch eine Sache, die ich Ihnen nicht erzählt habe. Wir waren nicht nur zu dritt. Wir hatten ein Boot, so eine riesige Bertram-Yacht mit einem Salzwasserbecken. Sie ankerte eine halbe Meile draußen vor dem Kanaleingang. Zwei Mann Besatzung. Die sollten die Delfine mit einem Netz aus Segeltuch an Bord holen.«

Das verstand Steve nicht. »Nachdem die Delfine durch das Tor waren, konnten sie sich in der Bay doch völlig frei bewegen.«

»Aber dann wären sie vielleicht durch den Kanal zurück in den Park geschwommen.«

Weil es ihnen dort gefiel, dachte Steve. Spunky und Misty hatten wahrscheinlich kapiert, dass sie gratis im Four Seasons logierten. Dann kreuzten plötzlich diese Vollidioten auf, die sie zwingen wollten, sich ihr Abendbrot in Zukunft selbst zu suchen. »Wer zum Teufel sind die beiden Kerle? Und wo stecken sie jetzt?«

Nash zuckte mit den Schultern. »Sanders hat sie angeheuert. Ihre Namen hat er nicht erwähnt.«

Nash kam zum Ende seiner erbärmlichen Geschichte: Als sich die Polizeiwagen mit Sirenengeheul vom Virginia Key aus dem Park näherten, bekamen die zwei Typen Panik und hauten mit der Bertram ab. Die Delfine schwammen weiß Gott wohin. Passion musste zum Crandon-Park-Hafen gefahren sein, wo sie ihren Jetski einfach zurückließ. Und seither hatte er nichts von ihr gehört.

Steve grübelte.

Passion verschwunden.

Sanders tot.

Die zwei namenlosen Kerle von dem Boot liefen sonstwo herum.

Gerald Nash war auf sich allein gestellt – und sah einem Leben im Gefängnis entgegen.

Ob sein Mandant nun des Mordes schuldig war oder nicht – Steve konnte in jedem Fall auf Dummheit ersten Grades plädieren.

Zehn

Nie mehr eigenwillige Titten

Victoria fuhr auf dem Dixie Highway in Richtung Süden und konnte es kaum erwarten, Steve von den Neuigkeiten zu berichten.

Sie war offiziell ernannt worden und trug jetzt zum Beweis eine Dienstmarke und eine Dienstwaffe.

Stellvertretende Staatsanwältin für das Miami-Dade County, Florida.

Morgen würde es in der Zeitung stehen. Und das war erst der Anfang.

Genau das hatten Solomon & Lord gebraucht. Einen Prozess, der durch die Medien ging. Und einen Sieg. Felony Murder war für die Anklagevertretung ein Kinderspiel. Bei gewöhnlichen Mordprozessen musste der Staat beweisen, dass der Angeklagte die Tat vorsätzlich begangen hatte. Bei Felony Murder nicht, da ging es um »verschuldensunabhängige Haftung«. Wenn Gerald Nash eine Straftat verübte, in deren Folge Sanders zu Tode kam, war Nash schuldig, auch wenn er das Ableben seines Komplizen weder beabsichtigt noch herbeigeführt hatte.

Drakonisch vielleicht – aber hey, so lautete das Gesetz.

Nach diesem Prozess würden sie sich vor Aufträgen kaum noch retten können. Große Fälle. Sie konnten dann ein paar von Steves alten Klienten aussortieren. Als Steve ihr zum ersten Mal erzählt hatte, er würde Fälle von Personenschaden vertreten, hatte er mit keiner Silbe die Stripperinnen aus dem *Hot Pussys* erwähnt. Seine Ausführungen vor Gericht konnten so was von peinlich sein!

»Ein Mann, der eine Stripperin bucht, muss damit rechnen, von einer Silikonbrust mit Eigenleben k. o. geschlagen zu werden.«

Nie wieder eigenwillige Titten, entschied Victoria.

Der Staat gegen Nash konnte eine Menge Probleme lösen. Sie bekäme regelmäßig Gehaltsschecks. Okay, kein Vermögen, aber der Staatsdienst würde zumindest die momentane Flaute in der Kasse beheben. Und wenn dann die neuen Mandanten mit fetten Vorschüssen anrollten, würde sich auch ihre berufliche Zusammenarbeit mit Steve vereinfachen. Schluss mit der Jagd auf Überbleibsel in der Schnäppchen-Abteilung des Gerichtsgebäudes. Nie wieder Werbung auf Bänken von Bushaltestellen: Solomon & Lord. *Hablamos Español.*

Victoria passierte Coral Gables und steuerte auf Kendall zu. Ihr Ziel war der Sunniland Park, wohin Steve mit Bobby zum Baseballtraining gefahren war. Wegen der guten Neuigkeiten war sie vor Aufregung ganz kribbelig.

Vor sechs Monaten war sie bei Steve eingezogen, nicht ohne Zweifel und Bedenken. Ihre Mutter – Irene Lord, Freunden ebenso wie der Familie und den Verkäufern bei Neiman Marcus als »Die Queen« bekannt – lehnte Steve aus diversen Gründen ab. Die Punkte ihrer Anklageschrift bezogen sich zu gleichen Teilen auf Finanzen und Status. Steve verdiente nicht genug. Er gehörte nicht der Operngilde an. Er hatte die Angewohnheit, wegen Missachtung des Gerichts eingebuchtet zu werden. Und man musste ihn sonntagabends mit Gewalt zum Meeresfrüchtebuffet im Country Club schleppen.

Anfangs wollte ihre Mutter Victoria davon abbringen, mit Steve zusammenzuziehen. Ihr vorsintflutlicher Rat dazu lautete: »Warum sollte ein Mann die Kuh kaufen, wenn er die Milch umsonst haben kann?«

Die Einstellung der Queen gegenüber Steve hatte sich erst geändert, als er sie vertrat, nachdem sie auf einen Hochstapler hereingefallen war. »Wenn Stephen dich glücklich macht, Liebes, ist das für mich völlig ausreichend.« Das war das Höchstmaß an Billigung, zu dem sich die Queen hinreißen ließ.

Natürlich gab es Probleme wegen ihrer unterschiedlichen Berufsauffassung. Aber das Zusammenleben mit Steve gestaltete sich einfacher, als Victoria gedacht hatte. Eigentlich gab es nichts zu beanstanden, obwohl sie sich schon fragte, warum rund um die Uhr der Sportkanal ESPN laufen musste.

Steve war fürsorglich und aufmerksam. Bobby war schlichtweg liebenswert. Victoria verbrachte so viel Zeit wie möglich mit dem Jungen und war bereits zum Mutterersatz geworden.

Im Autoradio liefen die Nachrichten, der Aufmacher war die Schießerei im Cetacean Park. Lächelnd fuhr Victoria auf den Parkplatz des Baseballfelds.

Es ging bergauf mit der Kanzlei. Steve würde stolz auf sie sein.

Solomons Gesetze

§ 3 Beim Streit mit einer Frau, die stark, intelligent und geradeheraus ist, solltest du auf Tricks, List und Tücke zurückgreifen.

Elf

Liebe den Mann, hasse sein Grinsen

Steve hätte dem fetten Kerl mit der Yarmulke am liebsten einen Kinnhaken verpasst, aber wahrscheinlich wurde Bobby dadurch auch nicht leichter ins Team aufgenommen.

»Wir stehlen keine Bases«, erklärte Yarmulke-Mann.

»Was meinen Sie mit ›wir‹, Rabbi?«, erwiderte Steve.

»Ich bin kein Rabbi, Mr Solomon, und das wissen Sie genau. Machen Sie sich etwa über meinen Glauben lustig?«

»Der Himmel bewahre«, versicherte Steve so ironisch wie möglich.

Die Beth Am Bobcats trainierten im Sunniland Park, und Steve versuchte, seinen Standpunkt zu vertreten, ohne Yarmulke-Mann übermäßig auf die Nüsse zu gehen – dem Teamcoach, der mit richtigem Namen Ira Kreindler hieß.

»Es gibt keine Ligaregel, die das Stehlen von Bases untersagt«, erklärte Steve.

»Ich berufe mich auf eine höhere Autorität.« Kreindler richtete den Blick nach oben. Ob zum Himmel oder auf die Schienen der Hochbahn, konnte Steve allerdings nicht erkennen.

»*Gott* will nicht, dass mein Neffe eine Base stiehlt?«

»Wir reden hier von Moral. Robert kann zur zweiten Base laufen, wenn einer der folgenden Schlagmänner trifft oder der Verteidiger einen Fehler macht. Aber stehlen?« Kreindler gab ein missbilligendes Zungenschnalzen von sich.

Wenn Kreindler nicht gerade das Jugend-Baseballteam der Synagoge versaute, leitete er seinen Fleischgroßhandel. Die blauweißen Laster mit der Aufschrift *Kreindler is(s)t koscher* konnte man regelmäßig vor den jüdischen Delikatessenläden in North Miami Beach parken sehen. Um den Hals trug er ein *Chaij*, das aus der Hauptader einer Goldmine gemeißelt sein musste. Jedenfalls war es schwer genug, seine Schultern nach unten zu ziehen. Über Kreindlers karierten Bermudashorts hing eine XXL-Wampe. Er mochte ja schnell und geschickt eine Rinderbrust zerlegen können, aber dass er es ohne Boxenstopp von der ersten bis zur dritten Base schaffte, bezweifelte Steve.

»Wissen Sie eigentlich, dass ich am College selbst mal aktiv war, Kreindler?« Steve wies in Richtung des Dixie Highways. Die Universität von Miami war weniger als fünf Meilen entfernt.

»Klar weiß ich das. Sie sind Last-Out-Solomon. An der dritten Base abgepfiffen. Damit haben Sie für Ihre Mannschaft die College-Meisterschaften versemmelt.«

Das war der Moment, in dem Steve die Lust befiel, den Typen k.o. zu schlagen. Doch er kam zu dem Schluss, dass er damit kein gutes Beispiel für Bobby abgeben würde. »Ich war ein miserabler Schlagmann. Aber ich konnte rennen, und sobald ich es raushatte, die Werfer richtig einzuschätzen, brachte ich das Team mit gestohlenen Bases in Führung.«

»Sie haben Bases gestohlen, weil Sie es konnten?«, fragte Kreindler.

»Natürlich.«

»Sie glauben also an *kol de'alim gevar.* Das Recht des Stärkeren.«

»Ich glaube daran, dass es gut ist, das Bestmögliche aus den Fähigkeiten jedes Spielers zu machen. Außerdem glaube ich ans Gewinnen, und ich werde mich nicht dafür entschuldigen.«

»Denken Sie wirklich, dass Robert das Zeug dazu hat?«

»Zum Bases stehlen? Sicher, ich bringe es ihm bei.«

»Zum Baseball spielen. Mit seinen Problemen ...«

»Darum geht's also!«

»Die anderen Jungs können sehr grausam sein. Robert einen Spasti nennen.«

»Dann ist es Ihr Job, die kleinen Scheißer zurechtzustutzen.«

»Und wie?«

»Am Genick packen und schütteln. Ein paar Runden laufen lassen. Ihnen Anstand beibringen.«

»Ganz sicher wissen Sie, Mr Solomon, dass das nicht so einfach ist.«

»Für einen *richtigen* Coach wäre das kein Problem. Sie müssen eben in ein paar koschere Ärsche treten, Kreindler.«

Sie standen auf dem kurz geschnittenen grünen Rasen des Outfield. Die Bobcats übten Fangen, was bedeutete, dass jede Menge Bälle auf dem Boden zwischen dürren jüdischen Beinen herumkullerten. Am Ende des Spielfelds, so weit wie möglich aus der Gefahrenzone, pflückte Bobby Pusteblumen. Der Junge war schon den ganzen Tag ziemlich lustlos. Er hat es noch längst nicht verdaut, dachte Steve. Als Bobby klar geworden war, dass Spunky und Misty verschwunden waren und es keine Möglichkeit gab, sie zu finden, hatte ihm das fast das Herz zerrissen. Steve hatte gehofft, Baseball würde Bobby ein wenig ablenken.

Zehn Minuten zuvor hatte er seinem Neffen die Grundregeln beim Stehlen von Bases erklärt. Achte auf die Fersen des Werfers. Ist er Rechtshänder und hebt die rechte Ferse vor der linken, dann wirft er zur ersten Base. Hebt er zuerst die linke Ferse, dann wirft er zur Plate.

Das war der Moment, in dem Kreindler, die Yarmulke auf der kahlen Stelle, Sunblocker auf der Nase und Sonnenblenden auf die Brillengläser geklemmt, angewatschelt kam, um Steve einen Vortrag über Ethik zu halten.

Wenn Steve nicht die letzte Ligasitzung verpasst hätte, wäre jetzt vielleicht er der Trainer der Beth Ams gewesen. Leider hatte er den betreffenden Abend in der Arrestzelle verbracht. Wegen einer Nichtigkeit. Er hatte einer Jury eine Pizza und zwei Sixpacks Bier bringen lassen. Einer Jury, die sich gerade wegen eines Falls von Fahren unter Alkohol- und Drogeneinfluss beriet.

Im Grunde hatte Steve nichts dagegen, gelegentlich eine Nacht hinter Gittern zu verbringen. Eines der ersten Dinge, die er Victoria beigebracht hatte, war: Ein Anwalt, der sich vor dem Gefängnis fürchtet, ist wie ein Chirurg, der kein Blut sehen kann.

Wie aufs Stichwort kam Victoria in diesem Moment entlang der First-Base-Linie auf ihn zugeschlendert. Ausgreifende Schritte mit Tennisspielerinnenbeinen. Sie trug eine grüne Seidenbluse, einen weißen Rock und grün-rot-weiße Versace-Schuhe, die ihn an die italienische Flagge denken ließen. Steve war dabei gewesen, als Victoria die Schuhe gekauft hatte. Sie hätte sich beinahe für ein Paar der Marke United Nude entschieden, die laut dem Verkäufer »Skulpturen und keine Schuhe« waren. Beide Paare sahen so bequem aus, als würde man über Glasscherben laufen.

Victoria hatte eine rote Lederhandtasche dabei, eine

Hermès Birkin. Steve konnte eine Hermès Birkin nicht von einem Glas Gurken unterscheiden, aber Victoria war vor Freude fast ausgeflippt, als sie die Tasche von ihrer Mutter bekommen hatte. Er kapierte nicht, was dieser ganze Wirbel sollte, bis Irene erzählte, dass die Tasche das Geschenk eines französischen Millionärs sei, den sie an der Riviera kennengelernt hatte – und dass das verdammte Ding 15.000 Dollar gekostet hatte. Steve konnte ja verstehen, dass jemand so viel Geld für einen High-Def-Flachbildschirm ausgab. Aber für eine *Handtasche?* Frauen würden ihm ewig ein Rätsel bleiben.

Victoria winkte Bobby zu, der im Schneidersitz im Gras hockte und sich mit einem Reiher unterhielt, der im Outfield gelandet war. Steve sagte Kreindler, dass sie die moralischen Grundlagen des Baseball später zu Ende diskutieren würden, und schlenderte der Frau entgegen, die er liebte. An der ersten Base trafen sie sich. Victoria schlang ihm die Arme um den Hals, und sie küssten sich. Aber kein *Hallo-nett-dich-zu-sehen*-Kuss, sondern tiefer. Ein *Ich-will-dich-jetzt-und-hier*-Kuss.

»Wow«, sagte Steve.

»Ich habe fantastische Neuigkeiten.«

»Hey, ich auch, Vic.«

»Ich habe einen neuen Fall. Und zwar einen richtig dicken.«

»Gleichfalls.«

»Diese Schießerei im Cetacean Park«, sagte sie. »Ich werde die Anklage vertreten.«

»Was?« Er musste sich verhört haben.

Sie konnte unmöglich »Anklage« gesagt haben.

Sie waren beide Strafverteidiger. Sie vertraten die Verfolgten, die Geknechteten, die gelegentlich Unschuldigen.

Anklagevertretung? Genauso gut hätte sie sagen können: »Ich gehe anschaffen.«

»Pincher ist wegen Befangenheit draußen«, redete Victoria munter weiter. »Ich wurde ernannt.« Sie griff in ihre obszön teure Handtasche und zog ein Abzeichen mit einem goldenen Stern heraus. *Stellvertretende Staatsanwältin.* »Der Typ, den du geschnappt hast, Gerald Nash, er wird angeklagt wegen …«

»Felony Murder. Ich weiß. Ich bin sein Verteidiger.«

Das ließ sie verstummen. Aber nur für eine Sekunde. Sie blinzelte ihn an und sagte: »Unmöglich, Steve.«

»Er hat mich heute Morgen engagiert. Ohne den üblichen Vorschuss, aber er hat mich engagiert.«

Victoria nagte an ihrer Unterlippe. »Und wie geht's jetzt weiter?«

»Ist doch klar. Du gibst den Fall ab.«

»Warum ich?«

»Weil es mein Fall ist, Vic. Ich war zuerst da.«

Von der Home Plate aus schlug Ira Kreindler Trainingsbälle zu einem Feldspieler, besser gesagt, er versuchte es, denn die meisten Bälle kullerten müde die Seitenlinie entlang.

»Du bist ein Augenzeuge«, sagte sie. »Du kannst die Verteidigung gar nicht übernehmen.«

»Zwei Cops haben gesehen, wie ich den Kerl schnappte, und ihn auf der Stelle festgenommen. Meine Aussage wird nicht gebraucht.«

»Hast du mit angehört, wie Nash irgendetwas Belastendes gesagt hat?«

»Wenn dem so wäre, würde ich es dir mit Sicherheit nicht verraten.«

Im Outfield kam ein hoher Ball auf Bobby zugeflogen.

Bobby wankte hin und her und wedelte mit den Armen wie ein Betrunkener, der einen Schmetterling fangen will. Der Ball plumpste in seinen Fanghandschuh, direkt wieder heraus, titschte ihm an den Kopf und fiel auf den Boden. Bobby rieb sich die Stirn und drehte sich einmal um die eigene Achse, um den Ball zu finden.

»Netter Fang, Spasti!«, brüllte Rich Shactman vom Center Field aus. Er war der beste Spieler des Teams, ein stämmiger Schlägertyp, der aussah, als würde er sich schon seit dem Kindergarten rasieren. Es juckte Steve in den Fingern, dem kleinen Scheißer zu verklickern, dass er Bobby in Ruhe lassen sollte. Aber zum Erwachsenwerden gehörte auch, zu lernen, wie man mit solchen Widerlingen umging. Also hielt Steve den Mund.

Er wandte sich wieder Victoria zu und sagte: »Dann muss ich mich wohl auf meinen Status berufen.«

»Status?«

»Ich bin der Seniorpartner.«

»Wir sind *gleichberechtigte* Partner.«

»Aber ich bin der Dienstältere. In der Army wäre ich der General.«

»Wenn das hier die Army wäre, kämst du vors Militärgericht.«

»Erklär mir doch mal eines: Als du vorhin deine schicke Handtasche geöffnet hast, habe ich da etwa eine Waffe gesehen?«

»Was soll damit sein?«

»Willst du *Thema und Louise* spielen?«

»Jeder Staatsanwalt bekommt eine Waffe.«

»Du redest, als wäre dieser Fall keine Ausnahme. Du planst wohl, dauerhaft zu wechseln?«

»Würdest du dich wieder abregen, Steve? Sobald dieser

Fall abgeschlossen ist, bin ich wieder zurück. Denk an die Publicity, die uns das bringt. Das ist die Chance, bessere Mandanten zu gewinnen.«

»Ich habe kein Problem mit unseren Mandanten.«

»Tatsächlich? Und was ist mit Needlemayer gegen Needlemayer? Der Junge, der seine Eltern wegen ihrer Hässlichkeit verklagt hat?«

»Sie waren nicht bloß hässlich, sondern haben ihm das auch vererbt.«

»Genau das meine ich. Schrottfälle, wenn ich einen Mordprozess gewinnen kann.«

»Du meinst wohl verlieren, weil ich nämlich die Verteidigung übernehme. Denk an den sprechenden Kakadu.«

»Legst du es etwa darauf an, dass ich wieder Vogelkacke auf dem Ärmel habe?«

»Jeder, der vor Gericht gegen mich antritt, riskiert die vollständige Demütigung. Das weißt du.«

»Willst du mir drohen?«

»Ich rede nur Klartext, Zuckerschnecke.«

»Zuckerschnecke? Du willst mich tatsächlich zur Weißglut bringen, stimmt's?«

»Warum sollte ich das tun, Sahneschnittchen?«

»Weil du glaubst, dass ich dann die Beherrschung verliere. Du denkst, dass ich dir sage, was für ein Mistkerl du bist, dann ein schlechtes Gewissen bekomme und mich entschuldige. Und danach bleibt mir nichts anderes übrig, als mich von dem Fall zurückzuziehen und dir die Verteidigung zu überlassen.«

»Du hältst mich für so clever?«

»Für so hinterhältig. Aber so läuft das nicht.«

Steve erwiderte nichts darauf. Er grinste Victoria an, als

hätte er soeben ein Full House aufgenommen, während sie nur ein ganz lausiges Blatt auf der Hand hatte.

Liebe den Mann, aber hasse sein Grinsen.

Natürlich liebe ich ihn, ermahnte sich Victoria.

Aber nicht dieses klugscheißerische, selbstgefällige Grinsen.

Er forderte sie tatsächlich heraus, es vor Gericht mit ihm aufzunehmen. Erinnerte sie an die Vogelkacke auf ihrer Jacke, weil er glaubte, sie damit einschüchtern zu können. Aber sie hatte ihn durchschaut.

»Du hast Schiss, nicht wahr, Steve?«

»Was?«

»Schiss vor einer starken Frau. Deshalb schwingst du wie ein Steinzeitmensch deine Keule.«

»Hast du schon wieder Maureen Dowd gelesen?«

»Wenn wir abends Essen gehen, warum bezahlst du dann immer?«

»Tue ich gar nicht. Ich lasse es über die Firmenkreditkarte laufen. Du zahlst die Hälfte.«

»Aber du bestehst darauf, *deine* Karte zu nehmen. Warum lassen wir es nicht auf meine setzen?«

»Was macht das für einen Unterschied?«

»Stellst du dich jetzt nur dumm oder bist du wirklich so schwer von Begriff?«

»Gibt es noch eine dritte Alternative?«

»Indem du mit deiner Karte wedelst, behältst du die Kontrolle. Die MasterCard wird zu deinem Penis.«

»Zwei Metaphern für Schwanz innerhalb einer Minute. Bist du spitz?«

»Ha!«

»Du hast so rote Wangen. Oder haben wir unsere Tage?«

Victoria holte tief Luft und rief sich abermals ins Gedächtnis, dass sie diesen Mann liebte, und wenn er sie noch so auf die Palme brachte. »Die letzte Bastion des männlichen Chauvinismus ist das Attackieren des weiblichen Zyklus. Als würde uns das schwächen. Dabei ist es in Wahrheit euer Y-Chromosom, das euch zum schwächeren Geschlecht macht.«

»Du *hast* Maureen Dowd gelesen.«

»Wir sprechen von evolutionsgeschichtlichen Tatsachen. Das männliche Chromosom verliert Gene. Die männliche Potenz schwindet, und du führst dich immer noch auf wie Dschingis Khan.«

»Wie bitte? Möchtest du vielleicht die Pille absetzen?«

Victoria lächelte honigsüß und erwiderte dann: »Du kannst mich nicht aufhalten, Steve. Ich werde diesen Fall übernehmen. Und ich werde gewinnen.«

»Klingt vielversprechend.«

»Ich werde dich in Stücke hacken und als Köder benutzen.«

»Aua.«

»Als Haifutter wärst du nicht zu gebrauchen – die würden dich nicht anrühren.«

»Höflichkeit unter Kollegen.« Steve nickte.

»Deshalb beschränke ich mich darauf, dich im Gerichtssaal vernichtend zu schlagen.«

»Und wie? Indem du mich zu Tode langweilst?«

»Ich werde körbeweise Aktenvermerke abfassen, zu jeder Rechtsfrage Schriftsätze einreichen und dich dazu zwingen, zur Abwechslung mal zu arbeiten.«

»Großartig. Tod durch Ersticken unter einer Papierlawine.«

»Und ich werde dich vor den Augen der Geschworenen

zerlegen. Beim Eröffnungsplädoyer. Beim Kreuzverhör und beim Schlussplädoyer. Ich werde dich fertigmachen. Und zwar auf eine Art, der du nichts entgegenzusetzen hast. Ich werde auf anständige und ehrliche Weise gewinnen.«

Zwölf

Rich (der Mistkerl) Shactman

Niedergeschlagen schlich Bobby über den Flur der Ponce-de-Leon-Schule. Er würde Spunky und Misty nie wiedersehen. Mittlerweile konnten sie schon die vorgelagerten Inseln erreicht haben. Und hatten Hunger. Sie brauchten täglich fünfzehn Kilo Fisch. Waren sie überhaupt in der Lage, selbst welchen zu fangen? Oder würden sie darauf warten, dass jemand käme, um sie zu füttern?

Irgendwie fühlte sich Bobby verantwortlich. Wenn er doch nur schneller reagiert hätte! Vielleicht hätte er sie dann retten können. Er hätte ihnen sagen können, dass sie sich verstecken sollen. Sie hätten ihn verstanden. Sie wären getaucht und 20 Minuten lang unter Wasser geblieben. Das schafften sie, ohne zwischendurch Luft holen zu müssen.

Im Grunde wusste er, dass es nicht sein Fehler war, trotzdem ...

Spunky und Misty haben mir vertraut. Und ich habe sie im Stich gelassen.

Er machte auch Onkel Steve Vorwürfe. Der hatte sich geweigert, mit dem Boot rauszufahren und nach den Delfinen zu suchen. Behauptete, das sei sinnlos. Nervte Bobby mit dem Gebet der Fischer: »Oh Herr, das Meer ist so weit, und mein Boot ist so klein.«

Genau genommen wusste Bobby, dass sein Onkel Recht hatte. Aber Onkel Steve war ein Erwachsener. Er hätte sich etwas einfallen lassen müssen. Stattdessen übernahm er auch noch die Verteidigung dieses Fieslings Gerald Nash, der für den ganzen Mist verantwortlich war.

Das ist gemein gegenüber Spunky und Misty ... und mir gegenüber.

Bobby kämpfte sich durch die Massen von Sportskanonen, Spinnern, Strebern, hübschen Mädchen, pummeligen Mädchen, intelligenten Mädchen, Langweilern, Freaks und Schönlingen in Richtung seines Schließfachs.

Oh, Shit.

An die grauen Metallschließfächer gelehnt, mit offenem Mund Kaugummi kauend wie ein Seelöwe, der eine Makrele verschlang, stand Rich Shactman. Ein Zementblock, der vorgab, ein menschliches Wesen zu sein, und dessen Muskel-Shirt sich straff über der behaarten Brust spannte.

Jawohl. Ein Sechstklässler mit behaarter Brust. Rich war mit seinen dreizehn ein Jahr älter als seine Klassenkameraden, weil er später eingeschult worden war. Nicht, weil er dumm gewesen wäre - obwohl das zutraf -, sondern weil sein noch dämlicherer Vater gehofft hatte, seinem Sohn dadurch bessere Chancen auf ein Sportstipendium zu verschaffen.

Guckte der Kerl etwa in seine Richtung?

Ich hätte niemals ein Anagramm aus seinem Namen bilden dürfen.

Bobby hatte es nicht böse gemeint. Letzte Woche hatte Shactman in der Cafeteria herumgeblödelt. Hatte sich eine Hand in die Armbeuge gedrückt und damit Furzgeräusche erzeugt, wenn Mädchen vorbeigingen. Ziemlich lahm für einen Sechstklässler. Aber die anderen Jungs johlten begeistert, weil die Mädchen verlegen wurden - und ein Furzgeräusch war nun mal saukomisch, egal, welcher Altersgruppe man angehörte. Bobby hatte dazugehören wollen.

Verdammt. Warum konnte ich nicht meine Klappe halten?

»Hey, Rich«, hatte Bobby lässig hingeworfen, als wären sie beide alte Kumpel, »wusstest du schon, dass man aus den Buchstaben deines Namens die Wörter NICHT AM ARSCH bilden kann?«

»Wen hast du gerade Arsch genannt, Weichei?«

»Nein, eben *nicht* am Arsch. Ist quasi geschmeichelt.«

»Und warum willst du mir schmeicheln, du kleine Schwuchtel?«

Bobby spürte, dass er rot anlief. »Weil ich ...«

Shactman schob seine Visage dicht vor Bobbys Gesicht. »Du nervst, Alter!«

Bobby ertrug es nicht, wenn ihm jemand körperlich so nahe kam, mit Ausnahme von Onkel Steve und Victoria vielleicht. Er wollte nicht so bedrängt werden. Und Richs Atem stank nach Knoblauch-Bagel.

»Ich weiß alles über dich, Solomon.« Shactman grinste ihn gehässig an. »Deine Mutter ist eine Hure, die dich in einen Hundekäfig gesperrt hat. Jetzt sitzt sie irgendwo im Knast und leckt einer anderen Hure unter der Dusche die Pussy.«

»Sie ist nicht im Gefängnis.« Bobby wich stolpernd zurück. Er fühlte sich kläglich und schwach. Am liebsten hätte er Rich eine reingehauen, so fest er nur konnte. Aber dann hätte der ihn zu Brei geschlagen.

Schließlich hatte sich Bobby umgedreht und war weggerannt.

In der Woche seit dem Zusammenstoß in der Cafeteria hatte sich Shactman ständig über ihn lustig gemacht. Bobby verstand das nicht. Er kannte Rich aus der Sonntagsschule von Beth Am. Er war auf den Geburtstagsfeiern auf dem Shactman-Anwesen in Pinecrest gewesen. Einer protzigen Riesenvilla mit dem größten »Garten«, den Bobby je gesehen hatte. Die Grünfläche hatte die Ausmaße eines Footballfelds, es gab Yard-Markierungen und Torpfosten. Hinter einer Reihe majestätischer Palmen lag eine Sandfläche mit einem Profi-Volleyballfeld. In einem Flügel des Hauses war ein Basketballfeld untergebracht – samt Tribüne und elektrischer Anzeigetafel. Hinter dem Haus lagen ein Pool mit Sportbecken sowie zwei Tennisplätze. Natürlich beleuchtet.

Wozu braucht eine Familie zwei Tennisplätze? Oder fünf Autos?

Richs Vater gehörte eine Kette von Sportartikelgeschäften, was die vielen handsignierten Trikots, Schläger und Bälle von Spielern der Marlins, Dolphins und Miami Heats erklärte. Bobby fürchtete sich vor Richs Partys, bei denen immer Knochenbrecher-Sportarten wie Touch Football oder mörderische Basketballspiele auf dem Programm standen. Nie wurden Schwimmwettkämpfe ausgetragen, die einzige Sportart, die Bobby lag.

Während er jetzt auf sein Schließfach zuging und Rich Shactmans fiesen, harten Blick auf sich spürte, schnürte sich Bobbys Magen zusammen. Ganze Trauben von Schülern strömten den Flur entlang in Richtung ihrer Klassenzimmer.

»Da kommt ja unser Buchstabenjunge«, höhnte Shactman. Sein Trupp Vollidioten kratzte sich im Schritt und wartete. »Hey, Buchstabenjunge, wie heiße ich denn heute?«

»Rich. Du heißt Rich.«

»Und dein Name lautet Arsch-Burger, richtig?«

Eine gemeine Verballhornung des Asperger-Syndroms, unter dem Bobby litt. Was für ein mieser Witz.

Ein paar von Shactmans Freunden lachten. Bobby hatte sein Schließfach erreicht, drehte das Zahlenschloss und öffnete die Tür. Shactman beugte sich vor und schlug die Tür so schnell wieder zu, dass beinahe Bobbys Finger eingeklemmt wurden. »Hey! Mann!«

»Hör zu, du Verlierer. Ich will dich aus meinem Team raushaben.«

»Warum?«

»Weil du ein absoluter Spasti bist. Du kannst nicht schlagen, du kannst nicht fangen. Du kannst nicht werfen. Ich will, dass du aussteigst.«

»Es ist nur die Sonntagsschul-Liga.«

»*Nur?* Wo, glaubst du wohl, gehen die Highschool-Trainer auf Talentsuche? Ich werde an der Gulliver oder Ransom spielen, und dann an der Uni von Miami. Und ich lasse mir nicht von einem Schlappschwanz wie dir die Show vermasseln.«

»Ich werde nicht aussteigen.«

»Das wirst du, nachdem ich dir einen Schläger in den Arsch gerammt habe.«

Bobby wollte gerade darauf hinweisen, dass das aber mächtig schwule Anspielungen seien, hielt dann aber lieber den Mund. Er öffnete sein Fach wieder, holte sein Sozialkundebuch heraus, schloss die Tür, drehte das Zahlenschloss und sagte noch einmal: »Ich werde nicht aussteigen, Rich. Du kannst mich nicht dazu zwingen.«

»Ich weiß, wo du wohnst, Solomon. Du und dein Loser-Onkel.« Shactman wandte sich an seinen Trupp. »Diese Verlierer wohnen in South Grove, direkt neben Kleinafrika.«

Diese Bezeichnung war Bobby neu, aber tatsächlich lag die Kumquat Avenue nur ein paar Blocks vom afroamerikanischen Zentrum von Coconut Grove entfernt. Er suchte nach einem schlagfertigen Konter, einer sozialkritischen Bemerkung. Aber das wäre so was von lahm gewesen, dass er lieber schwieg.

»Die haben nicht mal einen Pool.« Shactman lachte bellend. »Wo geht ihr denn schwimmen? Etwa im Freibad? Hast du dir schon mal die Krätze geholt?«

Bobby überlegte, ob er sagen sollte, dass er tatsächlich hin und wieder im Venetian Pool in Coral Gables schwimmen ging und dass er manchmal auch mit Delfinen schwamm, aber das hätte Shactman nur noch mehr angeheizt. Wenn man mit Beschränktheit, Vorurteilen und starken Muskeln konfrontiert war, hielt man am besten die Klappe. Das sagte Onkel Steve immer.

»Wisst ihr, was ich noch gehört habe? Unser Buchstabenjunge redet mit den Fischen.« Shactman stieß Bobby vor die Brust. »Komm schon, du Loser. Sag mal was in der Fischsprache.«

Bobby wollte sagen: »Delfine sind keine Fische. Sie sind Säugetiere. Und ich habe noch keinen Delfin gesehen, der so dämlich ist wie du.«

Aber stattdessen schwieg er. Er ging weg und überlegte, auf welche Weise er Rich – den Mistkerl – Shactman umbringen würde.

Solomons Gesetze

§ 4 Der Job einer Staatsanwältin besteht darin, eine Mauer um ihren Fall zu bauen. Aufgabe des Verteidigers ist es, diese einzureißen – oder das verdammte Ding wenigstens mit Graffiti zu besprühen.

Dreizehn

Ein Riss in der Mauer

Steve wollte bei dem Nash-Fall die Hilfe seines Vaters, bekam aber stattdessen eine Predigt.

»Sei doch nicht so ein verdammter Idiot«, knurrte Herbert Solomon in seinem gedehnten Südstaatenakzent. »Du kannst nicht gegen dein Mädchen antreten.«

»Dad, ich frage dich nicht, ob ich diesen Fall übernehmen soll. Ich will von dir wissen, wie ich ihn gewinnen kann.«

»Du pflügst den Boden zu dicht an der Baumwolle, Sohn.«

»Lass dieses antiquierte Hinterwäldlergequatsche, okay?« Steve hämmerte einen Baseball in die Mulde von Bobbys neuem Handschuh, um das Leder weicher zu machen. »Ich bin keiner von deinen Saufkumpanen bei Alabama Jack's.«

»Sohn, du hast zwei Interessenskonflikte. Wenn du verlierst, wird dein Mandant dir wegen eingeschränktem Urteilsvermögen juristische Unfähigkeit vorwerfen. Und ob du nun gewinnst oder verlierst – in beiden Fällen setzt du deine Beziehung mit dieser tollen Frau aufs Spiel.«

In fleckigen Baumwollshorts stand Herbert an Steves Küchenarbeitsplatte und ließ Eiswürfel in ein großes Glas fallen. Vier Stück, wie Sinatra. Dann goss er Jack Daniel's darüber, drei Finger hoch – wenn man die Pranken des Basketballspielers Shaquille O'Neal als Maß nahm. Das Gesicht des alten Mannes war sonnengegerbt. Sein langes silbergraues Haar war straff zurückgekämmt und kräuselte sich im Nacken. Für Steve sah sein aus Savannah in Georgia stammender Vater aus wie ein Südstaatengeneral – wenn auch ein jüdischer. Herbert sprach immer noch in Befehlen, ein Überbleibsel aus seiner Zeit als Richter.

»Lass Victoria die Anklagevertretung übernehmen und halte dich möglichst weit von dem Fall fern. Verdirb es dir nicht mit dieser Frau, sie könnte nämlich weiß Gott was Besseres als dich kriegen.«

»Danke für deine Unterstützung, Dad.« Steve schnürte den Baseball im Handschuh fest. Mit einer tieferen, weicheren Mulde würde Bobby vielleicht nicht mehr so viele Bälle fallen lassen.

»Victoria braucht Freiraum, Sohn. Sie hat jetzt die Gelegenheit, sich einen Namen zu machen, also lass sie auch.«

»Und was ist mit mir?«

»Du hattest deine Chance.«

»Hey, noch ist meine Karriere nicht vorbei. Ich bin immer noch jung – für einen Anwalt.«

»Ich sage auch nur, dass du deine Beziehung an die erste Stelle setzen und dein Mädchen unterstützen sollst.«

»Du hast dir *Dr. Phil* angesehen. So was hast du früher nie von dir gegeben, und Mom hast du verdammt noch mal nie unterstützt.«

»Gequirlte Scheiße! Ich habe deine Mutter angebetet und meine Kinder abgöttisch geliebt.«

»Du bist für keinen von uns dagewesen, Dad. Jeden Abend Mandanten, Dinner der Anwaltsvereinigung oder Juristenkonferenzen. Immer auf Geld aus und um dein Image bemüht. Ich wünschte, ich hätte zehn Dollar für jedes Baseballspiel und jede Abschlussfeier, die du verpasst hast.«

»Ich fange gleich an zu heulen.« Herbert hob das Glas und trank es halb aus. »Ich war dir und deiner nichtsnutzigen Schwester ein guter Vater.«

»Solltest du jemals darüber abstimmen lassen, verlierst du zwei zu eins.«

»Die Familie ist das Wichtigste auf der Welt. Und die mit der Familie verbrachte Zeit ist unbezahlbar.«

»Wo hast du das denn her? Klaust du neuerdings Kitsch-Grußkarten?«

»Das ist mein Ernst, Steve. Du und Bobby, ihr seid mein Ein und Alles. Für euch lebe ich.«

»Tatsächlich? Bobby hat Sonntag ein Baseballspiel. Kommst du hin?«

»Sonntag?« Herbert nahm einen großen Schluck und dachte nach. Steve wartete. Er wartete drei Schlucke lang. »Nein. Sonntag muss ich das Boot abdichten.«

»Ach ja.«

»Mal davon abgesehen, warum sollte der Junge wollen, dass ich da herumhänge?«

»Es gibt keinen bestimmten Grund. Bloß den, dass er dich liebt, Dad.«

Herbert hätte jetzt sagen können: *»Ich liebe den Jungen auch.«* Stattdessen leerte er seinen Sour Mash Whiskey. Mit Herbert Solomon als Vorbild, dachte Steve, war es ein Wunder, dass er überhaupt irgendwelche Emotionen ausdrücken konnte. Andere als Wut.

Herbert schenkte sich noch mehr Jack Daniel's ein und schwenkte sein Glas, sodass die Eiswürfel klapperten wie ein Gebiss. »Wenn das alles wäre, würde ich mich jetzt gern aufs Sofa hauen und mir ein paar Titten im Pay-TV ansehen.«

»Nur zu. Ich dachte einfach, du hättest vielleicht ein

oder zwei Tipps für die Verteidigung bei Felony Murder.«

»Da gibt es keine Verteidigung. Das ist die einzige Anklage, bei der die Staatsanwaltschaft alle Trümpfe in der Hand hält. Und das weißt du auch.«

»Aber Dad, bei deiner Erfahrung ...«

»Hast du irgendeine Theorie?«, unterbrach Herbert ihn. »Hast du ein Motto?«

Schon besser, dachte Steve, der alte Bussard wurde neugierig. »Noch nicht.«

»Haben dich diese tintenbeklecksten Widerlinge angerufen?«

»*Herald* und *Sun-Sentinel* haben gestern auf den Anrufbeantworter gesprochen. Die *Palm Beach Post* heute Morgen. Lisa Petrillo von Channel 10 kampiert vor meinem Büro.«

»Ich dachte, die ist für Nachrichten aus dem Unterhaltungssektor zuständig?«

»Seit du die Richterbank verlassen hast, gehören Mordprozesse in diesen Bereich.«

»Bevor du ein Wort mit denen redest, musst du eine Theorie und ein Motto haben. Beides musst du ihnen einhämmern und dann konsequent darauf herumreiten.«

Herbert Solomon mochte vielleicht kein Anwalt mehr sein – er hatte der Richterbank und der Anwaltskammer lieber den Rücken gekehrt, als ein Verfahren wegen Bestechung zu riskieren –, aber sein Verstand war immer noch scharf. Als Anwalt und Richter hatte ihm im Gerichtssaal keiner das Wasser reichen können, und das wusste er auch.

»Ich behaupte nicht, dass es leicht wird«, fuhr Herbert fort. »Nach allem, was ich so höre, hast du schon verloren. Ein klarer Fall.«

Steve senkte die Stimme zu einer heiseren Imitation seines Vaters. »Kein Fall ist klar, bevor die Geschworenen wieder im Saal sind und ihr Sprecher seinen Mund zumacht.«

»Zumindest hast du zugehört. Aber du brauchst etwas, womit du weiterarbeiten kannst. Einen Riss in der Mauer.«

Noch so ein Spruch des alten Mannes. Bevor er oberster Richter des Bezirks wurde, war Herbert T. Solomon, Esq., ein fantastischer Strafverteidiger gewesen. Er sagte immer, der Job des Staatsanwalts bestehe darin, eine Mauer zu bauen. Fest und stabil, Stein auf Stein und schön glatt mit Zement verputzt. Die Verteidigung brauchte keine eigene Wand hochzuziehen. Sie musste vielmehr an der Wand der Anklagevertretung kratzen und nach Schwachstellen suchen. Morsche Ziegel oder brüchiger Zement, nur darauf war die Verteidigung aus.

Kratz einen Spalt in die Wand, gerade breit genug, um die Hand reinschieben zu können, und dann reiß das ganze verdammte Ding ein.

Schön. Aber manchmal war man schon froh, Graffiti auf die Mauer sprühen zu können.

»Also, was hast du in der Hand?«, fragte Herbert.

»Die zeitliche Abfolge des Tathergangs ist verworren. Sanders muss drei oder vier Minuten lang am Tatort gewesen sein, bevor Grisby ihn erschoss. Was hat er in dieser Zeit gemacht? Warum hat er zur Waffe gegriffen, wenn Grisby mit einem Gewehr auf ihn zielte? Und warum hat Grisby zweimal abgedrückt?«

»Warum war Grisby überhaupt dort?«

»Er sagt, dass er mit Ärger rechnete, nachdem Pincher ihn wegen der TBB vorgewarnt hatte. Aber warum war er dann allein? Warum hat er keinen neuen Wachmann angeheuert? Oder zwei oder drei?«

»Möchtest du damit andeuten, dass Grisby keine Augenzeugen wollte?«

»Ich stelle nur Fragen, Dad, so wie du es mir beigebracht hast.«

»Der Wachmann, der angeblich gekündigt hat – bestätigt der Grisbys Geschichte?«

»Ist wie vom Erdboden verschluckt. Aus seiner Wohnung ausgezogen, ohne seinem Vermieter Bescheid zu geben. Die Freundin meines Mandanten ist ebenfalls unauffindbar. Sie war seine Komplizin. Ist aus ihrem Apartment ausgezogen und hat Nash nicht einmal angerufen. Und dann haben wir da noch das Opfer. Charles Sanders, letzte bekannte Adresse: Denver.«

»Ich hoffe für dich, dass er ein ellenlanges Vorstrafenregister hat.«

Steve wusste, was sein Vater dachte. Bei Mordanklage war es für die Verteidigung immer hilfreich, wenn es sich bei dem Opfer um Abschaum handelte, den gesetzestreue, aufrechte Bürger wie die zwölf Geschworenen nicht vermissen würden.

»Keine Vorstrafen«, sagte Steve. »Militärlaufbahn. Ehemaliger Angehöriger der Navy. Elitesoldat. Lieutenant Commander bei den SEALs.«

»Grundgütiger. Als Nächstes wirst du mir noch erzählen, dass er ein Kriegsheld war.«

»Bronze-Star-Medaille für das Entschärfen von Minen im Persischen Golf während des Golfkriegs.«

»Heiliger Strohsack. Und seitdem?«

Steve zuckte die Achseln. »Ich weiß nur, dass er in San Diego stationiert war, als sein Austrittsgesuch bewilligt wurde.«

»Was waren seine Aufgaben?«

»Seit der Operation Wüstensturm hält die Navy alles unter Verschluss.«

Herbert leerte sein Glas. »Das ergibt keinen Sinn. Ein dekorierter Marineoffizier, der mit diesen Tierbefreiungs-Psychopathen herumhängt.« Er langte nach der Flasche Jack Daniel's. »Noch bröckelt die Mauer nicht, aber der Mörtel scheint mir an den Kanten doch recht schlampig verputzt zu sein.«

»Genau das dachte ich auch.«

»Es geht doch nichts über ein anständiges Puzzle.«

Jetzt hatte er Blut geleckt. Steve beobachtete seinen Vater, dessen von Fältchen umrahmte Augen auf einen Punkt am fernen Horizont fixiert zu sein schienen.

»Was denkst du also, Dad?«

»Schwierige Fälle machen mehr Spaß, und dieser hier ist erste Sahne. Wenn du nur an dem verdammten Ding dranbleiben könntest.«

»Rede weiter.«

»Kannst du deinen Klienten dazu bringen, dir nicht mit Interessenskonflikt zu kommen?«

»Kein Problem. Er will mich.«

»Kannst du mit Victoria alles einvernehmlich regeln?«

»Ich kann's versuchen.«

»Dann zieh die Sache durch. Aber vergiss nicht, Sohn: Es geht um *Der Staat gegen Nash*. Mach daraus nicht *Solomon gegen Lord*.«

Vierzehn

Wozu hat man eine Mutter?

Victoria wollte den Rat ihrer Mutter.

Wie kann ich Steve in dem Nash-Fall schlagen, ohne ihn deshalb zu verlieren?

Aber wie immer war Irene Lord, alias die Queen, ganz mit ihrem eigenen Melodrama beschäftigt. »Noch nie bin ich so gedemütigt worden«, jammerte sie. »Der Poussage meiner Tochter verklagt mich.«

»Mutter, seit Barbara Stanwycks Glanzzeiten auf der Kinoleinwand hat niemand mehr einen Poussage gehabt.«

»Dann eben dein Lebensabschnittsgefährte.« Irene rümpfte die Nase, als fände sie es geschmacklos, ohne Trauschein zusammenzuleben.

Die Luft war getränkt mit Rosmarin, Eukalyptus ... und Ärger. Mutter und Tochter hatten es sich zu ihrer monatlichen Pediküre im Bal Harbour Spa auf Liegen bequem gemacht. Irene trug ein violettes Wickelkleid von Hervé Leroux mit passendem Handtäschchen. Dazu – bis sie sie wegen der Pediküre weggekickt hatte – Cavalli Slingbacks in Regenbogenfarben mit knapp zehn Zentimeter hohen Absätzen. Ihr champagnerfarbenes Haar war hochgesteckt und ließ den immer noch anmutigen und straffen Nacken frei. Im Laufe der Jahre hatten ihr unzählige Männer gesagt, dass sie aussähe wie Fürstin Grazia Patrizia von Monaco – und Irene hatte nie widersprochen.

»Mich zu verklagen ist so geschmacklos«, schimpfte sie, während Ileana, eine der Kosmetikerinnen des Wellness Centers, ihr die Füße trocken tupfte.

»Steve verklagt nicht dich, Mutter, sondern den Country Club. Zufälligerweise bist du die Vorsitzende der Mitgliederversammlung und wirst in dieser Funktion genannt.«

Irene tat Victorias Worte mit einem Wedeln ihrer frisch lackierten Fingernägel ab. »Mein Name steht in diesen Papieren.«

»Reine Formsache.«

»Erzähl das bitte Gloria Tuttle und Helen Flagler.«

Gloria und Helen. Die besten Freundinnen ihrer Mutter. Die königlichen Miststücke des Biscayne Royale Country Club.

Steve hatte den Club im Namen eines Mandanten verklagt, der ausgeschlossen worden war, nachdem man ihn des Postbetrugs überführt hatte. Es hatte irgendetwas mit einer Klausel des Mitgliedsvertrags über »hohes sittliches Ansehen« zu tun. Steves Klage beruhte darauf, dass sein Mandant ungerechterweise ausgeschlossen worden war, da ein beträchtlicher Prozentsatz der Mitglieder Ehebrecher, Steuerhinterzieher und Alkoholiker waren. Steve drohte damit, jedes einzelne Mitglied unter Eid in einer öffentlichen Verhandlung zu befragen.

»Autsch! Himmel, Ileana.«

»Disculpe, señora.« Ileana ließ vor Schreck das Orangenholzstäbchen fallen. *»Lo siento.«*

»Du weißt doch, wie empfindlich meine Nagelhäutchen sind.«

Victoria war heute nicht nur zur Pediküre hergekommen, sondern um sich bei ihrer Mutter Rat zu holen. Wie immer bestand das Problem darin, die Aufmerksamkeit der Queen auf etwas anderes zu lenken als sie selbst. Wäre Selbstverliebtheit eine olympische Disziplin gewesen, hätte Irene Lord beste Chancen auf die Goldmedaille gehabt.

Ileana rundete gerade die Kanten von Irenes kleinem Zehennagel mit einer Sandfeile ab, als Victoria schließlich flehte: »Mutter, hör mir bitte zu – ich brauche deinen Rat.«

Irene hob die in Form gezupften, passend zu ihrem Haar gefärbten Augenbrauen und lächelte nachsichtig. »Natürlich. Wozu hat man schließlich eine Mutter?«

Victoria brauchte ganze fünfzehn Minuten, um ihre beruflichen und privaten Interessenskonflikte zu schildern. Und dann, während Ileana ihr gerade zum Abschluss eine wohltuende Wadenmassage verpasste, gab die Queen einen Kommentar ab. »Was du auch tust, du hast verloren. Wenn du den Fall gewinnst, verlierst du Steve.«

»Warum?«

»Männer sind empfindsame Wesen mit zerbrechlichem Ego, Liebes. Nehmen wir mal an, du sitzt mit einem Mann beim Dinner. Wenn du beim Essen erwähnst, dass ihm die Haare ausfallen, wird er später keinen hochkriegen.«

»Steve hat weder Haarausfall noch Erektionsprobleme.«

»Noch nicht. Aber wenn du ihn im Gerichtssaal besiegst, was dann?«

»Steves Ego geht es ausgezeichnet. Wenn wir gemeinsam einen Fall bearbeiten, versucht er nie, sich auf meine Kosten zu profilieren. Und wenn wir gewinnen, erkennt er meine Leistung immer an.«

»Sicher, solange ihr auf derselben Seite steht.«

»Und was ist, wenn ich ihn beim Tennis schlage? Darüber lacht er nur.«

»Weil Tennis *dein* Spiel ist. Du warst im Collegeteam. Er drischt nur auf den Ball ein. Aber der Gerichtssaal ist *sein*

Revier. Ein Stück seiner Identität. Der Ort, an dem er seine *cojones* spürt.«

Victoria dachte darüber nach, während Ileana ihrer Mutter die Zehen massierte und an jedem einzelnen zog, als würde sie eine Kuh melken. Es war nicht fair. Die Anklagevertretung in einem Aufsehen erregenden Fall zu übernehmen war eine große Chance. Und warum machte sich ihre Mutter so viele Gedanken wegen Steve?

»Du kannst Steve nicht leiden. Weshalb interessiert es dich dann, ob ich ihn verliere?«, fragte sie.

»Meine Gefühle Steve gegenüber spielen in dem Fall keine Rolle. *Du* liebst ihn. Und er vergöttert dich.«

»Es geht dir tatsächlich um *mich*?«

»Was ist daran so ungewöhnlich?«

In dem Moment wusste Victoria, was zu tun war. Es war im Grunde ganz einfach. Irenes Haltung passte zu ihrer Generation. Vielleicht sogar zu der von Victorias Großmutter. Die Queen hing in Vorstellungen fest, die ihre eigene Mutter ihr vermittelt hatte. Aber heutzutage mussten Frauen nicht mehr hinter ihrem Partner zurückstehen. Sie mussten sich nicht unterordnen – oder Skrupel haben, empfindsame Seelen zu verletzen.

»Mutter, ich werde nicht von dem Fall zurücktreten.«

Irene stieß hörbar die Luft aus und schrammte knapp an einem Seufzen vorbei. »Solange du dir über das Risiko im Klaren bist ...«

»Es gibt vielleicht noch einen anderen Weg.«

»Und der wäre?«

Victoria schlüpfte in eine Frotteesandale. »Ich muss zurück ins Büro, Mutter.«

»Wozu die Eile?«

»Ich muss einen Antrag formulieren. Steve wird überrascht sein.«

»Verrate mir, was du vorhast, Schatz. Ich liebe Überraschungen.«

»Ich werde Steve nicht bei der Verhandlung besiegen. Ich werde es tun, bevor wir den Gerichtssaal überhaupt betreten haben.«

Fünfzehn

Football und Mord

Victoria grübelte über ihr Outfit nach. Normalerweise bevorzugte sie einen dezenten und professionellen Look. Klassisch und konservativ.

Nicht unbedingt wie eine Internatsgouvernante. Eher Calvin Klein, etwas in gedecktem Tweed, Ein-Knopf-Blazer über knielangem Rock.

Aber heute war es anders. Heute würde sie gegen den gewieftesten Gegner ihrer Laufbahn antreten – ihren Geliebten und Partner.

Victoria hatte den Antrag eingereicht, Steve als Strafverteidiger abzulehnen. Schließlich war er Zeuge in dem Fall. Darüber hinaus war es unmoralisch, dass Staatsanwältin und Verteidiger Kanzleipartner und Lebensgefährten waren.

Dem Antrag beigeheftet war ein 20-seitiger, sorgfältig formulierter Schriftsatz mit Verweisen auf Dutzende von Präzedenzfällen. Es gab keinen Zweifel, keine Grauzone, keinen Spielraum für Diskussionen. Steve würde seinen Platz räumen müssen.

Wie gewöhnlich hatte Steve, der Hai, nicht mit einer schriftlichen Entgegnung reagiert. Er würde sich auf seine Redegewandtheit verlassen, seine Fähigkeit, um Landminen herumzusteppen.

In Kürze würden sie den Antrag vor Richter Gridley verhandeln. Und noch vor der Lunchpause würde Steve aus dem Gerichtssaal geworfen werden wie ein randalierender Säufer aus einer Kneipe – dessen war sich Victoria sicher.

Ihre einzige Sorge galt momentan ihrer äußeren Erscheinung.

Sie betrat Richter Gridleys Amtszimmer in einem leuchtend orangefarbenem Träger-Top unter einer blauen Ellen-Tracy-Hemdjacke. Der Armani-Rock passte farblich zum Top und die Hermès-Aktenmappe zur Jacke.

Leuchtendes Orange und strahlendes Blau. Die Farben der Universität von Florida. Und das alles, weil *Der Staat gegen Nash* in die Zuständigkeit von Richter Erwin Gridley fiel, einem ehemaligen Spieler der Bull Gators, einem der größten und bösartigsten Reptilien im Staat.

Sie hatte auf diesen billigen Trick zurückgegriffen, nachdem sie Steve am Morgen beim Anziehen beobachtet hatte. Blauer Blazer, orangefarbenes T-Shirt und die alberne Krawatte mit dem Alligatorengewimmel. Schamlos. Ihr blieb also keine andere Wahl. Steve musste wegen einer Anhörung früh aus dem Haus, und sobald er weg war, stellte sie sorgfältig ihr eigenes Outfit zusammen.

Als sie das Amtszimmer betrat, war Richter Gridley nirgendwo zu sehen. Die üblichen Gedenkplaketten und Fotos zierten die Wände. In einer Glasvitrine lagen eine Kollektion Footballhelme, -trikots und -bälle sowie eine Kopie der National-Championship-Trophäe. Ein ausgestopfter Alligatorkopf, der grinsend seine Zähne zeigte, thronte auf dem Schreibtisch Seiner Ehren.

Steve saß bereits am Konferenztisch und grinste ebenfalls. Spöttisch. »Du siehst aus wie eine Highway-Straßensperre«, begrüßte er Victoria.

»Und du bist ein Heuchler. Ein Miami-Absolvent, der sich mit den Farben der Gators schmückt.«

Richter Gridley kam hereingepoltert, schälte sich aus seiner schwarzen Robe und enthüllte Hosenträger in den

Farben Blau und Orange. Untersetzt, glatzköpfig und mit Dreistärkengläsern auf der Nase ließ er sich in seinen Hochlehnsessel plumpsen.

Steve begann zu summen: »*We are the boys from Old Florida.*«

»Was zum Teufel haben denn die Turteltäubchen an den entgegengesetzten Enden des Tisches verloren?«, fragte der Richter mit seinem Nordwestflorida-Akzent.

»Antrag zur Ablehnung Mr Solomons als Strafverteidiger«, sagte Victoria. Sie erzählte dem Richter von ihrer Ernennung zur Sonderstaatsanwältin, ihrer Beziehung zu Steve und seiner Anwesenheit am Tatort. Sie zitierte zur Untermauerung ihres Standpunktes drei Fälle des Berufungsgerichts und sprach mit dem Selbstvertrauen einer Juristin, die bestens mit den Fakten vertraut ist und sich auf dem sicheren Boden des Gesetzes wähnt.

Während sie redete, spielte der Richter mit einem flachen, offenen Güterwagen. Ein Lionel-Modell. Gridleys Besessenheit von seiner Alma Mater war fast so groß wie seine Begeisterung für Modelleisenbahnen. Auf dem Fußboden verliefen Eisenbahnschienen – von seinem Schreibtisch aus rund um den Konferenztisch und wieder zurück zum Schreibtisch. Anwesende Anwälte taten gut daran, keine Schriftsätze auf die Schienen zu legen, wenn sie Entgleisungen vermeiden wollten.

Victoria beendete ihr Plädoyer und lehnte sich in ihrem Stuhl zurück. Richter Gridley wandte sich an Steve. »Ms. Lord hat mehr PS als der Sunset Limited. Ich bin geneigt, Sie aus dem Zug zu werfen. Es sei denn, Sie können mich dazu bringen, die Weichen umzustellen, Herr Anwalt.«

»Ein Angeklagter hat das Recht, sich seinen Anwalt selbst auszusuchen«, begann Steve. »Ich wurde von Gerald

Nash beauftragt. Die Situation ist zweifellos delikat, da die Staatsanwältin sowohl meine Kanzleipartnerin ist als auch ...«

Er machte eine Pause und suchte offenbar nach dem passenden Wort.

Als auch ... was, *du Labersack?*

»Meine Gespielin«, schloss Steve.

Victoria schnaubte innerlich vor Wut. »Ich bin niemandes Gespielin, Euer Ehren. Mr Solomon und ich leben zusammen. Momentan.«

»Wenn Sie beide zusammenleben, Mr Solomon, wie wollen Sie dann vor Gericht gegeneinander antreten?«

»Genau darum geht es, Euer Ehren«, setzte Victoria nach. »Die Frage ist lediglich, wen Euer Ehren auffordert, sich von dem Fall zurückzuziehen.«

»Ja, *wen?*«, wiederholte Steve in seinem Klugscheißer-Tonfall.

»Mr Solomon muss sich zurückziehen. Er war am Tatort zugegen und bei der Festnahme von Gerald Nash behilflich«, erklärte Victoria. »Er ist ein Zeuge.«

Steve lockerte den Knoten seiner Alligatorkrawatte. »Zeuge einer unbestrittenen Tatsache. Mein Neffe hat Mr Nash gesehen – ebenso wie Wade Grisby und die Cops.«

»Unerheblich, Euer Ehren. Mr Solomon kann nicht gleichzeitig Zeuge und Verteidiger sein.«

»Nicht relevant, Euer Ehren. Wir werden gar nicht in Abrede stellen, dass mein Klient am Tatort war.«

»Und ob meine Argumente relevant sind«, fauchte Victoria.

»Alles nur Trallala und Hokuspokus.«

Du wirst mich nicht dazu bringen, dass ich die Beherrschung verliere. Nicht noch einmal.

»Euer Ehren«, sagte Victoria ganz ruhig. »Im Fall *Der Staat gegen Linsenmeyer* liegt dazu ein eindeutiges Urteil vor. Ich habe einen entsprechenden Schriftsatz vorbereitet.«

»Lassen Sie mal sehen.« Gridley schnappte sich seine Lokführermütze und rief: »Einsteigen bitte!« Dann drückte er einen Schalter auf dem Steuerpult, und eine überdimensionale Modelleisenbahn setzte sich von seinem Tisch aus in Richtung Konferenztisch in Bewegung. Ein Klassiker – die Florida East Coast Railway Warbonnet, ein maßstabsgetreues Modell der Diesellok, die vor einem halben Jahrhundert das Gator Football Team zum alljährlichen Spiel gegen Georgia nach Jacksonville befördert hatte – zockelte über die Schienen.

Der Zug blieb vor Victoria stehen. Sie legte ihren Schriftsatz auf einen offenen Güterwagen. Die Lok pfiff, weißer Rauch stieg aus einem winzigen Schornstein, und der Zug ratterte zum Ende des Tisches, wo er einen Tunnel passierte.

»Haben Sie eine Gegendarstellung?«, fragte der Richter Steve, als der Zug aus dem Tunnel herausfuhr und einen kleinen Schlenker in Steves Richtung machte.

»Nein, Sir. Ich verlasse mich auf den gesunden Menschenverstand, die allgemeine Rechtsauffassung und die außerordentliche Klugheit von Euer Ehren.« Er summte jetzt das Kampflied *The Orange and the Blue*.

Die Warbonnet sauste an Steve vorbei, pfiff zweimal und spie dabei kleine Rauchschwaden aus.

Als der Zug zum Halten kam, schnappte sich der Richter das Dokument, überflog es und sagte: »Ms. Lord hat Recht. Tut mir leid, Mr Solomon, aber ohne gegenteilig relevanten Präzedenzfall sieht sich der Schaffner gezwungen, Sie irgendwo bei Ocala aus dem Zug zu weisen.«

»Dass ich nichts schriftlich formuliert habe, bedeutet nicht, dass es keinen Präzedenzfall gibt, Euer Ehren. Ich verweise auf den Fall *Der Staat Florida gegen Clemson.«*

Wie bitte? Was für ein verdammter Fall ist das?

»Sowie *Der Staat Florida gegen Auburn.«*

Der Richter legte den Kopf schief und brummte ein bedächtiges »Hmm«. Dann griff er zu einem Miniaturbesen und entstaubte einen Güterwaggon. »Bobby und Tommy und Terry. Daran hatte ich noch gar nicht gedacht.«

Bobby und Tommy und Terry?

»Bei den Spielen dieser Kotzbrocken«, fuhr der Richter fort, »haben wir Vater gegen Söhne. Sie sind im Bilde, Ms. Lord?«

»Nicht ganz, Euer Ehren.«

»Bobby Bowden trainiert die verdammten Seminoles, hier in der Gegend bekannt als die Kriminoles. Sein Sohn Tommy trainiert Clemson und sein Sohn Terry Auburn. Wenn Vater und Söhne als Trainer mit ihren Teams gegeneinander antreten können, warum zum Teufel sollten Sie beide sich dann nicht im Gerichtssaal gegenüberstehen können?« Richterliche Weisheit blitzte in den Augen Seiner Ehren auf.

»Aber ein Footballspiel ist kein Mordprozess«, protestierte Victoria.

»Verdammt richtig. Football ist weitaus *bedeutender.* In diesem Gericht werden jedes Jahr Hunderte von Mordfällen verhandelt. Aber so etwas wie die Florida State Seminoles gegen die Clemson Tigers ... das gibt's nur einmal im Jahr.«

Victoria geriet mächtig ins Schwimmen. Was sollte sie

darauf erwidern? Ihr war kein Präzedenzfall bekannt, der die Ansicht widerlegte, dass Football bedeutender war als Felony Murder. Auf der anderen Seite des Tisches verhielt sich Steve ganz ruhig, versuchte jedoch nicht einmal, sein unausstehliches Grinsen zu unterdrücken.

»Aber eine Sache möchte ich noch klären«, sagte der Richter nachdenklich. »Sie beide werden doch nicht unter dem Tisch Händchen halten, oder?«

»Ganz sicher nicht«, erklärte Victoria.

»Nicht bis nach der Verhandlung«, erklärte Steve.

»Sie streiten sich sogar, wenn Sie auf derselben Seite stehen. Ich sehe also keine Gefahr für vorherige Absprachen und bin deshalb geneigt, es auf einen Versuch ankommen zu lassen. Der Antrag auf Ablehnung ist somit abgelehnt.«

O nein. Seine Ehren hat offensichtlich zu lange ohne Helm Football gespielt.

»Aber, Euer Ehren«, protestierte Victoria. »Anwälte müssen sich bis aufs Blut bekämpfen. Den Gegner zerschmettern. Wie kann man von jemanden in einer Beziehung erwarten –«

»Der Zug ist abgefahren.« Der Richter drückte auf einen Schalter, und die Lok tutete. »Sie beide werden diesen Fall vor Gericht verhandeln. Und jetzt raus hier. Den Rest klären Sie bitte zu Hause.«

»Was denn klären?«, fragte Victoria irritiert.

»Wie man tagsüber prozessiert und nachts kopuliert«, erwiderte der Richter und betätigte den Schalter für ein letztes langes *Tuuut.*

Sechzehn

Er oder ich

Die Baseballkappe zum Schutz gegen die Sonne tief über die Augen gezogen, stand Bobby mit gekreuzten Beinen im rechten Feld. Er wischte sich mit der behandschuhten Hand einen Moskito aus dem Nacken. Dann betrachtete er seinen Schatten, der sich bis zur Homerun-Linie erstreckte, und versuchte, den exakten Stand der Sonne zu ermitteln. Sobald er diesen Wert hatte, konnte er die Länge seines Schattens bis auf zehn Zentimeter genau berechnen.

Bobbys Gedanken schweiften. Er dachte nicht an den Werfer oder den Schlagmann oder daran, was zu tun sei, falls tatsächlich ein Ball in seine Richtung geflogen kam. Er dachte an den Kaugummi in seinem Mund, der nach nichts mehr schmeckte, an die Insekten, die die Wildblumen umschwirrten, und an Rich Shactman.

Wie bringt man diesen Mistkerl am besten um?

Mit Gift?

Die Beth Am Bobcats führten neun zu sechs. Allerdings nicht dank Bobby. Er hatte zweimal danebengeschlagen und bei seinem letzten Versuch einen kraftlosen Ball über den Boden zum ersten Baseman kullern lassen. Bisher hatte keiner der Plymouth Church Pioneers einen hohen Ball bis ins rechte Feld geschlagen.

Vielleicht Blausäure? Aufgelöst in Shactmans Cola.

Dieser Kotzbrocken hatte zwei Homeruns geschafft, war mit geschwellter Brust über die Home Plate stolziert und hatte für seinen Vater posiert, der alles auf Video aufzeichnete.

Plastiksprengstoff? Damit könnte man ihn ins Jenseits pusten.

Die zweite Hälfte des siebten Innings lief, das letzte Inning in der Palmetto-Sonntagsschul-Liga. Bobby erinnerte sich vage, dass es schon zwei Outs gegeben hatte. Das Spiel musste jeden Moment vorbei sein, und dann konnte er endlich aus der Sonne heraus.

Harpune? Grandpop jagte damit Hummer… wenn die Küstenpatrouille nicht gerade in der Nähe war.

Bobby fragte sich, warum das so lange dauerte. Er sah, wie sich die Pioneers um die Bases scharten. Als der Metallschläger auf den Lederball traf, gab es ein lautes *Klank*. Bobby schaute nach oben.

Oh, Shit.

Kurzer hoher Flugball über den Kopf des zweiten Baseman hinweg ins rechte Feld. Bobby lief los. Er wünschte, er könnte so rennen wie Onkel Steve, geschmeidig und schnell.

»Schnapp ihn dir, Arschgeige!«, brüllte Rich Shactman vom Centerfield aus.

Der Ball erreichte den höchsten Flugpunkt und begann zu sinken. Bobbys Gehirn lief auf Hochtouren.

Fang den Ball, und das Spiel ist vorbei.

Wenn er irgendwo vor mir runtergeht, wird es nur ein Single. Der Base Runner schafft einen Punkt, vielleicht zwei. Dann haben wir immer noch einen Lauf Vorsprung.

Ich könnte auch hechten und den Ball aus der Luft greifen.

Bei *Sports Center* im Fernsehen zeigten sie immer solche Fänge aus den Top-Ten-Spielen. Bei den Profiliga-Spielern sah es ganz leicht aus. Hechten, weiterrutschen, Hand ausstrecken, Ball knapp über dem Boden aus der Luft pflücken, den Handschuh hochreißen und dem Schiedsrichter zeigen, dass man die Kugel sauber gefangen hatte.

Dann mal los!

Bobby versuchte zu rutschen, verhedderte aber seine Beine und stolperte mit ausgebreiteten Armen nach vorn, als hätte man ihm in den Rücken geschossen. Eine Sekunde später spürte er einen dumpfen Schlag, als der Ball von seinem Hintern abprallte und im Gras landete.

»Heb ihn auf, du Volldepp!«

Shactman wieder, noch lauter als vorhin. Er kam auf Bobby zugerannt – um ihn zu verprügeln oder um sich den Ball selbst zu schnappen.

Der Läufer von der dritten Base machte sich auf den Weg zur Homebase.

Bobby rappelte sich hoch, wirbelte herum und entdeckte den Ball direkt hinter sich.

Der Läufer von der zweiten Base machte seinen Punkt.

Bobby schnappte sich den Ball, aber aus Gründen, die nur dem Spielgott bekannt waren, ließ er ihn wieder fallen. Er hob ihn noch einmal auf, ließ ihn erneut fallen. Shactmann kreischte.

Der Läufer von der ersten Base überquerte die Homeplate. Der Punkt war im Sack.

Dieses Mal hob Bobby den Ball sorgfältig auf. Der Schlagmann näherte sich mit Höchstgeschwindigkeit der dritten Base. Der Coach an der dritten Base winkte ihn weiter, weil er sicher war, dass Bobby keinen ordentlichen Wurf zur Homeplate fertigbrachte.

Genügend Zeit. Ich kann es schaffen.

Miguel Juarez, der beste Fänger des Beth Am Teams, stand an der Homeplate und wartete auf den Wurf. Bobby dachte an alles, was Onkel Steve ihm beigebracht hatte. Er verlagerte das Gewicht auf den hinteren Fuß, trat vor, senkte den rechten Arm und streckte den linken, um die Balance zu halten. Er fixierte Miguel, holte aus und ließ den Ball in dem Moment los, als sein Arm am Kopf vorbeischwang. Eine gleitende Bewegung – und Bobby war verblüfft, wie kräftig er den Ball geworfen hatte.

»Ein Arm wie eine Kanone.« Das sagen sie bei Sports Center *über Vladimir Guerrero.*

Der Ball flog schnurgerade. Direkt auf Miguel Juarez zu, der die Homeplate bewachte. Welch ein TRIUMPH!

»Was für ein Wurf von Bobby Solomon! Unser Spitzenspiel heute Abend auf ESPN. Ist dieser Junge eine Kanone oder was?«

Die Hände in die Hüften gestemmt schaute Miguel nach oben. Er sah zu, wie der Ball über ihn hinwegsegelte, über das Spielfeldende und acht Reihen Zuschauertribüne hinaus – und mit dem Geräusch von zersplitterndem Glas auf dem Parkplatz landete.

Der gegnerische Schlagmann punktete und warf sich seinen jubelnden Teamkameraden in die Arme. Sie klatschten sich gegenseitig ab, johlten, lachten, klopften sich auf die Schulter und fabrizierten Kaugummiblasen. Endgültiger Punktestand: Plymouth Church Pioneers 10, Beth Am Bobcats 9.

»Ich mach Hackfleisch aus dir, du Vollidiot.«

Rich Shactman rammte Bobby den Ellenbogen in den Magen und marschierte dann an ihm vorbei in Richtung Spielerbank. Bobby sackte auf ein Knie und dachte, er müsse kotzen. Aber nachdem er tief durchgeatmet hatte, richtete er sich wieder auf.

Coach Kreindler sammelte die Schläger ein.

»Entweder er oder ich, Coach!« Shactman schleuderte

seinen Handschuh gegen die Betonwand hinter der Spielerbank.

Verlegen wandte sich Kreindler seinem Starspieler zu.

»Die Talentscouts von Gulliver und Ransom kommen nur zu den Playoffs«, jammerte Shactman, »und mit einem wie Solomon, der alles vermasselt, erreichen wir die nie.«

»*Nu?* Was erwartest du jetzt von mir, Rich?«

»Schmeißen Sie Solomon aus dem Team. Ich bin Ihr Star.«

»Gevalt.«

»Also was jetzt, Kreindler? Solomon oder ich?«

Bobby hörte jedes Wort. Er sah, wie Kreindler einen besorgten Blick in seine Richtung warf. Doch der Coach schwieg. Er sammelte nur weiter Schläger und Bälle ein.

Nein. Kein Gift, kein Sprengstoff, keine Harpune. Es gibt eine Sache, die ich besser kann als Shactman. Schwimmen.

Ich werde ihn ertränken.

Solomons Gesetze

§ 5 Hör auf Busfahrer, Gerichtsdiener und zwölfjährige Jungs. Sie wissen oft mehr als du.

Siebzehn

Die Gewohnheiten von Delfinen

»Klasse Wurf«, lobte Steve.

»Ich habe einen Spiegel zerdeppert«, sagte Bobby.

»Hart und zielgenau, schnurgerade auf den Fänger zu. Ein bisschen hoch vielleicht ...«

»Du willst nur, dass ich mich besser fühle.«

»Dann würde ich dir einen Schokoladenkeks geben, Kiddo. Ich bin hier, um dir die Wahrheit zu sagen. Du hast das, was man einen langen Arm nennt.«

Onkel und Neffe saßen an einem Tisch vor dem Whip 'N Dip am Sunset Drive. Bobby hatte sein Eis kaum angerührt. Steve hingegen hatte seine Waffel mit Erdnussbutter-Vanille-Mischung bereits verputzt. Natürlich wollte er den Jungen aufheitern. Aber seine Worte waren durchaus ernst gemeint. Der Wurf war eine Granate gewesen. Dieser magere Knabe hatte einen Gummiarm.

»Du solltest Werfer werden.«

»Coach Kreindler hat sicher was dagegen.«

»Ich werde mit dir an den Feinheiten arbeiten und dir ein paar Würfe beibringen. Und dann zeigen wir Kreindler, was du draufhast.«

»Wo willst du denn die Zeit dafür hernehmen? Du arbeitest doch an diesem dämlichen Fall.«

Der nächste wunde Punkt. Bobby vermisste Spunky und Misty schmerzlich. Und er war immer noch sauer, dass Steve Gerald Nash verteidigte.

»Jeder hat das Recht auf einen Anwalt, Kiddo, sogar Spinner wie Nash.«

»Er wird nicht wegen seiner Überzeugungen angeklagt. Nicht einmal dafür, dass er die Delfine rausgelassen hat. Die Anklage lautet auf Mord an seinem Komplizen.«

Der Junge redet wie ein Staatsanwalt, dachte Steve.

»Du machst dir mehr Gedanken um dieses Stück Vogelkacke als um Misty und Spunky«, monierte Bobby wütend.

»Das stimmt nicht. Aber wegen deiner Kumpels kann ich nichts tun.«

»Du hättest ein Boot mieten und nach ihnen suchen können.«

»Das Thema haben wir durch, Bobby. Wo sollten wir denn anfangen? Das Meer ist verdammt groß.«

Bobby wusste, dass sein Onkel Recht hatte, aber er war zu wütend, um einzulenken. »Dein Mandant labert außerdem Stuss.«

»Will heißen?«

»Darüber möchte ich nicht reden.«

»Komm schon, Kiddo. Welchen Stuss labert er?«

»Ich berufe mich auf den fünften Verfassungszusatz und mache von meinem Recht auf Aussageverweigerung Gebrauch.«

Steve hatte schon vor langer Zeit gelernt, dass ein Strafverteidiger, insbesondere wenn er allein an einem Fall arbeitete, Hilfe brauchte. Zum Beispiel die Gerichtssaal-Gang. Die meisten Anwälte ignorierten die Rentner, die im Gerichtsgebäude herumhingen und auf der Jagd nach kostenloser Unterhaltung von Saal zu Saal zogen. Viele *bemerkten* die alten Knacker nicht einmal.

Schon in seinem ersten Jahr als Verteidiger hatte Steve sich mit Marvin (dem Methusalem) Mendelsohn, Teresa Toraño und Cadillac Johnson angefreundet. Alle waren über siebzig und hatten Hunderte von Verhandlungen gesehen. Dank ihrer ausgeprägten Menschenkenntnis merkten sie sofort, wenn jemand log. Vermutlich brauchte man dazu ein paar Jahrzehnte Übung.

Bei der Auswahl seiner Geschworenen verließ sich Steve auf die Gang. Einen teuren Berater konnte er sich sowieso nicht leisten, nicht einmal einen preiswerten. Aber ein Reuben-Sandwich mit extra Russisch Dressing konnte er allemal spendieren – Marvins Standardhonorar für einen Tipp im Gerichtssaal.

Auch Bobby war ein wertvolles Mitglied von Steves Team. Der Junge wusste einfach alles. Na gut, das war übertrieben. Aber er besaß eine Art fotografisches Gedächtnis und erinnerte sich nahezu an alles, was er je gesehen oder gehört hatte. Die Ärzte nannten dieses Phänomen Echolalie. Es war eine Gabe, aber auch der Nebeneffekt einer Störung des zentralen Nervensystems. Während Steve nicht einmal hätte sagen können, was er zum Frühstück gegessen hatte, erinnerte sich Bobby an jedes Nummernschild, das er auf dem Weg von Miami nach Disney World gesehen hatte.

»Was verschweigst du mir?«, fragte Steve.

»No hablo Inglés.«

»Bobby, hier spricht dein Onkel Steve. Wir sind doch Kumpel, oder?«

»Klar.«

»Also ...?«

Die Fähigkeiten des Jungen beschränkten sich nicht nur auf sein Erinnerungsvermögen. Wenn er sich für etwas interessierte – Baseball, Supermodels, Delfine –, war er in der Lage, sehr abstrakt zu denken und überaus komplexe Vorgänge zu analysieren. Er konnte rechnerisch beweisen, dass Schläge durch den Batter, die einem Läufer zum Punktgewinn verhalfen, rein statistisch gesehen im Baseball kaum eine Rolle spielten. Er erfand eine Körperfett-Analyse, mit der er bei der Betrachtung eines Fotos sagen konnte, welche Supermodels ihre Brüste chirurgisch hatten vergrößern lassen. Und er hatte die Klick- und Pfeiflaute von Delfinen in Dutzende von Wörtern und Sätzen übersetzt – bis seine Arbeit von diesem Ganoven Gerald Nash vorerst beendet worden war.

»Was für Quatsch labert Nash?« Steve ließ nicht locker.

Bobby schlürfte die Eiscreme, die in seiner Schale schmolz.

»Nash hat dir erzählt, sein toter Kumpel hätte draußen ein Boot liegen gehabt, das Spunky und Misty mit einer Trage an Bord holen und in einem Wassertank wegschaffen sollte.«

»Stimmt. Sie wollten die beiden zu den Straits bringen und freilassen.«

Bobby verzog das Gesicht zu einer Grimasse. *Bullshit* sollte das heißen. »Und wozu der ganze Stress?«

»Weil die Delfine sofort durch den Kanal zurück in den Park geschwommen wären, wenn man sie in der Bay gelassen hätte.«

»Und warum haben sie das nicht getan? Das Tor stand weit offen.«

»Keine Ahnung. Sag du es mir, Kiddo.«

»Sie wären nur zurückgekommen, wenn es ihnen jemand beigebracht hätte.«

»Also gut. Vielleicht hätten deine beiden Kumpel einfach nur in dem seichten Wasser vor dem Tor herumgehangen, bis Grisby gekommen wäre, um sie zurückzuholen.«

»Niemals. Das Wasser ist an dieser Stelle völlig verdreckt – mit Öl und anderem Zeug vom Crandon-Marina-Hafen. Spunky hätte Misty in tiefere Gewässer geführt. Dann hätten sie Hunger bekommen und wären weiter ins offene Meer hinausgeschwommen. Sie wären frei gewesen, was dein Mandant ja angeblich wollte.«

»Vielleicht wusste Nash das nicht.«

»Dann hat er seine Hausaufgaben nicht gemacht.«

»Also gut, Kiddo. Spuck's aus. Was willst du mir sagen?«

»Victoria wird sauer sein, wenn ich das tue.«

»Verbündest du dich etwa mit dem Feind?«

Bobby rührte in der Eiscreme – mittlerweile ein grüner See, in dem Baumstämme aus Schokolade schwammen. »Ich hoffe, Victoria zeigt's dir so richtig«, murmelte er.

»Danke. Du und Daddy, ihr seid meine treuesten Fans.«

Bobby schob sich einen Löffel geschmolzene Eiscreme in den Mund und schwieg.

»Lass uns einen Deal machen, Kiddo. Sag mir nur das, was du auch Victoria erzählst. Mehr nicht. Keine Sonderbehandlung.«

»So viel ist es gar nicht«, sagte Bobby.

»Kein Problem. Besser als nichts.«

Bobby zuckte mit den Schultern. »Dein Mandant wollte Spunky und Misty nicht *befreien.* Wenn ein Boot darauf wartete, die beiden aufzunehmen, dann, um sie *einzufangen.*«

Achtzehn

Nichts als die Wahrheit

Steve fuhr den Miami River entlang in Richtung Bezirksgefängnis. Er musste Gerald Nash die Pistole auf die Brust setzen und die Wahrheit herausfinden. Bobby hatte Recht: Der Bursche log. Warum sollten Spunky und Misty an Bord eines Bootes gebracht werden? Wozu das Risiko eingehen, die Delfine zu verletzen? Weshalb den eigenen Rückzug verlangsamen? Warum die Delfine nicht einfach *frei*lassen?

Mandanten logen. Sie logen unter Eid, was an sich schlimm genug war. Aber sie belogen auch ihre eigenen Anwälte, was in Steves Augen sowohl ein Kapitalverbrechen als auch unsagbar dämlich war. Steve gab jedem verlogenen, diebischen, gewalttätigen Kriminellen, mit dem er es zu tun hatte, folgenden Rat:

»Belüge deinen Beichtvater, deinen Ehepartner und das Finanzamt, aber sag deinem Anwalt die Wahrheit.«

Es funktionierte so gut wie nie. Was Steve nicht überraschte. Mandanten logen aus allen möglichen Gründen. Manchmal schämten sie sich für das, was sie getan hatten. Manchmal hatten sie Angst, ihr Anwalt würde nicht so engagiert für sie kämpfen, wenn sie ihre Schuld eingestanden. Dabei war es genau umgekehrt. Man musste sich dann umso mehr ins Zeug legen. Wie sollte man sonst gewinnen?

Schon vor langer Zeit hatte Steve festgestellt, dass es verschiedene Methoden gab, aus verlogenen Mandanten die Wahrheit herauszukitzeln.

Man konnte die aalglatten Lügner anflehen: *»Gerald, bitte. Ich kann Ihnen nur helfen, wenn Sie mir erzählen, was wirklich passiert ist.«*

Man konnte seinen Mandanten behandeln wie einen Zeugen der Gegenseite, vor ihm herumtänzeln wie ein Boxer und ganz überraschend zuschlagen: *»Aber Gerald, gestern behaupteten Sie doch, der Mond wäre aus Schimmelkäse gemacht. Haben Sie gestern gelogen oder tun Sie es jetzt?«*

Oder man ging auf Konfrontation und nahm die Mandanten so unter Beschuss, dass sie lieber klein beigaben: *»Nash, du behämmertes Arschloch. Ich weiß, dass du lügst, und wenn du nicht auspackst, lege ich mein Mandat nieder und lass einen Pflichtverteidiger deinen Fall in den Sand setzen.«*

Als Steve das Bezirksgefängnis betrat, war er immer noch unschlüssig, wie er vorgehen sollte. Er hoffte, bei Nashs Anblick intuitiv zu wissen, was zu tun sei.

Der Besucherraum war voller Ehefrauen, Freundinnen und Kinder der Männer, die in Untersuchungshaft saßen oder zu weniger als einem Jahr verknackt worden waren. Es stank nach Schweiß, schmutzigen Füßen, Windeln und Maschinenöl. Von weiter drinnen hörte man Insassen schreien und lamentieren. Steve war längst zu der Überzeugung gekommen, dass moderne Gefängnisse und mittelalterliche Irrenanstalten eine Menge gemeinsam hatten.

Er war bestimmt schon hundert Mal hier gewesen, trotzdem verlangte der übergewichtige Sergeant an der Anmeldung auch diesmal seinen Anwaltsausweis.

»Crenshaw, was soll das? Du kennst mich.«

»Aber ich warte auf den Tag, an dem du ohne Ausweis

hier auftauchst, weil sie dir die Lizenz entzogen haben.« Steve trug sich in die Besucherliste ein und streckte der Überwachungskamera die Zunge heraus. Dann wartete er darauf, dass Crenshaw endlich den Knopf drückte und sich die stählerne Gittertür öffnete.

»Könntest du ein bisschen Gas geben, Sergeant? Auf mich wartet ein Unschuldiger.«

»Nein. Laut Gesetz kann ich jeden Besucher abweisen, der nicht angemessen gekleidet ist.«

»Wovon zum Teufel redest du?«

»Von deinem T-Shirt, Arschloch.« Er zeigte auf Steves Brust mit dem Spruch: *»Jesus liebt sogar dich«*.

»Was ist damit?«

»Das ist Blasphemie.«

»Das ist ironisch gemeint. So wie früher der Autoaufkleber: *Gott weiß alles. Juristen wissen alles besser.* Das soll ein Scherz sein.«

»Solomon – das ist ein jüdischer Name, stimmt's?«

»O Mann, Crenshaw. Gib hier nicht den Mel Gibson.«

»Zieh das T-Shirt aus – dann kommst du in mein Haus. Bloß bist du ohne Shirt immer noch nicht angemessen gekleidet. Schätze, heute ist dein Pechtag.«

Fick dich doch, hätte Steve sagen können. Oder er hätte die ACLU, die amerikanische Bürgerrechtsunion, einschalten können. Stattdessen zog er sich das T-Shirt über den Kopf, drehte es auf links und zog es wieder an.

Crenshaw starrte ihn an. »Strafverteidiger sind allesamt Kakerlaken, stimmt's, Solomon?«

»Kommen wir schneller voran, wenn ich zustimme?«

»Und das hier ist das Kakerlakenhotel.« Mit einem Summen öffnete sich das elektrische Schloss. »Eines Tages wirst du hier durchgehen, Solomon, und drinbleiben.«

Drei Minuten nachdem er sich von dem gelangweilten Sergeant hatte schikanieren lassen, drohte Steve seinem Mandanten mit dem Zeigefinger.

»Nash, Sie dämliches Stück Scheiße! Warum lügen Sie mich an?«

Die Konfrontationsmethode.

»Ich habe nicht gelogen«, jammerte Nash wie ein Kind, das man beschuldigte, heimlich aus dem Marmeladenglas genascht zu haben.

»Sie brauchten kein Boot, um die Delfine zu befreien. Wenn Sie wirklich Angst gehabt hätten, dass die Tiere zurückschwimmen, hätten Sie auf dem Weg nach draußen einfach nur das Tor zumachen müssen.«

Nash schüttelte stur den Kopf. An seinem verwaschenen orangefarbenen Overall klebte Gefängnisgestank, und er sah aus, als hätte er dank des anstaltsüblichen Haferschleims bereits abgenommen. »Wir fürchteten, dass sie nicht wegschwimmen und wieder eingefangen würden. Sanders hat das gesagt.«

»Laut meinem Neffen irrt er sich da gewaltig.«

»Was weiß ich. Sanders wusste alles über Delfine. Sogar ihre lateinischen Namen. *Tursiops* irgendwas.«

Das verkompliziert die Sache allerdings, dachte Steve. Wenn sich Sanders so verdammt gut auskannte, dann hatte er Nash belogen. Aber warum?

»Lassen Sie uns noch mal ganz von vorn anfangen«, sagte Steve. »Sanders hat angeboten, das Boot zu besorgen, oder?«

Nash nickte. »Er sagte, er hätte eines mit Seilwinde und Salzwasserbecken an der Hand.«

»Und die beiden Typen an Bord? Wer waren die?«

»Keine Ahnung. Die haben für Sanders gearbeitet.«

»Und Sie haben keinen blassen Schimmer, wo ich sie finden kann?«

Nash bohrte mit dem Finger im Ohr – wodurch er auch nicht intelligenter aussah. »Ich bin ihnen zum ersten Mal begegnet, als sie unsere Jetskier rüber zum Key brachten. Hab sie nicht nach ihrem Namen gefragt, und sie haben sich auch nicht vorgestellt. Das letzte Mal habe ich sie gesehen, als sie Passion, Sanders und mich abgesetzt haben.«

»Können Sie sie beschreiben? Wie sahen die Männer aus?«

»Zwei Typen Mitte dreißig, durchtrainiert.«

»Großartig. Ich werde mich mal in Bally's Fitness Center nach Verdächtigen umsehen.«

»Scheiße, Mann. Es war dunkel da draußen. Die Typen trugen Mützen und haben mir nie in die Augen gesehen.«

»Irgendwas Besonderes? Tattoos, Hinkebein, drei Arme?«

Nash schien nachzudenken. Diese Anstrengung ließ seine Lippen erschlaffen, sodass sein Mund offen stand wie nach einem Schlaganfall. »Einer der Typen war ziemlich muskulös, der andere eher drahtig. Und er hatte eine Narbe auf dem Unterarm.«

»Auf welchem?«

»Kann mich nicht erinnern. Es war auch keine gewöhnliche Narbe. Eher so, als wäre ein Stück Fleisch rausgerissen worden und wieder nachgewachsen. Vielleicht hat ihn mal eine Kugel gestreift.«

»Hat einer der beiden was gesagt?«

»Nicht zu mir.«

»Zu Sanders?«

Wieder zuckte Nash mit den Schultern. Er wirkte ziemlich matt. »Sanders hat mal was gefragt, als wir die Jetskier ins Wasser ließen. Der Wind hatte aufgefrischt, und er wollte wissen, ob es im Golfstrom jetzt stürmisch würde. Einer der Typen hat geantwortet, dass er sich darüber keine Gedanken machen soll.«

»Waren das seine exakten Worte: Dass er sich keine Gedanken machen soll?«

»Eher so: ›Das ist nicht dein Problem. Kümmere du dich um deinen Job. Wir erledigen unseren.‹«

»Wozu den Golfstrom überqueren? Um die Delfine in der offenen See freizulassen, hätten Sie nicht so weit fahren müssen.«

»Keine Ahnung. Passion und ich sollten sowieso nicht mit. Wir wollten die Jetskier unterhalb des Rickenbacker Causeway loswerden und dann mit ihrem Auto abhauen.«

»Sie haben Sanders also nie gefragt, warum er sich die Mühe machen wollte, die Delfine einzusammeln, irgendwo hinzubringen und dort erst freizulassen?«

»Ich dachte, Sanders würde sie an der Great Bahama Bank freilassen. Da gibt es jede Menge Fisch zu futtern.«

»Warum haben Sie sie nicht einfach ins Red Lobster chauffiert?«

»Also schön, vielleicht habe ich mir nicht alles so genau überlegt und nicht richtig geplant.«

»Sie haben gar nichts geplant. Aber Sanders durchaus. Vielleicht mit Passions Hilfe.«

Nash sah Steve entsetzt an. Anscheinend hatte er auch darüber noch nicht nachgedacht.

»Mein Neffe glaubt, dass die Delfine nicht befreit, sondern gekidnappt werden sollten.«

»Verdammt noch mal, nein! Tiere haben auch Rechte!«

Nash wirkte ehrlich gekränkt und klang sogar glaubwürdig. Ein glaubwürdiger Schwachkopf. Er ließ Sanders, den er kaum kannte, das Kommando übernehmen. Er wusste nichts über die Typen, die für Sanders arbeiteten, und seine Freundin war ohne einen Piep verschwunden. Jetzt war Sanders tot, und wegen eines vorsintflutlichen Paragraphen musste Nash mit Lebenslänglich rechnen – selbst wenn er nichts Schlimmeres getan hatte, als ein Kanaltor aufzubrechen.

Nash war schuldig im Sinne von Felony Murder. Aber irgendwie tat der Kerl Steve leid. Er war benutzt worden und kapierte es nicht einmal. Dieser Nash war ein verirrter Welpe, und Steve hatte keine Leine, um ihn wieder zurück nach Hause zu bringen.

Steve wollte unbedingt die beiden Typen von dem Boot finden, und Passion, die verschwundene Freundin – und eine friedliche Lösung für den Nahostkonflikt. Aber momentan hatte er noch keinen Plan.

»Sie glauben mir doch, Solomon, oder?«

»Klar.«

»Ich sage Ihnen die Wahrheit, verdammt noch mal.«

»Okay, hab's vernommen.«

»Aber ich stecke in großen Schwierigkeiten, stimmt's?«

»Allerdings.«

»Und was machen wir jetzt? Vor Gericht, meine ich.«

»Erst mal die Hammerstrategie, bis mir was Besseres einfällt.«

»Hä?«

»Klassische Juristenmethode, Nash. Wenn das Gesetz auf deiner Seite ist, dann hämmere allen das Gesetz ein. Wenn die Fakten auf deiner Seite sind, dann hämmere ihnen die Fakten ein. Wenn keins von beiden auf deiner Seite ist – dann hämmere auf dem Tisch rum.«

Neunzehn

Kleide dich wie eine Frau und kämpfe wie ein Löwe

Steve weiß, dass er schlechte Karten hat, dachte Victoria. Warum sonst würde er behaupten, die Staatsanwaltschaft hätte Beweise unterschlagen? Sie hatte alle Informationen weitergegeben. Sie hatte die Aussagen ihrer Zeugen, die Liste der Beweismittel und den vollständigen Polizeibericht eingereicht – und zwar nicht nur, wie vorgeschrieben, jene Passagen, die Aussagen von Nash enthielten. Sie hatte dafür gesorgt, dass ihre Zeugen für mündliche Befragungen unter Eid zur Verfügung standen. Und sie hatte »gleichgerichtete Aussagen« Dritter eingereicht, die Nashs Teilnahme an anderen Tierbefreiungsaktionen bezeugten.

Aber Steve führte sich mal wieder auf wie ein Revolverheld. Er hatte sie vor Gericht einer »Prozessführung aus dem Hinterhalt« beschuldigt, der »Zurückhaltung entlastender Beweise«, des »vorsätzlichen Bruchs des Brady-Erlasses« und anderen Unsinns. Er verlangte ihren sofortigen Abzug von dem Fall wegen »grober Verletzung der Verordnung 3.220«.

Immerhin – die Nummer der Verordnung stimmte.

Victoria schritt flott über den Gang im dritten Stock des Gerichtsgebäudes. Die Absätze ihrer braunen Wildlederpumps klackten auf den verschrammten Fliesen. Sie hatte eine Aktenmappe aus weichem Leder dabei, und ihr rascher Schritt ließ vermuten, dass sie spät dran war. Dabei hatte sie noch 20 Minuten bis zum Beginn der Anhörung.

»Entschlossener Gang. Kopf hoch.«

Ihre Lieblings-Juraprofessorin, eine Frau in den Siebzigern, hatte das immer gesagt.

»Geh wie ein Mann, denke wie eine Frau und kämpfe wie ein Löwe.«

Lange bevor sie Professorin wurde, hatte Sylvia Massey sich zur Senior-Partnerin einer angesehenen New Yorker Anwaltskanzlei emporgearbeitet. Es war kein leichter Weg gewesen. Als Sylvia als frischgebackene Anwältin in die Firma eingestiegen war, hatte der Abteilungsleiter sie »Honey« gerufen. Schlimmer noch – auch die Sekretärinnen, denen sie von Anfang an ein Dorn im Auge gewesen war, hatten sich das herausgenommen.

»Zieh dich an wie für eine Gerichtsverhandlung – und nicht wie für die Disco.«

Victoria lächelte in sich hinein, als sie an zwei Pflichtverteidigerinnen vorbeiging, die in Miniröcken und zwei Knöpfe zu weit geöffneten Blusen über den Flur staksten. Die eine trug Netzstrümpfe, die andere gar keine.

»Wenn du Männer aufreißen willst, geh in eine Bar. Wenn du einen Prozess gewinnen willst, dann sei professionell – in Kleidung, Auftreten, Sprache.«

Alte Schule. Aber Victoria leuchtete das ein. Heute trug sie eine braun karierte Designerjacke, in der Taille gegürtet, und einen farblich passenden Rock in A-Linie, der unterhalb der Knie endete. Ihre Beine waren lang genug und ihre Taille schmal genug, um den Schnitt richtig zur Geltung zu bringen. Sie drehte sich noch einmal nach den beiden jungen Verteidigerinnen um. Die eine kaute mit offenem Mund Kaugummi. Die andere hatte sich mit einem mahagonifarbenen Konturenstift die Lippen in der Breite eines Standstreifens umrandet.

Fehlte nur noch bauchfrei.

Grundgütiger. In dem Moment kam ihr eine der Rechtsanwaltsgehilfinnen aus der Bewährungsabteilung entgegen. Eine Möchtegern-Britney-Spears in rotem Spaghetti-Top, das knapp zehn Zentimeter über dem Bauchnabel endete. Schwarze Stretch-Caprihose und pinkfarbene Flipflops, die bei jedem Schritt ein schmatzendes Geräusch erzeugten.

Victoria betrat Richter Gridleys Saal. Außer dem Gerichtsdiener war noch kein Mensch da. Elwood Reed schnarchte auf einem gepolsterten Sessel neben der Richterbank. Er war ein gebückter, hagerer Mann mit bedächtigen Bewegungen, der nur zweimal am Tag von seinem Stuhl aufstand: Wenn er das Eintreten Seiner Ehren ankündigte und dessen Abgang. Dass er überhaupt noch einen Job hatte, verdankte er dem Umstand, dass er mit der Cousine des Richters verheiratet war.

Victoria richtete sich am Tisch der Staatsanwaltschaft ein. Sie öffnete ihre Aktenmappe und breitete ihre Prozessakte, den Beweismittelordner, Untersuchungsergebnisse, einen gelben Notizblock, die Taschenbuchausgabe der Strafprozessordnung Floridas und fünf verschiedenfarbige Stifte vor sich aus.

Dann wartete sie. Die einzigen Geräusche waren das Schnarchen des Gerichtsdieners und das Summen der Klimaanlage. Steve würde sich natürlich verspäten. Auf dem Weg vom Aufzug zum Gerichtssaal band er sich garantiert noch schnell die Krawatte um und rasierte sich mit einem Akkurasierer. Er würde im Vorbeigehen ein paar Kumpels begrüßen, sich mit uniformierten Cops über College-Football austauschen, der Assistentin eines Richters ein Kompliment über ihre neue Frisur machen, die

Flure und Toiletten nach anwaltslosen Gesetzesbrechern absuchen, die finanzkräftig genug aussahen, um einen kleinen Vorschuss zahlen zu können, und ansonsten einfach nur ... Steve sein.

Die Tür zum Flur ging auf.

Das hatte es noch nie gegeben. Steve, so früh?

Aber es war nicht ihr Lebensgefährte, Partner ... und Gegner. Es war der finster dreinblickende Bezirksstaatsanwalt Pincher. »Wir müssen reden, Ms. Lord.« Pincher warf einen kurzen Blick auf den schlafenden Gerichtsdiener und zeigte dann auf die Tür zum Geschworenenzimmer. »Da drin.«

»Es ist nicht korrekt, dass wir beide den Fall diskutieren.« Das klang ein bisschen steif, selbst für Victorias eigene Ohren, aber sie hatte Recht. Nachdem Pincher als Verwandter des Angeklagten wegen Befangenheit draußen war, hatte er sich von dem Fall fernzuhalten. Juristen bezeichneten das als »Chinesische Mauer«. Eine Person mit einem Interessenskonflikt hatte keinerlei Zugang zu prozessrelevanten Details.

»Ich kenne die Vorschriften. Bin schließlich kein Idiot.« Pincher betrat das Geschworenenzimmer, hielt mit einer angedeuteten Verbeugung die Tür auf und wartete darauf, dass Victoria ihm folgte.

Drinnen überkam Victoria ein komisches Gefühl. Der Raum war spartanisch eingerichtet – zwölf Stühle, ein Tisch, fensterlos. Flüchtig wünschte sie, all die Debatten gehört zu haben, die hier ausgetragen worden waren. Wäre bestimmt für jeden Anwalt lehrreich gewesen.

»Hector Diaz war heute Morgen bei mir«, begann Pincher.

Der U.S.-Bundesanwalt. Victoria war ihm nie begegnet, kannte aber seinen Ruf als politischer Opportunist.

Pincher marschierte an der Kopfseite des langen Tisches auf und ab. »Gegen die Tierbefreiungsbewegung läuft eine Ermittlung auf Bundesebene. Diaz will, dass mein Trottel von Neffe kooperiert, damit wir an die Anführer der Gruppe herankommen. Vielleicht kann er uns zu den Typen führen, die damals die Kreuzfahrtpassagiere überfallen haben.«

Victoria wusste, wovon Pincher sprach. Seit Jahrzehnten setzten Kreuzfahrtschiffe Passagiere für einen Tagesausflug auf einer unbewohnten Insel vor Florida ab. »Schiffbrüchig – ein Abenteuer auf Ihrer privaten Insel« – so wurde im Prospekt dafür geworben. Was die Hochglanzbroschüre jedoch verschwieg, waren die Eiablagestätten der Meeresschildkröten am Strand. Die wurden von den Touristen regelmäßig zertrampelt.

Eines sonnigen Tages landete auf der Insel ein Schnellboot mit einem halben Dutzend Männern und Frauen. Sie trugen Tarnkleidung und Waffen mit Farbmunition, schrien »Tod den Tyrannen!« und »Rettet die Schildkröten!« und beschossen eine Touristengruppe aus dem Mittleren Westen. Rote Farbe breitete sich auf den Kleidungsstücken aus, was etliche der Getroffenen glauben ließ, sie seien wirklich verwundet.

Panik! Sechs der verängstigten Touristen versuchten, zum Schiff zurückzuschwimmen. Eine Frau wäre fast ertrunken. Ein Mann erlitt einen Herzanfall. Die Schützen wurden nie gefasst.

»Diaz will, dass Sie einen Deal anbieten«, fuhr Pincher fort. »Fahrlässige Tötung. Sechs Jahre. Vielleicht sieben. Er ist nicht scharf auf eine Verurteilung wegen Felony Murder. Schließlich war dieser tote Kerl, wie hieß er noch ...?«

»Sanders.«

»Richtig. Sanders war Abschaum, ein Krimineller.«

»Ein ehemaliger Marineoffizier«, korrigierte Victoria. »Er bekam einen Orden für die Aktion Wüstensturm.«

»Haben sich irgendwelche Familienangehörigen bei Ihnen gemeldet? Erhebt jemand Anspruch auf den Leichnam?«

»Nein.«

»Also interessiert sich niemand für diesen Burschen. Warum sollten wir es dann tun?«

»Felony Murder ist eine todsichere Sache. Das haben Sie selbst gesagt, Ray.« Victoria hatte den Staatsanwalt nie zuvor bei seinem Vornamen genannt. Aber da er sie zum ersten Mal als ebenbürtig behandelte, schien ihr das angemessen. »Bei einer Verurteilung haben wir viel bessere Karten für einen Deal, als wenn ich schon vorab einen Handel vorschlage.«

»Habe ich dem FBI schon gesteckt. Aber Diaz sagt, er kann nicht das Risiko eingehen, dass Sie verlieren.«

»Ich werde nicht verlieren, verdammt.«

»Nehmen Sie es nicht persönlich. Geht nicht gegen Sie.«

»Sondern?«

»Geschworene sind unberechenbar. Oder war das doch nicht O.J. Simpson, den ich gestern auf dem Golfplatz gesehen habe?«

Victoria wollte kein Schuldbekenntnis ohne Verhandlung. Sie wollte auf ganz altmodische Weise gewinnen, mit dem Verlesen des Urteils, dem Zusammensacken des Angeklagten, während sein Verteidiger aussah, als hätte er einen Schlag gegen den Adamsapfel bekommen.

Sein Verteidiger. Steve.

Verdammt, was mache ich denn jetzt?

Victoria versuchte, auf ihr Gefühl zu hören. Normalerweise ging sie Rechtsfragen mit leidenschaftsloser Logik an. Aber vor lauter Konkurrenzdenken und dem Wunsch, Steve in seinem eigenen Spiel zu schlagen, arbeitete ihr Verstand nicht richtig.

»Also gut«, stimmte sie seufzend zu. »Wenn ich einen Deal anbiete, wird Ihr Neffe dann kooperieren?«

Pincher grinste. »Wenn er es nicht täte, wäre er ein Idiot – allerdings hat meine Schwester ein ganzes Haus voller Idioten großgezogen.«

»Denken Sie, dass Nash die Informationen hat, an denen das FBI interessiert ist?«

»Keine Ahnung. Die TBB besteht nicht aus einem festen Kern, sondern aus vielen Splittergruppen. Irgendwelche Loser, die sich ihnen kurzfristig anschließen, bei einer Aktion mitmachen und dann wieder aussteigen und weiterkiffen. Ich würde wetten, dass Gerald nicht allzu viel weiß.«

»Haben Sie das dem Bundesanwalt erklärt?«

»Natürlich. Aber er sagt, er braucht jemanden aus der Gruppe und will Gerald – auf Gedeih und Verderb.«

»Wer möchte nun eigentlich, dass ich den Handel anbiete? Er oder Sie?«

»Wir haben vier oder fünf gemeinsame Operationen mit dem FBI laufen. Die haben mehr Leute und eine bessere Ausrüstung als wir. Ich brauche deren Hilfe, also ja, ich bin es, der Sie darum bittet. Aber ich kann Sie nicht zwingen, Victoria. Das weiß ich.«

Jetzt hatte auch er Victoria zum ersten Mal mit dem Vornamen angesprochen. Sie hatte Pincher nie zuvor derartig zu Kreuze kriechen sehen. Das machte ihn fast menschlich. Aber er strahlte noch etwas anderes aus. Einen Anflug von Resignation.

»Vertrauen Sie dem Bundesanwalt, Ray?«

Pincher zuckte die Achseln. »Diaz will unbedingt Karriere machen und die Abteilung Strafverfolgung im Justizministerium leiten. Der Mann wartet selbst zum Scheißen noch auf eine Anweisung aus Washington.«

»Dann steckt also Washington dahinter? Warum sollten ein paar Delfin-Kidnapper eine so große Sache sein?«

»Genau das habe ich Diaz auch gefragt. Er hat etwas von ›Parallelermittlungen‹ gemurmelt. Diaz glaubt, dass mein Neffe in weitaus ernstere Dinge verstrickt ist als den Kampf für die Rechte der Tiere. Aber mehr wollte er nicht verraten.«

Victoria überlegte. Wenn sie Anklage erhob, würde sie gewinnen und Gerald Nash bekäme 25 Jahre bis lebenslang. Heftig. Insbesondere da er weder selbst abgedrückt hatte noch jemanden hatte verletzen wollen. Im Grunde war er ein naiver, fehlgeleiteter junger Kerl. Wenn sie auf fahrlässige Tötung plädierte, kämpfte sie nicht gerade wie ein Löwe. Aber vielleicht war das gerechter. Auf jeden Fall bewies sie damit Mitgefühl. Außerdem war Pincher auf die Unterstützung des FBI angewiesen.

»Ich werde den Deal vorschlagen«, sagte sie. »Aber ich bezweifle, dass Steve einwilligt.«

»Warum? Er wäre verrückt, es nicht zu tun.«

»Weil es ihm zu viel Spaß machen würde, mich zu besiegen.«

Zwanzig

Steve Solomon Street

Steve parkte den Mustang nahe der Zugbrücke am Miami River, einer dreckigen, stinkenden Brühe, die sich durch die Stadtmitte bis zur Bay schlängelte. Er benutzte nie den gerichtseigenen Parkplatz, wo es aufgrund der vielen unschuldig Angeklagten eine 50-prozentige Chance gab, dass sein Wagen aufgebrochen wurde.

Jetzt musste er drei Blocks weit bis zum Gericht laufen. Steve war spät dran für die Anhörung. Aber heute war Donnerstag, da rief Richter Gridley immer direkt nach dem Mittagessen seinen Buchmacher an, um mit ihm die College-Footballspiele am kommenden Wochenende durchzugehen. Die 14.00-Uhr-Anhörung konnte also frühestens um 14.30 Uhr beginnen.

Victoria würde natürlich längst da sein, planen, sich vorbereiten, proben. Steve improvisierte lieber, weil Spontaneität seine Stärke und er außerdem stinkfaul war.

Er hörte das Summen der Autoreifen auf der 12th-Avenue-Zugbrücke. Der Straßenabschnitt ein paar Blocks weiter südlich hieß seit einiger Zeit »Ronald W. Reagan Avenue«, weil dort der frühere Präsident mal in einem kubanischen Restaurant zu Mittag gegessen hatte. Etliche Straßen Miamis waren von den Stadtvätern umbenannt worden. Man konnte sich leicht verfahren, wenn man nicht wusste, dass die Southwest Eighth Street, die in Little Havanna »Calle Ocho« genannt wurde, nach einem Castro-Regimekritiker in »Pedro Luis Boitel Avenue« umgetauft worden war. Einige Blocks derselben Straße hießen jetzt

»Celia Cruz Way« nach der Sängerin, und ein dritter Abschnitt trug den Namen eines ortsansässigen Bankiers: »Carlos Arboleya Boulevard«.

Kriegshelden und Künstler – das konnte Steve nachvollziehen. Aber ein Banker?

Steve vermutete, dass die Kommunalpolitiker auf saftige Spenden hofften. Das würde auch den »Abel Holtz Boulevard« erklären – nach einem Bankier benannt, der wegen Meineid im Gefängnis gelandet war.

Steves Lieblingsstraße war allerdings die Southwest 16th Street, von der Bezirksverwaltung zur »José Canseco Street« erklärt. Canseco war ein berühmt-berüchtigter Ex-Baseballspieler mit Doping-Vergangenheit, der sich nach dem Ende seiner Karriere als Nestbeschmutzer Feinde gemacht hatte. Steve wäre noch zufriedener gewesen, wenn Canseco ihn bei einer seiner zahlreichen Anklagen wegen »häuslicher Gewalt« als Anwalt engagiert hätte – aber das war ihm nicht vergönnt gewesen.

Während er am Fluss entlangging, beobachtete Steve einen Kran, der einen weißen Chevy Suburban auf das Deck eines verrosten Frachters lud. Dort gesellte sich der Geländewagen zu einem halben Dutzend anderer. Alle neueren Baujahres und unterwegs zu den Inseln. Ein wachsender Geschäftszweig in Miami – Autoklau auf Bestellung im großen Stil. Jemand in der Dominikanischen Republik wollte einen weißen Chevy Suburban mit kaffeebraunen Ledersitzen, Navigationssystem und niedrigem Kilometerstand. Also gab er seine Bestellung auf, und irgendjemand in Miami klaute exakt diesen Wagen.

Nachdem er so lange wie nur möglich getrödelt hatte und allmählich die Hitze der Nachmittagssonne spürte, marschierte Steve etwas schneller auf das Gerichtsgebäude zu. Hinter sich hörte er das Tuten eines Fischerbootes. Das Signal für den Brückenwärter.

Er ging die 13th Avenue entlang, die schon längst in »Steve Solomon Street« hätte umbenannt werden müssen, aber hey, noch gab es Hoffnung. Knapp 300 Meter vor ihm sah er schon die Stufen des Gerichtsgebäudes, da hielt neben ihm am Bordstein ein schwarzer Lincoln. Die getönte Scheibe fuhr herunter. »Steve Solomon?«

»Nicht, wenn Sie eine Vorladung für mich haben.«

»Ich kann Ihnen im Nash-Fall behilflich sein. Steigen Sie ein.«

Der Fahrer beugte sich aus dem Fenster und zeigte das Lächeln eines Mannes, der wenig Übung darin hatte. Leicht gerötete Haut, als hätte er sich gerade erst rasiert. Kurzes blondes Haar, das stellenweise bereits ergraute. Gold's-Gym-Muskelshirt, gewaltige Bizepse und Schultermuskeln – hatte anscheinend den gleichen Trainer wie Baseballstar Barry Bonds.

»Meine Ma hat mir verboten, zu Fremden ins Auto zu steigen, die auf Steroiden sind.«

Die Fondtür flog auf, und ein Typ sprang heraus. Sehr viel schmaler als der Fahrer. Jeans. Abgewetzte Cowboystiefel und ein schwarzes T-Shirt. Kurzes Haar, gebrochene Nase. Wirkte wie ein Boxer, vielleicht Mittelgewichtsklasse. Er zeigte auf die Tür. »Es dauert nur eine Minute, Mr Solomon.«

Ich könnte wegrennen. Cowboystiefel wird mich niemals einholen. Aber das wäre unmännlich.

»Rufen Sie meine Sekretärin Cece wegen eines Termins an. Sie wird vergessen, es mir auszurichten, aber kommen Sie doch einfach morgen im Büro vorbei, wann immer es Ihnen passt.«

»Hören Sie mit dem Quatsch auf und steigen Sie ein, Solomon.« Cowboystiefel versuchte knallhart zu klingen – mit Erfolg.

»Sind Sie bekloppt? Sehen Sie sich mal um. Gerichtsgebäude. Bezirksgefängnis. Polizei. Etwa 1000 Cops in Spuckweite. Ich muss nur schreien ...«

Steve sah den Schlag nicht kommen. Eine knallharte Rechte, mitten in den Magen. Steve japste. Seine Knie gaben nach. Er wäre zu Boden gegangen, aber Cowboystiefel packte ihn am Kragen der Anzugjacke, schob ihn auf den Rücksitz und zwängte sich neben ihn. Steve schnappte immer noch nach Luft, während der Wagen losfuhr. Keine quietschenden Reifen, keine waghalsigen Wendemanöver. Er beschleunigte lediglich sanft, als sie am Gerichtsgebäude vorbeifuhren, wo er erwartet wurde – wenn auch nicht unbedingt sehnsüchtig.

Der Fahrer sprach als Erster. »Wie ich schon sagte, Solomon, können wir Ihnen bei dem Nash-Fall behilflich sein.«

»Nein. Sie sagten ›*Ich* kann Ihnen helfen‹. Den Oscar de la Hoya hier haben Sie mit keinem Wort erwähnt.«

»Aber zuerst müssen Sie uns behilflich sein. Sie wissen, wer wir sind?«

»Nein, aber ich weiß, wo Sie landen werden. Etwa einen Block von hier gibt es eine Zelle mit Ihrem Namen an der Tür.«

»Ich lach mich tot.« Cowboystiefel schlug Steve mit der flachen Hand auf den Kopf.

Und da sah Steve es. Rotes Narbengewebe. Als wäre ein Stück aus dem Arm des Mannes herausgerissen. Genau wie Nash es beschrieben hatte. Eine alte Schusswunde war das nicht. Steve hatte eine solche Verletzung schon mal gesehen. Am Arm von Captain Dan, einem der besten Führer für Hochsee-Sportangler in Islamorada. Das war ein Haifischbiss.

»Sie sind die zwei Typen vom Boot«, sagte Steve. »Sie sollten die Delfine an Bord holen. Aber als die Cops auftauchten, sind Sie abgehauen.«

Der Lincoln fuhr auf der 20th Street unter der I-95-Überführung durch. »Was hat Nash sonst noch über uns erzählt?«, wollte der Fahrer wissen.

»Nichts. Er weiß ja nicht mal Ihre Namen.«

»Sind Sie sich da ganz sicher?«

»Er weiß nicht, ob Sie Mr Blue sind und Ihr Kumpel hier Mr Pink«, erwiderte Steve.

Cowboystiefel zog ihm zum zweiten Mal eins über den Schädel und fragte: »Was meint der Kerl *damit*?«

»*Reservoir Dogs – Wilde Hunde*«, erklärte der Fahrer seinem unterbelichteten Kumpan. »Die Typen, die in dem Film einen Raubüberfall planen, benutzen als Decknamen Farben.«

»Und warum soll ich Mr Pink sein?«

»Vergiss es.« Der Fahrer wandte sich an Steve, der allmählich ein leichtes Stechen in der Schläfe spürte. »Sie wissen, warum wir das alles fragen, oder, Solomon?«

»Weil Sie beide für Sanders gearbeitet haben. Und weil Sie Schiss haben, dass Nash die Bullen direkt zu Ihnen führen könnte.«

Cowboystiefel lachte heiser. Immer noch besser, als von ihm eine gescheuert zu bekommen. »Er denkt, Sanders wäre unser Boss gewesen.«

So wie die beiden lachten, musste das ein verdammt guter Witz sein.

»Hey, Solomon«, sagte der Fahrer. »Wenn Sie Nash einen

Penny für sein Denkvermögen geben, dann kriegen Sie noch Wechselgeld zurück.«

Noch mehr Gegröle. Diese beiden Typen waren ausgesprochen gut gelaunte Kidnapper. Und Sanders' Tod schien ihnen nicht sonderlich viel auszumachen, was Steve zusätzlich irritierte. Dann fiel ihm etwas ein, was Nash im Gefängnis gesagt hatte. In der Nacht des Einbruchs hatte sich Sanders nach dem Wellengang im Golfstrom erkundigt. Einer der beiden Typen hatte geantwortet: »Kümmere du dich um deinen Job, wir erledigen unseren.«

Das war ein Befehl. So redete man nicht mit dem Boss.

Diese Typen haben nicht für Sanders gearbeitet, sondern Sanders für sie.

Aber als was? Und was hatten sie mit den Delfinen vor?

»Was wollen Sie von mir?«, fragte Steve.

»Es gibt ein paar wichtige Leute, die wissen möchten, was Sanders Nash erzählt hat.«

»Worüber?«

»Zum Beispiel, wo wir in dieser Nacht hinwollten.«

Steve horchte auf. Diese Kerle haben nichts mit der TBB zu tun, dachte er. Und Sanders auch nicht, wenn er für sie gearbeitet hat. *Hier geht es nicht um die Rechte der Tiere. Ging es nie. Aber worum zum Teufel geht es dann?*

»Selbst wenn Nash es mir gesagt hätte, dürfte ich Ihnen nichts erzählen ...«

Wieder prallte eine Handfläche auf Steves Schädel. »Sicher dürfen Sie das«, erwiderte Cowboystiefel. »Oder wir nennen Sie Mr Brown. Weil Sie sich in die Hose kacken.«

»Aber Nash weiß nichts. Das haben Sie doch selbst gesagt. Er braucht beide Hände, um auch nur seinen Schwanz zu finden.«

Der Schmerz in Steves Schädel wurde stärker. Während seiner Collegezeit war er einmal von einem Werfer der Tulanes abgeschossen worden – der Typ fühlte sich schlichtweg durch Schlagmänner, die die Plate belagerten, gestört. Der Aufprall hatte Steves Helm zerbrochen, und er hatte eine Zeit lang alles doppelt gesehen. Jetzt hatte er langsam das Gefühl, als hätte er wieder so ein Ding abbekommen.

Der Wagen hielt vor dem Gerichtsgebäude. Ohne dass Steve es gemerkt hatte, waren sie im Kreis gefahren.

»Er sagt die Wahrheit«, erklärte der Fahrer seinem Kumpel, bevor er sich an Steve wandte. »Steigen Sie aus.«

In der Sekunde, in der Steves Schuhe den Asphalt berührten, wurde die Fondtür zugeknallt, und der schwarze Lincoln fuhr los. Kennzeichen Hillsborough County.

»S-3-J-1 …«

Mehr konnte Steve nicht erkennen, bevor der Wagen um die Ecke bog. Er fuhr sich durchs zerzauste Haar, steckte das Hemd in die Hose und rückte die Krawatte gerade. Dann stieg er zwei Stufen auf einmal nehmend die Treppe zum Gerichtsgebäude hinauf. Er würde zu spät zur Anhörung kommen.

Einundzwanzig

Die übliche Masche

»Mr Solomon muss jeden Moment hier sein, Euer Ehren. Der Verkehr heute ist fürchterlich.«

Victoria erfand oft Entschuldigungen für Steve – wenn sie gemeinsam einen Mandanten vertraten. Und jetzt tat sie es, obwohl sie auf der gegnerischen Seite stand.

»Aha.« Richter Gridley saß in seiner Robe am Richtertisch. Victoria stand kerzengerade hinter dem Tisch der Staatsanwaltschaft.

Es gab Richter, für die galt Unpünktlichkeit als Missachtung des Gerichts. Manche erhoben eine Geldstrafe – fünf Dollar pro Minute –, die in den Pizza-Fonds für bedürftige Gerichtsdiener floss. Richter Gridley wirkte jedoch bemerkenswert heiter und blätterte in *Lou's todsichere Tipps*, dem Wochenblatt für Sportwetten.

Die Tür flog auf, und Steve kam in den Gerichtssaal gestürmt. Er sah aus, als wäre er in eine Autowaschanlage geraten. Wirres Haar, Hemd mit Schweißflecken, dunkle Gesichtsfarbe, die um die Ohren herum in Rot überging. Er streifte im Gehen die Anzugsjacke über, zog den Krawattenknoten fest und eilte durch die Schwingtür zum Tisch der Verteidigung.

»Guten Tag, Euer Ehren.« Er nickte dem Richter zu und schenkte Victoria ein knappes Lächeln.

»Was ist denn mit dir passiert?«, fragte sie.

»Später. Lass uns erst das hier durchziehen.«

»Ah, Mr Solomon beehrt uns mit seiner Anwesenheit«, sagte Richter Gridley gnädig, ohne aufzublicken.

Steve deutete eine Verbeugung an. »Ich bitte um Entschuldigung, Euer Ehren.«

»Bevor wir zum Antrag der Verteidigung kommen, noch kurz eine andere Frage.« Der Richter schlug *Lou's todsichere Tipps* zu und sah Steve ernst an. »Wie lautet Ihr Tipp für das Spiel der Florida State Seminoles in Miami dieses Wochenende?«

»Wenn es um den Orange-Bowl geht, wette ich grundsätzlich nicht gegen die Miami Hurricanes«, antwortete Steve.

»Das ist schlau«, erkannte der Richter an.

»Aber wenn ich mich festlegen müsste, würde ich mich für die Seminoles entscheiden.«

Der Richter grunzte zustimmend und schrieb etwas auf sein Wettheft. »Also gut, Mr Solomon. Ihr Antrag. Heizen Sie mal den Kessel an.«

Bevor Steve auch nur den Mund öffnen konnte, sagte Victoria: »Der Antrag der Verteidigung ist möglicherweise irrelevant, Euer Ehren. Ich hatte noch keine Gelegenheit, mit Mr Solomon darüber zu sprechen, aber die Staatsanwaltschaft möchte eine Einigung vorschlagen.«

»Ausgezeichnet. Den Terminkalender zu lichten ist immer gut. Sie beide nehmen sich so viel Zeit, wie Sie brauchen. Ich gehe derweil die Big-Ten-Spiele durch.«

Der Richter leckte sich über den Daumen und schlug das Wettheft wieder auf.

Steve flüsterte Victoria zu: »Ich bin draußen von zwei Typen überfallen worden.«

»Was? Von wem?«

»Später. Was soll das mit der Einigung?«

»Hat Ray Pincher vorgeschlagen.«

»Von sich aus?«

»Nein. Der Bundesanwalt hat ihn dazu aufgefordert.«

»Weil das FBI gegen die TBB ermittelt? Oder geht es um etwas ganz anderes? Eine größere Sache?«

»Woher weißt du das?«, fragte Victoria.

Steve seufzte tief. »Jemand treibt Spielchen mit uns, Vic.«

»Wovon redest du?«

»Die Schüsse aus Grisbys Schrotflinte sind nur die Spitze des Eisbergs. Das FBI mischt mit. Und Pincher. Und zwei Typen in einem Lincoln mit Hillsborough-County-Kennzeichen. Dahinter steckt eine richtig große Verschwörung.«

»Eine Verschwörung wozu?«

»Das weiß ich noch nicht, Vic. Lass mich erst mal durchatmen. Ich bin vor ein paar Minuten gekidnappt worden.«

Sie kniff die Augen zusammen und musterte ihn misstrauisch.

»Ich wurde wirklich entführt«, versicherte er. »Zwar nur für fünf Minuten, aber immerhin ...«

»Du hast dieses gemeine Verbrechen doch angezeigt, oder?«

»Noch nicht, aber ...«

Victoria verdrehte die Augen. »Ich schlage einen Deal vor. Dein Mandant sitzt in einer Zelle. Möchtest du die Sache nicht wenigstens mit ihm besprechen?«

Steve wandte sich der Richterbank zu. »Euer Ehren, wir sind fertig. Kein Deal. Wir werden diesen Fall vor Gericht verhandeln.«

Der Richter seufzte und schob das Wettheft beiseite. »Sind Sie sicher, Mr Solomon? Aus meiner Sicht steuert Ihr Zug auf eine ziemlich baufällige Brücke zu.«

»Ganz sicher, Richter.«

»Sei's drum. Dann lassen Sie uns Ihren Antrag hören.«

»Ja, Sir.« Steve flüsterte Victoria zu: »Nettes Outfit.«

»Danke.«

»Wo hast du die Sachen her? Aus einer Boutique für pensionierte Bibliothekarinnen?«

»Was soll das, Steve?«

»Aufwärmen. Ein Übungsschwung.« Er zwinkerte ihr zu und schnalzte mit der Zunge. »Diese gegürtete Jacke lässt dich *sehr* zugeknöpft erscheinen.«

»Ein passendes Outfit fürs Gericht. Wie sollte ich denn aussehen?«

»Jedenfalls nicht wie ein republikanischer Senator aus Kansas.«

»Mr Solomon«, drängte der Richter.

»Gesetzwidriges Verhalten!«, donnerte Steve.

»Wie das, Herr Anwalt?«

»Oder war es Missbrauch von Amtsgewalt? Ich kann das nie auseinanderhalten. Ms. Lord hat die Ermittlungen behindert. Wir reden hier von Mauern. Verschleiern. Dubiosen Machenschaften.«

»Könnten Sie etwas präziser werden, Mr Solomon?«

»Ich bat die Staatsanwaltschaft um sämtliche Aufzeichnungen über den verstorbenen Charles J. Sanders, Ex-Lieutenant Commander der U.S. Navy. Und was habe ich bekommen? Einen zensierten Personalbogen vom Militär. Stützpunkt – geheim. Befehlshabender Kommandant – geheim. Einsätze – geheim. Seine DD-214-Entlassungspapiere – fehlen.«

»Euer Ehren, wir haben sämtliche Unterlagen an Mr Solomon weitergeleitet, die wir vom Marineamt erhielten. Er muss sich mit seiner Beschwerde an Washington wenden.«

»Und was ist mit dem Überwachungsvideo?«, setzte Steve nach. »Im Cetacean Park sind Kameras installiert. Die müssten exakt aufgezeichnet haben, was zwischen Grisby und Sanders vorgefallen ist. Wir haben die Bänder verlangt und keine bekommen. Null. Nix. *Bupkes.*«

»Mr Solomon weiß sehr genau, dass eine Woche vor der Tat das Überwachungssystem durch einen Blitzschlag schwer beschädigt wurde. Die Kameras waren außer Betrieb.«

»Richard Nixon lässt grüßen, Euer Ehren. Gelöschte Bänder. Verschwundene Aufzeichnungen. Zurückhalten von entlastendem Material.«

Victoria fuhr auf Steve los. »Nichts wurde gelöscht! Nichts wird zurückgehalten! Wenn ich irgendetwas Entlastendes in Händen hätte, würde ich es dir sofort geben – das weißt du genau. Also lass diesen Blödsinn ...«

»Euer Ehren, würden Sie bitte Ms. Lord auffordern, ihre Äußerungen an die Richterbank zu adressieren und die Verbalattacken gegen meine Person zu unterlassen?«

»*Meine* Attacken?«

»Dein Gesicht läuft rot an. Sei vorsichtig, sonst sprengst du noch den Gürtel.«

»Du bist der niederträchtigste Anwalt, mit dem ich je ...«

»Im Bett war?«

»Scher dich zum Teufel, Solomon«, zischte Victoria.

»Sie tut es schon wieder, Euer Ehren.«

Ein schrilles Pfeifen wie von einer Dampflok unterbrach den Disput. Steve und Victoria schauten zur Richterbank. Richter Gridley ließ den Knopf los, der das Geräusch aktivierte. »Sie beide ziehen jetzt mal die Notbremse. Die Signale stehen auf Rot.«

Victoria kannte das Ritual. Ein Pfiff bedeutete: »Vorsicht.« Zwei bedeuteten: »Kein Wort mehr.« Drei Pfiffe, und man wanderte wegen Missachtung des Gerichts in die Arrestzelle.

»Weitere Argumente, Mr Solomon? Juristischer Natur, wohlgemerkt.«

»Nein, Euer Ehren. Wir fordern – nein, wir verlangen –, dass das Hohe Gericht die Höchststrafe verhängt. Einstellung des Verfahrens aufgrund fehlerhafter Prozessführung der Staatsanwaltschaft.«

Steve setzte sich, und Victoria wandte sich an den Richter. »Euer Ehren, ich weiß gar nicht, wo ich anfangen soll. Ich habe ein Gefühl, als nagten Ratten an meinen Füßen.«

»Deine Schuhe sind zu eng«, flüsterte Steve.

»Mr Solomon wirft mit Anschuldigungen um sich, die jeglicher Grundlage entbehren. Er sollte ermahnt werden und ...«

»Aber es sind hübsche Schuhe.« Steve ließ nicht locker. »Sind die neu?«

»Sparen Sie sich die Mühe, Ms. Lord. Antrag der Verteidigung abgelehnt.« Richter Gridley stemmte sich aus seinem gepolsterten Sessel und ging zu der Tür hinter der Richterbank mit der Aufschrift »Privat«. Auf dem Weg dorthin sagte er: »Und jetzt küssen und vertragen Sie sich wieder.«

Steve ging zum Tisch der Staatsanwaltschaft und beugte sich zu Victoria. »Die Anweisungen eines Richters befolge ich immer.«

»Tust du nicht.« Victoria wandte sich ab und stopfte Unterlagen in ihre Aktentasche.

»Komm schon, Vic. Du weißt doch, dass das meine Masche ist.«

»Die immer wieder aufs Neue *so schrecklich* amüsant ist.«

»Unser Stil ist nun mal unterschiedlich. Vielleicht kommen wir deshalb so gut miteinander klar.«

»Das wird's wohl sein.«

»Ich seh schon, du bist sauer.«

»Und da soll noch mal jemand behaupten, du hättest kein Gespür für die Stimmungen einer Frau.«

»Nur eine Sache noch.«

»Und das wäre?«

»Mit Sex läuft heute Abend wohl nichts, oder?«

Solomons Gesetze

§ 6 Wenn eine Aussage perfekt ist, es keinerlei Widersprüche gibt und sämtliche Schlaglöcher säuberlich ausgebessert sind – dann lügt der Zeuge.

Das zweite Puzzle

Steve wollte mit Victoria reden, aber sie stürmte aus dem Gerichtssaal und war verschwunden.

Hat sie wütend ausgesehen?

So oft, wie sie ihn schon vor Gericht erlebt hatte, musste sie doch wissen, dass er nur eine Show abzog.

Sie ist doch nicht wirklich sauer, oder?

Sie beide sollten über den Fall reden und Informationen austauschen. Wenn sie auch auf gegnerischen Seiten standen – wollten sie nicht im Grunde das Gleiche?

Wahrheit, Gerechtigkeit. All das Zeug aus den Lehrbüchern.

Victoria schimpfte immer, dass bei Gerichtsverhandlungen irgendwelche Kleinkriege ausgefochten wurden. Dabei sollten doch alle an fairen Resultaten interessiert sein. Das Rechtssystem musste der Wahrheitsfindung verpflichtet sein und sich nicht allein um Verurteilung oder Freispruch bemühen. Steve sah das anders. Sein Ziel war, zu gewinnen. Aber bei diesem Schwachsinn, genannt *Der Staat gegen Nash*, war er bereit, etwas Neues auszuprobieren.

Mit den Pappnasen, die sonst für Pincher arbeiteten, würde er ganz sicher keine Informationen austauschen. Aber das hier war Victoria. Seine Partnerin. Seine Geliebte. Seine beste Freundin. Er wollte den Fall mit ihr gemeinsam bearbeiten.

Komm schon, Babe. Lass uns ein bisschen Gerechtigkeit üben.

Ihre spontane Reaktion würde darin bestehen, ihn am ausgestreckten Arm verhungern zu lassen.

»Das wäre unethisch, blablabla.«

Während sich Steve auf dem Heimweg vom Gerichtsgebäude durch den Verkehr auf dem Dixie Highway kämpfte, ging er im Kopf die Beweislage durch. Auf den ersten Blick schien Gerald Nash 100-prozentig schuldig im Sinne von Felony Murder. Doch es gab einfach zu viele Rätsel.

Der geheimnisvolle Chuck Sanders.

Grisby im Park mit einer Knarre in der Hand und seiner wirren Geschichte.

Zwei fiese Kerle, die sich Steve auf der Straße schnappten und Informationen aus ihm herauspressen wollten.

Steve erinnerte sich an etwas, das sein Vater, der gerissenste Strafverteidiger, den Steve je gekannt hatte, vor Jahren einmal zu ihm gesagt hatte.

»Wenn ein Puzzlestück nirgendwo passt, dann muss es ein zweites Puzzle geben, zu dem dieses Teil gehört.«

Das erste Puzzle drehte sich um die Frage, warum Grisby überhaupt geschossen hatte, geschweige denn zweimal. Steve hatte Grisby vor ein paar Tagen befragt. Der Besitzer des Cetacean Park hatte ausgesagt, dass sein Wachmann überraschend weggezogen sei.

Frage: Und anstatt einen neuen Wachmann zu engagieren, beschlossen Sie, sich die Nächte um die Ohren zu schlagen und den Job selbst zu übernehmen?

Antwort: Ja, Sir.

Frage: Mit einer Remington 870, obwohl Sie Ihren Wachmann nur mit einer Dose Pfefferspray und einem Handy ausgerüstet hatten?

Antwort: Ich wusste vom Überfall dieser Knallköpfe auf das Affenlabor auf den Keys. Außerdem hatte mich der Staatsanwalt gewarnt, dass ich der Nächste sein könnte. Und vergessen Sie nicht, dass ich schon mal überfallen wurde. Damals, als ich einen Delfin Park in Kalifornien hatte. Undersea World. Dort hat es mit diesen verdammten Tierrechtlern doch angefangen.

Nicht bloß ein Grund, warum Grisby in der Nacht im Park gewesen war, die Waffe schussbereit in der Hand. *Drei Gründe.* Jeder für sich würde genügen. Und was kam raus, wenn man sie zusammenrechnete? Zu viel Zucker im Mojito.

Wahre Geschichten hatten Löcher. Das Leben war kein schnurgerader Highway durch blühende Landschaften. Es war eine kurvenreiche Straße voller Schlaglöcher, rutschiger Ölflecke und gefährlicher Glassplitter. Hier war eines von Steves Gesetzen gefragt: Wenn die Zeugenaussage einfach zu perfekt ist, es keinerlei Widersprüche gibt und sämtliche Schlaglöcher säuberlich ausgebessert sind – dann ist die Geschichte aller Wahrscheinlichkeit nach genauso falsch wie Donald Trumps Haare.

Grisby hatte ausgesagt, dass er von einem Geräusch aufgeschreckt worden war. Dann hatte er Bobby auf der schwimmenden Plattform entdeckt. Er hatte dem Jungen befohlen, sich nicht vom Fleck zu rühren, und war zum Wärterhäuschen gegangen, um Steve anzurufen.

So weit entsprach alles der Wahrheit. Bobby bestätigte es, und Steve konnte sich noch gut an Grisbys Anruf erinnern, der ihn aus dem Schlaf gerissen hatte. Aber von da an wurde die Geschichte verworren.

Grisby behauptete, er wäre aus dem Wachhäuschen gekommen und auf Sanders getroffen, der hinter der Ficushecke stand. Sanders war vermutlich mit einem Schlauchboot geräuschlos zum Dock gepaddelt. Er hatte sich das Gesicht geschwärzt, so wie früher als Navy SEAL, und Klebeband, eine Schiffsleine und eine .45er-Automatik dabei, die Grisby aus seiner eigenen Militärzeit kannte. Sanders musste mit einem schlafenden Wachmann gerechnet haben. Stattdessen tauchte Grisby auf und hielt ihn mit seiner Flinte in Schach.

Sanders blieb gelassen und sagte Grisby, dass er keinen Ärger, sondern nur die Delfine befreien wolle. Und dann war plötzlich der Teufel los.

Zwei Jetskier röhrten den Kanal entlang.

Grisby befahl Sanders, die Pistole rauszurücken und dann zum Dock zu gehen. Er wollte einen Schuss auf die Jetski-Fahrer abgeben, um sie wenigstens zu verscheuchen. Sanders weigerte sich und verschaffte seinen Komplizen dadurch Zeit. Grisby schrie ihn an und drohte, aber der Kerl provozierte ihn sogar noch.

»Du bist kein Killer.«

»Lass es lieber nicht auf einen Versuch ankommen.«

Aber genau das tat Sanders, laut Grisby. Sanders griff nach seiner .45er. Grisby schoss und erwischte den Mann an der Hüfte. Der ging in die Knie.

Frage: Als er getroffen war, ließ Sanders die Waffe doch bestimmt fallen, oder, Mr Grisby?

Antwort: Vielleicht. Es war dunkel. Ich hatte Angst. Ich habe aus einem Reflex heraus gehandelt.

Frage: Sanders auf den Knien, blutend und unbewaffnet – bewirkte dieser »Reflex«, dass Sie durchluden?

Antwort: Ja, Sir.

Frage: Und der gleiche Reflex ließ Sie auf Sanders' Brust zielen?

Antwort: So muss es wohl gewesen sein.

Frage: Und schließlich, immer noch aus dem Reflex heraus, drückten Sie ab und erschossen den Mann.

Antwort: Es ging alles viel schneller. Ich hatte Schiss. Todesangst. Sie sitzen hier in einem weichen Sessel und wollen mich verurteilen.

Keine schlechte Antwort. Rechtschaffene Empörung funktionierte meist gut, solange man es nicht übertrieb. Grisby würde vor der Jury eine überzeugende Vorstellung abgeben.

Die Ergebnisse der gerichtsmedizinischen Untersuchung konnten seine Aussage stützen. Steve dachte an den toten Chuck Sanders. Navy SEAL. Kampftaucher. Held im Golfkrieg. Bei den Spezialeinheiten waren Mut und Entschlossenheit gefragt. Es gab keine Marschverpflegung. Man musste Schlangen fressen und Pisse saufen. Jemandem wie Grisby die Stirn zu bieten war für so einen Kleinkram. Aber wenn Sanders derart sicher gewesen war, dass Grisby nicht schießen würde, warum hatte er ihn nicht einfach stehen lassen und sich verdrückt? Warum hatte er zur Waffe gegriffen?

Wenn man seine .45er auf jemanden richtet, der einen mit der Knarre bedroht, dann muss man auch abdrücken. Man muss ihn töten.

Sanders war in den Cetacean Park eingedrungen, um Delfine zu stehlen. Aber nicht, um jemanden umzulegen. Das wäre untypisch für einen Kerl ohne Vorstrafen und mit seiner Vergangenheit.

Dieses Puzzleteil passte nicht.

Und was war mit den beiden Kerlen, die Steve überfallen hatten? Sie hatten auf einem Boot außerhalb des Kanals gewartet, um die Delfine an Bord zu nehmen. Aber wozu? Wohin wollten sie die Tiere bringen? Und wer zur Hölle waren die »wichtigen Leute«, die wissen wollten, was Sanders ausgeplaudert hatte?

Das alles zusammen führte zu einer entscheidenden Frage: Was war in jener Nacht wirklich passiert? Steve wusste es nicht, und er war halbwegs sicher, dass sein Mandant genauso ratlos war.

Dreiundzwanzig

Angeschnittene Bälle

Bobby rief nach Spunky und Misty. Im Kopf. Er versuchte es mit telepathischer Kommunikation. Zuerst auf Englisch, dann in delfinesischen Klick- und Pfeiflauten.

Warum auch nicht? Wir senden Radiosignale in den Weltraum und hoffen, dass uns irgendwelche Außerirdische anrufen.

Bobby hatte sämtliche Bücher von Dr. John Lilly über Delfine gelesen. Sicher, viele Wissenschaftler hielten den Mann für übergeschnappt, einen Dr. Doolittle auf LSD. Aber wurden nicht alle Pioniere auf die eine oder andere Weise verunglimpft?

Dr. Lilly glaubte, dass Delfine nicht nur eine eigene Sprache hatten, sondern sogar Musik komponierten. Er behauptete, dass die Delfine schon in grauer Vorzeit eine Gesellschaft mit einer funktionierenden Regierung gebildet hätten und ihre Bräuche und Gepflogenheiten von Generation zu Generation weitergaben. Dr. Lilly wollte einen Delfinstaat gründen und von den Vereinten Nationen anerkennen lassen. Dass er sich selbst und den Delfinen halluzinogene Drogen verabreichte, verbesserte in Wissenschaftskreisen nicht gerade das Ansehen des Docs.

Bobby nahm Dr. Lilly nicht alles ab, aber einiges fand er einleuchtend. Er wusste, dass Delfine ein ausgeprägtes Sozialverhalten zeigten. Verletzte oder kranke Artgenossen konnten immer mit Unterstützung rechnen. Er wusste auch, dass das Gehirn des Delfins größer war als das des

Menschen. Und tief in seinem Herzen spürte er, dass Delfine ihre Gefühle auf ähnliche Weise zum Ausdruck brachten wie Menschen. Bobby war überzeugt, dass Delfine lieben konnten und genau spürten, wenn sie von jemandem geliebt wurden. Was er nicht wusste, war, ob Spunky und Misty ahnten, was er gerade empfand. Tiefe Verzweiflung.

Vermisst ihr mich so sehr wie ich euch?

Bobby saß am Tisch in der Ecke seines Zimmers, kniff die Augen fest zu und sendete seine telepathische Botschaft.

Spunky. Misty. Wo seid ihr?

Keine Antwort. Aber er spürte etwas. Ein Vibrieren, eine elektronische Verbindung. Wenn er diese Empfindung doch nur hätte deuten können!

Bobby hörte einen Wagen in der Einfahrt. Onkel Steves röhrenden Mustang. Es war nicht schwer, ihn von Victorias kleinem Mini Cooper mit dem Rasenmäher-Sound zu unterscheiden.

Die Vibration brach ab. In Bobbys Kopf war nicht genug Platz für telepathische Kommunikation *und* das Geräusch der Schritte seines Onkels, der den Flur entlangkam.

Steve fragte sich, ob er genügend Zeit mit Bobby verbrachte. Der Junge litt unter heftigen Stimmungsschwankungen. Zuerst war er wütend auf Steve gewesen, weil der die Delfine nicht suchte. Vielleicht kamen auch ein paar Selbstvorwürfe dazu, dass er die Entführung nicht verhindert hatte. Als ob der Junge dazu in der Lage gewesen wäre ... Noch beunruhigender war, dass sich Bobby neuerdings in seinen Kummer zurückzog. Er hing in seinem Zimmer herum und weigerte sich, zum Baseballtraining zu gehen. Alarmierend wenige Scherze und Anagramme. Steve wollte Bobby dazu bringen, sich mit seinen Gefühlen auseinanderzusetzen, aber der Junge schien sie einfach zu unterdrücken.

Bobbys Zimmertür war zu.

Eine geschlossene Tür und ein zwölfjähriger Junge.

Vielleicht saß er gerade an seinen Hausaufgaben. Oder er blätterte in der Bademode-Ausgabe von *Sports Illustrated* und verharrte bei Veronica Varekova oder Angela Lindvall. Lange.

Steve empfand Mitgefühl. Bobby war ein Einzelgänger – Steve hingegen war während der gesamten Schulzeit beliebt gewesen. Eine Sportskanone. Ein gewitzter Kerl, der tonnenweise Freunde hatte. Gut fürs Selbstbewusstsein. Erst als Erwachsener hatte er begonnen, den Leuten auf die Nerven zu gehen.

Steve respektierte die Privatsphäre des Jungen, da er sich noch gut daran erinnerte, wie seine Mutter in den unpassendsten Momenten einfach in sein Zimmer geplatzt war. Deshalb klopfte er an. »Hey, Kiddo.«

»Ja.«

»Kann ich reinkommen?«

»Ja.«

Steve trat zögernd ein. Bobby saß vor seinem Computer am Schreibtisch.

»Geht's dir gut, Kiddo?«

»Ja.«

»In der Schule alles in Ordnung?«

»Ja.«

War wohl der Tag der einsilbigen Antworten.

Steve beschloss, das Problem frontal anzugehen. »Möchtest du über Spunky und Misty reden?«

Der Junge wirkte wie kalt erwischt. Nach kurzem Zögern sagte er: »Ich glaube, sie sind ganz in der Nähe.«

»Tatsächlich? Woher weißt du das?«

»Erst dachte ich, sie hätten den Golfstrom überquert und seien irgendwo bei den Inseln. Aber jetzt habe ich das Gefühl, sie spüren zu können. Sie sind gar nicht weit weg.«

Steve bemühte sich, seine Skepsis zu verbergen. »Möchtest du immer noch, dass wir rausfahren und sie suchen?«

»Erst wenn sie mir gesagt haben, wo sie genau sind.«

»Also gut. Sobald sie sich gemeldet haben, gibst du mir Bescheid.«

Bobby wandte sich wieder dem Computer zu.

»Was machst du da, Kiddo? Hausaufgaben?«

»Ich recherchiere Möglichkeiten, Rich Shactman umzubringen.«

»Prima Idee.« Steve fand es wichtig, die Kreativität seines Neffen zu unterstützen.

»Zuerst dachte ich an Plastiksprengstoff. Ein kleiner Klumpen C4 in seiner elektrischen Zahnbürste.«

»Kein schlechter Plan.«

»Aber das Haus der Shactmans hat an sämtlichen Eingängen Überwachungskameras.«

»Oh. Das macht die Sache schwierig.«

»Deshalb dachte ich an Gift.«

»Davon gibt es jede Menge«, stimmte Steve zu.

»Aber die toxikologischen Labore können heutzutage fast alles nachweisen – wäre also auch riskant. Momentan scheint mir Ertränken die beste Methode. Es muss aussehen wie ein Badeunfall.«

»Darauf wäre ich nie gekommen.«

»Ich recherchiere gerade, wie lange ich Shactman untertauchen muss.«

»Drei oder vier Minuten sollten genügen«, schätzte Steve.

»Du musst den verlangsamten Herzschlag berücksichtigen. Der Körper fährt seine Systeme herunter, damit er länger durchhält. Ertrinken dauert länger, als man glaubt.«

Steve wollte einen Blick auf den Bildschirm werfen. Er glaubte Bobby kein Wort, aber ein bisschen Kontrolle konnte nicht schaden. Er hoffte, der Junge wäre auf WildeMädchen.com und nicht auf Perfekter-Mord.com.

Aber Bobby loggte sich aus, bevor Steve etwas zu erkennen vermochte.

»Was hältst du davon, wenn wir draußen Würfe üben? Ich zeige dir, wie man Bälle anschneidet.«

»Coach Kreindler lässt uns keine angeschnittenen Bälle werfen.«

»Sobald dir der Ellbogen wehtut, hören wir auf.«

»Du glaubst wirklich, ich könnte einen Curveball werfen?«

Bobbys Interesse war erwacht, in seinen Augen war ein schwaches Funkeln zu sehen. Steve lächelte und fuhr dem Jungen durchs Haar. Nichts war schöner, als dieses Kind glücklich zu sehen. »Darauf kannst du wetten.«

»Und er kommt an der richtigen Stelle wieder runter?«

»Wie ein toter Geier. Na los, lass uns rausgehen, bevor es dunkel wird.«

»Coach Kreindler lässt mich nie im Leben werfen.« Die Stimmung des Jungen sackte schon wieder in den Keller, und seine Stimme war so schwer wie ein Arm voll Louisville-Baseballschläger.

»Ich rede mit Kreindler.«

»Und was wirst du ihm sagen?«

»Ich werde an seine Vernunft appellieren.«

Nachdem ich ihn gegen den Schlagkäfig gedonnert und ihm klargemacht habe, dass es schwer ist, mit einem gebrochenen Kiefer Mazzen zu essen.

Steve hörte, dass draußen ein Wagen hielt. Victoria. »Gib mir eine Minute, Kiddo. Ich muss mich noch mit Vic vertragen.«

»Wieso? Hast du wieder was Dummes angestellt, Onkel Steve?«

»Ich wollte, dass sie für fehlerhafte Prozessführung abgemahnt wird.«

»Und? Hat sie? Einen Fehler gemacht, meine ich.«

»Natürlich nicht.«

»Und jetzt versuchst du, dich zu entschuldigen.«

»Genau.«

Die Schultern des Jungen sackten nach unten. »Ich glaube nicht, dass wir noch aus dem Haus kommen, bevor es dunkel wird, Onkel Steve.«

Solomons Gesetze

§ 7 Ein Hai, der nicht zubeißen kann, ist kaum gefährlicher als eine Meerjungfrau.

Vierundzwanzig

Zwei Liebende

Victoria stand in der Küche und entkorkte eine Flasche Chardonnay. Normalerweise rührte sie Wein nicht vor dem Abendessen an. Steve überlegte, ob das jetzt ein gutes oder ein schlechtes Zeichen war.

»Hey, Vic.« Er wollte sie zur Begrüßung umarmen, aber sie drehte sich weg.

Schlechtes Zeichen.

Victoria schenkte sich ein Glas Wein ein und schwieg. Sie bot ihm auch nichts an. Kein Problem. Er trank sowieso lieber Bier.

»Vic, ich möchte mit dir über den Fall reden. Wir müssen die Typen finden, die mich heute überfallen haben.«

»*Wir?*«

»Du. Die Staatsanwaltschaft. Du hast die Möglichkeiten dazu. Diese Kerle sind der Schlüssel zur Lösung unseres Falls.«

Sie nippte am Wein, nahm schließlich einen kräftigen Schluck. »Nicht für *meinen* Fall.«

»Willst du nicht die Wahrheit herausfinden?«

»Die Wahrheit sieht so aus: Dein Mandant beging eine Straftat. Dabei wurde jemand getötet. Felony Murder. Klarer Fall.«

»Warum setzt du Scheuklappen auf? Du bist eine offiziell ernannte Gesetzeshüterin, zumindest vorübergehend.«

»Möchtest du, dass es dauerhaft wird, Steve?«

»Autsch.«

»Was willst du von mir, außer mich vor Richter Gridley schlecht aussehen zu lassen?«

»Zwei Typen haben mich auf offener Straße in ein Auto gezerrt. Ich erstatte Anzeige.«

»Ach ja, richtig. Deine angebliche Entführung.«

»*Angebliche?*«

»Bei all den Stunts, die du hinlegst – wer weiß, Steve? Wenn du Anzeige erstatten möchtest, kannst du ja morgen in die Stadt fahren und das Ganze auf dem Dienstweg erledigen.«

»Du könntest wenigstens das Nummernschild überprüfen. Einen Teil konnte ich erkennen.«

»Wahrscheinlich war der Wagen gestohlen.«

»Wäre trotzdem ein Anhaltspunkt. Wo wurde er gestohlen? Gab es Zeugen? Ob man eine heiße Spur hat, weiß man erst, wann man einer Sache auf den Grund geht.«

»Ist nicht meine Aufgabe, Steve.«

»S-3-J-1. Schwarzer Lincoln. Mehr habe ich nicht. Hillsborough County.«

»Ich möchte nicht über das Thema sprechen.«

»Aber das ist ein Puzzlestück, das ...«

»Wir sind Gegner.«

»Nur formal.«

»Richtig. Und Formalitäten interessieren dich nicht. Ebenso wenig wie moralische Grundsätze. Verhaltensregeln. Gesetze und Vorgehensweisen, an die sich jeder andere hält. Du hast keinen Respekt vor dem Recht. Der Würde des Gesetzes. Den Gesetzen selbst.«

»Also gut, du bist sauer auf mich ...«

»Du bist genauso schlimm wie unsere Mandanten. Vielleicht sogar noch schlimmer. Für einen Anwalt hast du zu wenig Selbstdisziplin. Und mit Sicherheit zu wenig, um einen passablen Verbrecher abzugeben. Du hättest einen anderen Beruf wählen sollen. Anarchist würde passen.«

»Sagtest du gerade Antichrist?«

Victorias Wangen liefen dunkelrot an. »Verdammt, Steve. Du wusstest, dass ich keine Beweise zurückhalte. Warum hast du das vor Gericht behauptet?«

»Ich habe lediglich einen Antrag gestellt.«

»Einen verlogenen Antrag.«

»Das nennt man seinen Mandanten verteidigen.«

»Das nennt man Lügen.«

»Der Unterschied ist marginal.«

»Du liebst das richtig, oder?«

»Was?«

»Steve der Hai zu sein.«

»Das ist mein Job, Vic. Wenn ich im Gerichtssaal bin, färbt Blut das Wasser rot.«

»Nicht, wenn du nach den Regeln spielst.«

»Ein Hai, der nicht zubeißen kann, ist kaum gefährlicher als eine Meerjungfrau.«

»Willst du damit andeuten, dass ich eine schwache Gegnerin bin? Mal sehen, was du wirklich draufhast, du taffer Kerl. Ich werde nach den Regeln spielen und dich trotzdem besiegen.«

Steve öffnete die Kühlschranktür und versteckte sich dahinter, als würde er bei Gewitter in einem Hauseingang Schutz suchen.

»Weißt du, was dein Problem ist, Steve? Du bist unreif. Verantwortungslos.«

»Das sind zwei Probleme.«

»Du bist ein großes Kind.«

»Und dein Problem ist, dass du meinst, das Gesetz wäre in Stein gemeißelt.«

»Das ist es auch, verdammt noch mal! Genau das macht es ja zum Gesetz!«

Steve beschloss zu warten, bis sie sich beruhigt hatte. Er nahm sich eine große Flasche Bier. Es konnte ein Weilchen dauern.

»Du kannst nicht einfach deine eigenen Regeln aufstellen«, belehrte Victoria ihn.

»Natürlich kann ich das. Wir sind hier in Amerika.«

»Ach ja, richtig. *Solomons Gesetze.*« Victorias Stimme triefte vor Ironie. »Wie lautet noch mal das erste, das du mir genannt hast, nachdem mir dieser verdammte Vogel auf die Jacke gekackt hatte?«

»Wenn das Gesetz nicht passt, dann mach es passend.«

»Richtig. Du hast dich damit *gebrüstet.* Aber so bin ich nicht. Ich lüge nicht. Ich breche keine Regeln. Und ich beschuldige die Gegenpartei nicht wissentlich falsch.«

Steve nahm einen großen Schluck Bier. Es schmeckte malzig. Ob sie jetzt fertig war?

»Und noch etwas.«

Wohl nicht.

»Erinnerst du dich an den dämlichen Anmachspruch, mit dem du mich damals angebaggert hast?«, fauchte sie. »An dem Tag, an dem wir uns kennenlernten?«

Steve schüttelte den Kopf. Wie zum Teufel sollte er das noch wissen? Wie sollte er sich an alles Dumme oder Peinliche – oder beides – erinnern, was er je gesagt oder getan hatte? An jenem denkwürdigen Tag waren sie beide in gegenüberliegenden Arrestzellen gelandet. Er hatte tatsächlich mit ihr geflirtet, aber sie konnte doch nicht ernsthaft erwarten, dass er sich noch an jedes Wort erinnerte.

»Du hast angeboten, mir bei meinen folgenden Prozessen ein bisschen unter die Arme zu greifen«, half Victoria ihm auf die Sprünge.

Ach, das meinte sie.

»Guter Spruch.« Steve nickte.

»Der allerdümmste. Ich *hasse* zweideutige und sexistische Bemerkungen. Und dich habe ich damals auch gehasst. Ich bin seitdem nie mehr so wütend auf dich gewesen. Bis heute.«

Steve hatte noch etwas anderes gesagt, als sie dort eingesperrt gewesen waren, etwas, woran er sich sehr wohl erinnerte.

»Heute Zellengenossen, morgen beste Freunde.«

Das hatte er flapsig dahingesagt, insgeheim aber sehr ernst gemeint. Schon in dem Augenblick, als sie an jenem Tag zum ersten Mal den Gerichtssaal betreten hatte, hatte er Feuer gefangen.

Du hattest mich, Vic. Spätestens seit deinem »Verpiss dich, Solomon«.

»Du bist eine Nervensäge übelster Sorte«, sagte sie jetzt.

»Ich dachte, gerade das liebst du an mir?«

»Nein, ich liebe dich trotzdem. Aber ich weiß, wenn ich mich heute Abend ins Bett lege und morgen früh aufwache, dann bist du immer noch eine Nervensäge. Und offen gesagt, Steve, bin ich es leid.«

Sie seufzte und lehnte sich gegen die Arbeitsplatte. In der Küche war es ganz still, bis auf das Summen des Kühlschranks.

Steve nahm einen Riesenschluck und wartete. Victoria schien fertig zu sein. Er wartete noch ein paar Sekunden lang, dann sagte er mit sanfter Stimme:

»Du weißt aber, was du gerade gesagt hast? Dass du mich liebst. Und ich liebe dich auch. Seit dem Tag, an dem dieser Vogel dir auf den Ärmel kackte und du zu weinen anfingst. Und deshalb tut es mir leid. Ich habe mich heute hinreißen lassen. Ich bin zu weit gegangen. Das wird nicht mehr vorkommen. Dir gegenüber, meine ich. Andere Anwälte sind Freiwild.«

Er näherte sich ihr zu einer Umarmung, langsam genug, damit sie Zeit hatte, ihm auf halbem Weg entgegenzukommen. Aber sie rührte sich nicht.

»Ich brauche jetzt ein bisschen Abstand, Steve.«

»Okay, wenn du meinst, dann werde ich ...«

Aber sie war schon durch die Tür.

Solomons Gesetze

§ 8 Wenn die Frau, die du liebst, sauer auf dich ist, dann lass ihr Zeit, gib ihr Freiraum und reichlich Wein.

Fünfundzwanzig

Flipper zieht in den Krieg

Während der nächsten zwei Stunden vermied Steve, Victoria unter die Augen zu geraten. Er schnappte sich Ball und Handschuh und ging mit Bobby auf den Hof, wo er ihm die Grundlagen angeschnittener Bälle beibrachte. Später marinierte er in der Küche Gelbschwanzschnapper-Filets in Limonen-Pfeffer-Sauce. Danach mischte er einen Salat aus Victorias Lieblingszutaten, einschließlich gerösteter Pinienkerne – die, wie er fand, nach Baumrinde schmeckten.

Wieder draußen widmete er sich der mannhaften Aufgabe, den Holzkohlegrill anzuzünden, ohne den Busch daneben abzufackeln, grillte den Fisch und gab die frische Salsa dazu, die er im Mixer angerührt hatte. Zum Schluss warf er ein Tischtuch über den Picknicktisch aus Mammutbaumholz und stellte reichlich Chardonnay für seine Liebste, Partnerin und Gegnerin vor Gericht bereit.

Victoria war beim Essen ungewöhnlich schweigsam. Steve ließ sie in Ruhe und versuchte nicht, ihr ein Gespräch aufzuzwingen. Er würde ihr Zeit und Freiraum lassen – und jede Menge Wein einflößen.

Nachdem sie zum Nachtisch den Flan gegessen hatten, den Steve von einem Bäcker am Coral Way mitgebracht hatte, ging Bobby nach drinnen. Er wollte seinen Ellbogen in einem Kübel Eis kühlen, wie es auch Sandy Koufax, der beste jüdische Pitcher aller Zeiten, nach jedem Spiel getan hatte.

Steve war davon ausgegangen, dass der Wein Victoria

besänftigen würde, und war bereit zur Versöhnung. Aber sie verschwand mit einem knappen »bis später« im Haus. Kurz darauf sah er sie am Ende des Flurs, wo sie gelbes Absperrband vor der Tür zum Arbeitszimmer anbrachte.

»Was wird das?«, fragte er. »*Der Rosenkrieg* – Teil zwei?«

»Für die Dauer des Prozesses ziehe ich ins Arbeitszimmer.«

»Wie bitte? Du meinst, du willst dort arbeiten?«

»Arbeiten, denken, schlafen. Für dich ist der Raum tabu.«

»Wie du meinst.« Steve wollte nicht beleidigt klingen, aber genau so hörte es sich an.

»Dein Reich ist das Schlafzimmer, Steve. Da kannst du deine Ordner aufbewahren, und ich werde sie nicht anrühren.«

»Welche Ordner?«

»Es ist bei Anwälten üblich, sich während eines laufenden Prozesses Arbeit mit nach Hause zu nehmen.«

»Tatsächlich? Warum hat mir das noch niemand gesagt?«

»Solltest du dich entscheiden, dich wie ein richtiger Anwalt aufzuführen, versichere ich dir, nicht zu spionieren.«

»Alles, was ich zu bieten habe, hast du doch schon gesehen.«

Nicht mal ein Lächeln. Sie duckte sich einfach unter dem über Kreuz gespannten Absperrband hindurch und betrat das Arbeitszimmer. Steve verharrte im Flur und sah ihr wenig glücklich dabei zu. »Bin ich entlassen?«

»Ich habe zu arbeiten.« Sie packte ihre Tasche mit den Prozessunterlagen aus und verteilte Ordner auf dem Tisch. Farblich gekennzeichnet, alphabetisch sortiert und mit Aufklebern versehen.

Anale Fixierung, schoss es Steve durch den Kopf, aber er hielt lieber die Klappe.

Kurz darauf schlüpfte Bobby, den Arm in einer Kühlschlinge, unter der Absperrung durch und stellte sich neben Victoria.

»Hey!«, protestierte Steve. »Wieso darf Bobby rein?«

»Jetzt sei nicht kindisch, Steve«, wies Victoria ihn zurecht. »Bobby, wenn du möchtest, darfst du mir helfen.«

»Cool.« Der Junge schlug einen der Ordner auf. »Kann ich mir die Autopsiefotos ansehen?«

»Nein«, erklärten Victoria und Steve einstimmig.

Aber Bobby betrachtete bereits die Hochglanzbilder. »Wow! Total abgefahren.«

»Leg das sofort wieder hin, Kiddo!«, rief Steve vom Flur aus.

»Bobby, hör auf deinen Onkel«, mahnte Victoria.

»Okay, aber dann sage ich euch nicht, auf welchem Schiff der tote Typ damals bei der Navy stationiert war.«

Beide hielten überrascht inne. Die Navy-Akten waren doch unter Verschluss!

»Wovon redest du, Bobby?«, fragte Steve.

»Autopsiefoto B-18. Der Kerl hat das Wort *Missouri* auf den Arm tätowiert.«

»Na ja, vielleicht war er ein Fan der Mizzou Tigers.«

»Mit einer Sportmannschaft hat sein Tattoo nichts zu tun. Unter *Missouri* steht *Big Mo*. Das ist die USS *Missouri*, das alte Kriegsschiff. Seinen letzten Einsatz hatte es 1991 bei der Mission Wüstensturm.«

Steve schob sich durch die Absperrung, als würde er Spinnweben beiseitefegen. »Weiter, Kiddo. Ich wette, du weißt, welche Rolle die *Missouri* im Golfkrieg spielte.«

»Von ihr wurden Tomahawk-Marschflugkörper auf die irakische Armee abgefeuert.«

»Sonst noch was?«

»Sie nahm die Küste unter Beschuss. War aber nur ein Täuschungsmanöver, damit Saddam dachte, wir würden vom Meer aus angreifen.«

»Weiter, Bobby. Lass deinen Onkel Steve nicht zappeln.«

»Ach, du meinst die Delfine.«

Der zwölfjährige Schlaumeier war die Unschuld in Person.

Victoria nahm dem Jungen die Fotos aus der Hand. »Was ist mit den Delfinen, Bobby?«

»Die gehörten zur CIM.« Bobby grinste. Das war sein großer Moment, und er würde ihn auskosten.

»Wenn du nicht auf der Stelle redest, werde ich dir niemals zeigen, wie man einen Splitter wirft«, drohte Steve.

»Zur Cetacean Intelligence Mission. Geheimer Kriegseinsatz von Meeressäugern. Die *Missouri* transportierte Delfine samt ihren Trainern. Dann wurden sie von kleineren Schiffen übernommen und zu ihren Einsatzgebieten im Golf gebracht.«

»Worum ging es bei diesen Einsätzen?«, wollte Victoria wissen.

»Darum, die Schifffahrtswege nach Umm al Quasr nach Minen abzusuchen. Die Delfine orteten die Minen, und die SEALs haben sie dann entschärft.«

»Flipper zieht in den Krieg«, murmelte Steve. »Unglaublich.«

»Delfine sind die Sprengstoff-Schnüffelhunde der Meere. Mit ihrem Echoortungssystem können sie im Dunkeln arbeiten. Sie können hundert Mal hintereinander tauchen.«

»Und wo ist das Hauptquartier dieses Cetacean Intelligence *Mishegoss*?«

»In der Marinezentrale für Seekriegsführung in San Diego.«

»Bingo! Sanders' letzter Stützpunkt vor seinem Austritt aus der Navy. Und die Auszeichnung, die er für das Entschärfen von Minen im Golf erhielt ...«

»Er muss mit Delfinen gearbeitet haben«, sagte Bobby mit der ganzen Überzeugung seines jugendlichen Genies.

Steve sah Victoria triumphierend an.

»Na? Was habe ich dir gesagt?«

»Du hast mir gesagt, du seiest von zwei Schlägern gekidnappt worden. Was hat das mit Delfinen im Persischen Golf zu tun?«

»Es beweist, dass Sanders nie etwas mit Tierrechten am Hut hatte. Er hat im Krieg bei jedem Einsatz das Leben der Delfine aufs Spiel gesetzt. Wahre Gläubige wie Nash würden das niemals tun. Die finden es sogar unmoralisch, auf einem Pferd zu reiten. Deutsche Schäferhunde als Polizeihunde und Kanarienvögel in Bergbaustollen – in ihren Augen alles Missbrauch. Ein echter TBBler würde nie das Risiko eingehen, dass sein Kumpel als Delfinburger endet.«

»Das ist widerlich, Onkel Steve«, ächzte Bobby.

»Entschuldige. Verstehst du denn nicht, Vic? Sanders wusste alles über Delfine – auch, wie man die cleversten auswählt.«

»Spunky und Misty«, fiel Bobby ihm ins Wort.

»Die Stars der Show«, fuhr Steve fort. »Die am besten ausgebildeten Delfine des Parks. Vielleicht sogar von ganz Florida.«

»Aber was hatte Sanders mit ihnen vor?«, fragte Victoria. »Und welche Rolle spielen die beiden Typen, die dich verschleppt haben?«

»Daran arbeite ich noch. Aber jede Wette – wenn ich das herausgefunden habe, passen alle Puzzlestücke.«

»Ich schlage vor, dass du dich mit dem Herausfinden beeilst«, sagte Victoria. »Morgen früh wählen wir die Geschworenen aus.«

Sechsundzwanzig

Auf Samtpfötchen

Victoria wusste genau, was Steve tat, als sie ihn am Morgen um Viertel vor acht auf dem Parkplatz der Geschworenen entdeckte.

Lauern. Sich die Schuhe zubinden. So tun, als würde er eine Zigarette rauchen. Aber in Wahrheit spionierte er. Er überprüfte die Autoaufkleber.

»Stoppt den Pelzhandel.« Geschworener der Verteidigung.

»Gegen mein Kind kommt dein Streber nicht an.« Geschworener der Staatsanwaltschaft.

Sie beobachtete, wie sich Steve an die Wagenfenster schlich und hineinspähte. Victoria konnte förmlich seine Stimme hören.

»Die Leute hinterlassen überall Hinweise, auch auf den Autositzen.«

Ein Bündel Strafzettel. Geschworener der Verteidigung.

Eine Ausgabe des Waffenmagazins *Guns & Ammo*. Geschworener der Staatsanwaltschaft.

Ein Buch von Rush Limbaugh, Radiomoderator und Stimme der Konservativen. Hirntoter Geschworener.

Wenn Steve Kofferraum und Handschuhfach durchwühlen könnte, würde er es tun. Victoria hätte beinahe gelächelt. Er betonte ständig, dass er sich nicht großartig auf die Verhandlung vorbereitete. Dabei tat er es sehr wohl, auf seine subtile, eigenwillige Art.

Mittlerweile war es kurz nach neun, und Richter Gridley hatte sich auf der Richterbank niedergelassen. Die Zuschauer hatten es sich im Zuschauerraum bequem gemacht, und Steve besetzte den Tisch der Verteidigung. Er hatte sein dunkles Haar schneiden lassen, sodass er nicht mehr aussah wie ein Strandfreak. In seiner Gerichtsuniform – anthrazitfarbener Anzug, hellblaues Hemd und gestreifte Krawatte – wirkte er fast wie ein richtiger Anwalt. Gerald Nash saß neben ihm, einen leeren Schreibblock vor sich, als wolle er sich nützliche Notizen zu seiner Verteidigung machen. Victoria, umgeben von einem Wall aus Ordnern und Büchern, saß allein am Tisch der Staatsanwaltschaft.

Heute stand die Geschworenenauswahl auf dem Programm.

Sie kannte jeden einzelnen von Steves Tricks. Seine Stärken, seine Schwächen, seine Kunststücke, seine Überraschungen. Sie hatte ihm zugehört, von ihm gelernt.

Beobachte die Geschworenen, wenn sie den Gerichtssaal betreten. Studiere ihre Körpersprache. Finde heraus, wer den Ton angibt und wer Mitläufer ist. Belausche sie. Fass ihnen in die Jackentaschen. Klau ihre Brieftaschen.

Bildlich gesprochen, natürlich. Mehr oder weniger.

Mit Steve als Gegner eine Jury auszuwählen, war so, als würde sie gegen ihre beste Freundin Jackie Tuttle ein Einzel spielen. Jackie hatte eine geschmeidige, starke Vorhand und eine akzeptable Rückhand, aber sie war schwach am Netz. Wenn Victoria auf Jackies Rückhand spielte, sie dann mit einem Stoppball ans Netz lockte, konnte sie in vier von fünf Fällen punkten.

Und Steves Spielweise kannte sie mindestens genauso gut.

»Wenn du die Geschworenen auswählst, vergiss nicht, dass auch sie sich für oder gegen dich entscheiden. Sie be-

stimmen, ob ihnen der Verteidiger oder der Staatsanwalt besser gefällt.«

Sie hatte so viel dazugelernt, dass Steve sie inzwischen meist bat, die Befragung zu übernehmen. Auch weil sie auf den ersten Blick den besseren Eindruck machte. Sie war freundlich und nett, und das nahm man ihr auch ab. Steve provozierte gern. Sicher, er bewegte sich elegant, aber es war die Eleganz eines Hais, der durch den Gerichtssaal glitt – bereit, jedem Gegenzeugen, gegnerischen Anwalt oder sogar dem Richter den Kopf abzubeißen.

Victoria wusste noch etwas über Steves Taktik: Je schwächer seine Position in einem Prozess war, desto wilder seine Inszenierungen. Was im Klartext bedeutete, dass er sich schon heute danebenbenehmen würde, bei der Auswahl der Geschworenen. Sie hatte keine Ahnung, wie, aber es war so unvermeidbar wie eine Moskitoplage nach einem Sommersturm.

»Hab keine Angst, aus dem Abseits zu punkten. Oft merkt es niemand, und du kommst damit durch.«

Noch so eine seiner Weisheiten. Er würde sofort anfangen, die Geschworenen auf seine Seite zu ziehen. Dabei ging es bei dieser Befragung nur darum, ob jemand voreingenommen oder befangen war. Die meisten Anwälte warteten wenigstens bis zum Eröffnungsplädoyer, legten dort das Fundament für ihre Verteidigungsstrategie – was laut Prozessregeln immer noch viel zu früh war. Sie taten es trotzdem, weil Studien besagten, dass ein Großteil der Geschworenen sich seine Meinung beim Eröffnungsplädoyer bildete, lange *bevor* der erste Zeuge aufgerufen wurde.

Steves Ansicht nach passierte das noch früher.

Zur Begrüßung sagt er sicher: »Guten Morgen, Frau Verfolgerin.«

Victoria würde auf der Hut sein. Immerhin hatte sie als Staatsanwältin das erste Wort. »Guten Morgen, Ladys und Gentlemen«, begann sie.

Sie formulierte ihre Fragen sorgfältig, um den komplizierten Sachverhalt von Felony Murder verständlich zu machen. »Hat jeder von Ihnen verstanden, dass der Angeklagte für schuldig erklärt werden kann, obwohl eine andere Person den Abzug betätigt hat?«

Zwölf Köpfe nickten eifrig. Eine Geschworenenbank voller Wackeldackel.

»Es genügt nicht, wenn die ganze Hammelherde im Chor blökt. Nimm dir jeden Einzelnen vor, der Reihe nach, und prüfe, ob sie nicht umfallen.«

Abermals Steve. Er fand, einer Menschengruppe sei nicht zu trauen. Er hatte Recht. Man musste die Einzeltiere vom Rudel trennen, die Anführer von den Mitläufern, die Cleveren von den Hohlköpfen.

»Wenn die Geschworenen ihren Eid ablegen, muss dir klar sein, wen sie zu ihrem Sprecher wählen werden – sonst hast du nicht richtig aufgepasst.«

Während der nächsten Stunde stellte Victoria ihre vorbereiteten Fragen und hörte jeder Antwort aufmerksam zu. Dann überprüfte sie ihre Liste, überlegte, wer Geschworener werden sollte und auf wen sie lieber verzichten würde. Nummer Drei hatte einen spöttischen Gesichtsausdruck. Nobuchi Fukui, Wirtschaftsprüfer. Hochschulbildung, verheiratet, drei Kinder. Besaß ein Eigenheim in Kendall, pendelte ins Zentrum zu seiner Wirtschaftsprüfungskanzlei. Ein geeigneter Geschworener für die Staatsanwaltschaft.

»Mr Fukui«, sagte sie, »ein Mann, der nicht den Abzug betätigt hat, wird trotzdem des Mordes angeklagt. Empfinden Sie diese Regelung als zu hart?«

»Nein. Nicht, wenn derjenige die Gewalttat herbeigeführt hat. Menschen müssen für ihr Handeln Verantwortung übernehmen. Genau daran hapert es in diesem Land.«

»Danke, Mr Fukui.« Dieser Geschworene war nicht nur geeignet, sondern *hervorragend.* Victoria wandte sich dem Richter zu. »Euer Ehren, wir geben weiter an Mr Solomon.«

Steve war mit einem Satz auf den Beinen und stellte sich gerade mal anderthalb Meter entfernt vor das Geländer der Geschworenenbank – ohne Liste. Er war stolz auf seine Fähigkeit, sich ein Dutzend Namen merken und sie auch noch richtig zuordnen zu können.

»Fangen wir mit Ihnen an, Mr Fukui, Sir.«

»Ja, Sir«, antwortete Mr Fukui misstrauisch.

»Ein aus dem Leben gegriffener Fall. Zwei Teenager, beide unbewaffnet, wollen in ein Lagerhaus nahe des Flughafens einbrechen. Es ist ihr erster Bruch, und sie stellen sich derartig ungeschickt an, dass sie nicht einmal reinkommen. Dann tauchen die Cops auf. Sie jagen die Jungs über ein Feld. Ein Cop schießt und tötet einen der beiden. Gemäß Ms. Lords Theorie müsste der andere Junge wegen Felony Murder angeklagt werden. Er würde den Rest seines Lebens im Knast verbringen.«

»Einspruch, Euer Ehren.« Wenn ein Welpe ungezogen war, musste man ihm ganz schnell klarmachen, wer der Boss war. Das wusste Victoria. »Wir sprechen hier nicht über irgendeine *Theorie*, wir sprechen über das *Gesetz.*«

»Aber ist das auch gerecht?«, feuerte Steve zurück.

»Darum geht es nicht«, erwiderte Victoria scharf.

»Sie alle haben dieses Eingeständnis vernommen?«, triumphierte Steve und wandte sich mit vielsagendem

Blick an die Geschworenen. »Die Anklagevertretung glaubt an ein Gesetz ohne Gnade. Recht ohne Gerechtigkeit. Ein kaltes, erbarmungsloses, *gefühlloses* Gesetz.«

»Euer Ehren!«, rief Victoria, um Richter Gridleys Aufmerksamkeit zu erlangen.

»Also gut, Sie beide.« Der Richter seufzte. »Wir werden diese Geschworenenbefragung ohne Gekeife hinter uns bringen. Und jetzt, Mr Solomon, stellen Sie Ihre Fragen und hören Sie auf, Volksreden zu halten.«

»Natürlich, Euer Ehren.« Steve wandte sich wieder Nobuchi Fukui zu. »Also, Sir, zurück zum Warenlager. Ich möchte, dass Sie alle zwölf mich dorthin begleiten.«

Für einen kurzen Moment hatte es den Anschein, als wollten zwei der Geschworenen aufstehen, weil irgendwo ein Bus auf sie wartete, um sie zu der bewussten Halle zu fahren.

»Mr Fukui«, fuhr Steve fort, »sind Sie der Meinung, dass dieser Junge, der einen Einbruch vermasselt hat, wegen Mordes verurteilt werden sollte?«

»Das habe nicht ich zu entscheiden«, sagte der Mann. »Wenn das Gesetz es so vorgibt ...«

Perfekt, dachte Victoria. Nobuki Fukui wird der Sprecher.

»Das *Gesetz.*« Steve winkte ab. »Einst besagte das Gesetz, dass Frauen nicht wählen dürfen. Es schrieb Menschen bestimmter Hautfarbe vor, im Bus nur hinten zu sitzen. Das Gesetz gab dem Staat das Recht ...« – er zeigte mit dem Finger auf Victoria, als wäre sie die Verkörperung des Bösen – »... amerikanische Bürger nur aufgrund ihrer japanischen Herkunft einzusperren.«

Wie geschmacklos, dachte Victoria. Als Nächstes wird Steve Mr Fukui fragen, ob er gern Sushi zum Lunch hätte.

»Nur weil es in Büchern steht, heißt das noch lange nicht, dass es richtig ist.«

»Einspruch, Euer Ehren.« Victoria war schon wieder aufgesprungen. »Mr Solomon fordert die Geschworenen bereits vor Prozessbeginn auf, sich über geltendes Recht hinwegzusetzen.«

»Ms. Lord hat Recht«, stimmte der Richter zu. »Mr Solomon, unterlassen Sie das. Das ist mein Job.« Der Richter schien einen Moment über seine Worte nachzudenken und fügte dann hinzu: »Will meinen, ich werde die Geschworenen selbst über das Gesetz belehren.«

»Danke, Euer Ehren«, sagte Steve mit einer angedeuteten Verbeugung. Noch einer seiner raffinierten Tricks. So zu tun, als hätte er soeben Recht bekommen, obwohl er getadelt worden war.

»Es geht in diesem Fall um die grausame und unmenschliche Behandlung von Tieren«, wandte sich Steve an die Geschworenen.

Tut es nicht, dachte Victoria.

»Dank der von Ihnen ausgefüllten Fragebögen weiß ich, wer von Ihnen stolzer Besitzer eines Haustiers ist – und mir damit seelenverwandt.« Er trat näher zu Nummer vier, einer Frau in mittleren Jahren mit einem so hoch aufgetürmten kupferfarbenen Haarwust, dass ein Fischadler seinen Horst darin bauen konnte. Um den Hals trug sie eine Kette, an der eine Brille baumelte. »Mrs Overton, ich wette, Sie lieben Ihre getigerte Katze. Ich weiß schließlich, wie sehr ich an meiner hänge.«

Herr im Himmel. Steve hat überhaupt keine Katze. Er reagiert allergisch auf Stubentiger. Er verabscheut sie allesamt, angefangen mit denen, die die Mülltonne umwerfen, bis zu jenen, die Memory *und* Mr Mistoffelees *singen.*

Mrs Overton strahlte Steve an. Er hatte sie mit seinem Gequatsche eingewickelt.

»Wären Sie entsetzt zu hören, Mrs Overton, dass skrupellose Unternehmen Katzeneingeweide zur Herstellung von Kosmetikartikeln benutzen?«

»Du meine Güte«, murmelte sie und schlug die Hand vor den Mund.

»Und dass neurowissenschaftliche Labors zu Forschungszwecken Affen ohne Betäubung operieren?«

»Barbarisch«, hauchte die Frau.

»Und dass die Hoden von Hundebabys zu Pulver zermahlen werden, weil manche Männer glauben, mit dem Präparat ihre Potenz steigern zu können?«

»Bestialisch«, fiepte Mrs Overton.

Victoria hatte keine Ahnung, was davon den Tatsachen entsprach, und sie bezweifelte stark, dass Steve es wusste. Wenn er sich auf der Erfolgsspur wähnte, hielt er feurige Reden wie ein Prediger in einem Wiedererweckungszelt, versprach denen Reichtümer, die sich seiner salomonischen Weisheit anschlossen, und drohte den Anhängern der Staatsanwaltschaft mit dem Höllenfeuer.

»Mein Mandant, der junge Gerald dort drüben ...«

Er zeigte auf *Jung*-Gerald, der die Geschworenen scheu anlächelte.

»... musste mit ansehen, wie hilflose Tiere von herzlosen und geldgierigen Menschen gequält und misshandelt wurden. In besagter Nacht wollte Gerald nichts weiter, als zwei hilflose Delfine schützen – besonders freundliche und intelligente Wesen.«

Mrs Overton nickte. Alle anderen auch. Ein Dutzend Bürger, gut und ehrlich, waren entsetzt über die infame Misshandlung von Tieren.

»Was genau hat den jungen Gerald in jener Nacht angetrieben? Worte allein können nicht vermitteln, welche Bilder sich erbarmungslos und unwiderruflich in sein Gedächtnis eingebrannt hatten.«

Steve bückte sich und griff in seine Aktentasche.

Was kam denn jetzt? Er hatte doch bestimmt keine Aktenordner da drin.

Eine Katze!

Steve zog eine dicke Tigerkatze aus seiner ausgebeulten Tasche, wirbelte sie über seinem Kopf durch die Luft, packte sie mit beiden Händen am Genick und riss. Heftig. Noch heftiger, bis die Adern an seinem Hals vor Anstrengung hervortraten.

»Mr Solomon!« Der Richter klang beunruhigt.

Elwood Reed, der Gerichtsdiener, schreckte aus dem Schlaf hoch und versuchte sogar aufzustehen.

Mrs Overtons Lippen zitterten.

Plötzlich zerriss Steve die Katze in zwei Hälften, der Kopf in seiner rechten, der Körper in seiner linken Hand.

Im Zuschauerraum schrie jemand laut auf. Mrs Overton schien der Ohnmacht nahe. Einer der anderen Geschworenen würgte hörbar.

Die Füllung quoll aus der Katze wie flaumige Federn.

Das Tier war echt – beziehungsweise gewesen. Ein Vorbesitzer hatte die Katze ausstopfen lassen. Steve musste das Vieh in einem der verstaubten Kuriositätenläden an der Calle Ocho aufgestöbert haben.

»Genau das hat den jungen Gerald Nash geprägt!«, donnerte Steve. »Das formte ihn zu einem jungen Mann, der sein eigenes Leben riskiert, um süße, hilflose Tiere zu retten!«

Victoria sprang auf. Sie wollte gerade Einspruch erheben, da sah sie, wie Steves Augen ruhig die Reihe der Geschworenen entlangwanderten. Bestandsaufnahme. Er studierte die Gesichtsausdrücke. Zählte seine Anhänger. Die Entsetzten waren Geschworene der Verteidigung. Die Amüsierten, einschließlich Wirtschaftsprüfer Nobuchi Fukui, der milde lächelte, waren Geschworene der Anklage.

»Euer Ehren«, sagte Victoria ganz ruhig, »ich frage mich, ob das Enthaupten einer ausgestopften Katze ein angemessenes Mittel der Geschworenenbefragung ist.«

»Ganz sicher nicht vor dem Mittagessen.« Richter Gridley drückte auf den Knopf und ließ die Dampfpfeife tuten. »Wir wollen uns erst einmal stärken und treffen uns um Punkt 13.30 Uhr wieder hier.«

Steve und Victoria fuhren gemeinsam mit dem Aufzug hinunter in die Cafeteria. Er schien darauf zu warten, dass sie etwas sagte. Ihn wie üblich als »unartigen Jungen« herunterputzte.

Ich werde ihm diese Freude nicht machen.

Nach einer Weile sagte er: »Ich nehme an, ich habe alle aufgeweckt.«

Sie schwieg immer noch und gähnte betont gelangweilt.

»Also gut«, sagte er. »Du bist stinksauer auf mich, willst es aber nicht zeigen.«

»Mein Gott, was für eine Menschenkenntnis, Mr Solomon.«

»Sarkasmus steht dir nicht, Zuckerschnecke.«

»Ich war drauf und dran, dir einen Gefallen zu tun.« Sie schüttelte traurig den Kopf. »Aber mit ›Zuckerschnecke‹ ...«

»Was ist daran so schlimm? Ich habe auch kein Problem damit, wenn du mich ›heißer Stecher‹ nennst.«

»Ich nenne dich *niemals* ›heißer Stecher‹.«

»Aber ich wäre nicht sauer, wenn du es tätest. Also, welchen Gefallen wolltest du mir tun?«

Die Aufzugtüren öffneten sich, und sie traten in die Lobby. Ein Schwarm hungriger Büroangestellter strebte in Richtung Cafeteria.

»Wellfleet Dynamics, Inc.«, sagte sie.

»Was?«

»Das Kennzeichen, das du mir genannt hast. Die beiden Typen, die dich überfallen haben.«

»Aha?«

»Der Lincoln ist auf eine Firma in Florida namens Wellfleet Dynamics, Inc., angemeldet. Ich bin nicht sicher, ob dir das weiterhilft, aber jetzt weißt du es.«

»Wo sitzt diese Firma?«

»Nirgendwo. Sie ruht. Sie wurde 1989 von einem Anwalt in Tampa gegründet. Am selben Tag gründete er auch Wellfleet Financing, Wellfleet Aerodynamics, Wellfleet Navigation und noch eine Reihe anderer. Allesamt nur auf dem Papier.«

»Irgendjemand muss doch Anteile besitzen.«

»Es sind keine Anteilseigner registriert.«

»Dieser Anwalt, der die Firmen angemeldet hat, wie heißt der?«

»Tully Meadows aus Saint Petersburg, Florida. 1998 verstorben.«

Sie blieben am Eingang der Cafeteria stehen. Zwei Motorrad-Cops in Lederstiefeln stapften vorbei und erzählten sich gerade einen Witz über Janet Jackson, die bei einer Fahrzeugkontrolle angehalten wird.

»War sie zu schnell gefahren?«

»Nein. Ein Scheinwerfer hing raus.«

»Wie kann eine ruhende Firma jedes Jahr die Zulassung für einen Wagen erneuern?«, fragte Steve.

»Vermutlich indem die Muttergesellschaft einen Scheck schickt. Aber die Kraftfahrzeug-Zulassungsstelle …«

»Speichert keine Daten über den Einzahler, sondern nur, ob überhaupt bezahlt wurde.«

»Richtig.« Eigentlich schön, wie sie jeweils die Sätze des anderen beenden konnten, dachte Victoria.

»Ich muss herausfinden, wer die Muttergesellschaft ist«, sagte Steve.

»Selbst wenn dir das gelingt – wie sollte dir das bei Gerald Nashs Verteidigung weiterhelfen?«

»Ein Schritt nach dem anderen, Vic. A führt nach B, und B führt zu C. Die Typen, die mich überfallen haben, heuerten Sanders an. Folglich brauchte Wellfleet oder der, dem diese Firma gehört, jemanden, der sich mit Delfinen auskennt. Wenn ich herausfinde, wer hinter Wellfleet steckt, werde ich auch wissen, was sie mit den Delfinen vorhatten. Und vielleicht gibt uns das die Antwort auf die Frage, warum Grisby Sanders über den Haufen geschossen hat.«

»Zu viele Fragen, zu viele Schritte.«

»Aber wenn ich Recht habe, Vic, dann wird der letzte Schritt beweisen, dass Gerald Nash unschuldig ist.«

Gleiche Bedingungen

Victoria ging mit einem ihrer Zeugen essen, und Steve machte sich auf die Suche nach der Gang. Er entdeckte Marvin Mendelssohn und Teresa Toraño, die beiden über siebzigjährigen Turteltäubchen, als sie gerade aus der Cafeteria kamen.

Steve bat Teresa, ihr außerordentliches Geschick für Internetrecherchen einzusetzen – sie hatte sich bereits am Gründungstag bei AOL angemeldet – und für ihn herauszufinden, wer hinter Wellfleet Dynamics, Inc., steckte.

»Aber Victoria erzähle ich auch alles, was ich herausfinde«, erwiderte Teresa. *»Quedamos perejos.«*

»Gleiche Bedingungen für alle«, fügte Marvin hinzu. »Wir müssen neutral bleiben.«

»O Mann, Marvin. Wir führen Krieg, und du spielst die neutrale Schweiz.«

»Wenn wir uns für eine Seite entscheiden müssten, dann für das *shayna maidel* – und nicht für dich.«

»Marvin, was redest du da? Du und ich, wir sind uralte Freunde.«

»Nimm's nicht persönlich, *boychik*, aber diese Tierrechtler sind doch allesamt Schläger und Terroristen.«

»Jetzt vergiss mal meinen Mandanten«, beschwor Steve ihn. »Was ist mit mir?«

Seit Jahren spendierte Steve Marvin und der Gerichts-Gang Cornedbeef-Sandwiches – *»mit extra Sauce, wenn es dir nichts ausmacht, boychic«*. Und jetzt das. Für Steve war Marvin ein echter Kumpel. Mehr noch, er war wie ein

Großvater – und außerdem ein fantastischer Berater bei Gericht. Marvin nutzte seine vierzig Jahre Erfahrung als Damenschuhverkäufer, um Steve bei der Auswahl der Geschworenen zu helfen. *»Frauen mit offenen Sandaletten sind gut für die Verteidigung. Konservative schwarze Pumps sind gut für den Staatsanwalt.«*

Marvin hatte auch einige Theorien über Handtaschen. Aber da Steve eine echte Gucci nicht von einer Kopie unterscheiden konnte, halfen ihm die nicht sonderlich.

»Ich kann nicht glauben, dass ihr beide mich im Stich lasst«, lamentierte Steve.

»Du verlangst zu viel«, erklärte Teresa. »*A nosotros nos encanta* Victoria.«

»Teresa hat Recht«, stimmte Marvin zu. »Es ist ja nicht so, dass wir dich nicht lieben. Aber Victoria lieben wir auch.«

Eine Stunde nachdem Steve die »gleichen Bedingungen für alle« akzeptiert hatte, saß er wieder mit seinem Mandanten am Tisch der Verteidigung. Drei Meter entfernt blätterte Victoria durch ihre farbig markierten Karteikarten. Der Richter und die Geschworenen waren noch nicht aus der Mittagspause zurück. Marvin und Teresa saßen in der ersten Zuschauerreihe, gleich weit entfernt von Verteidiger und Staatsanwältin. Marvin blätterte in der vierteljährlich erscheinenden Zeitschrift *Damenschuhe*. Obwohl er seinen Laden schon vor Jahren verkauft hatte, hielt er sich bei Schuhtrends auf dem Laufenden. Teresa tippte mit ihren immer noch flinken und stets perfekt manikürten Fingern etwas in ihren Laptop. Sie machte täglich Eintragungen in ein Internettagebuch mit dem Namen »Abuela Cubana«. Dort referierte sie über die Vorzüge homöopathischer Medikamente gegen Arthritis und verriet, wie man fürs Weihnachtsessen ein ganzes Schwein braten konnte.

Bevor sie sich zur Ruhe gesetzt und die Geschäfte an ihre Kinder übergeben hatte, hatte Teresa eine Kette von Bestattungsunternehmen besessen – Funeraria Toraño –, dazu einen Jai-Alai Fronton – eine Art Squashhalle – und eine Chevroletniederlassung. Sie war eine gerissene Geschäftsfrau und half Steve oft bei Fällen, in denen Buchhaltungskenntnisse gefordert waren.

Teresa war eine attraktive Frau mit tiefschwarzem Haar – dank regelmäßiger Besuche im Friseursalon. Sie trug ein elegantes schwarzes Seidenkleid und eine Perlenkette. Marvin, der seit seiner Zeit als Korporal im Koreakrieg glatzköpfig war, hatte karierte Hosen an, ein türkisfarbenes Synthetikhemd und ein Sakko mit Madras-Karo, wie es in den 1970ern kurzfristig in Mode gewesen war. Teresa und er waren bis über beide Ohren ineinander verknallt.

Teresa sah Marvin an. Er winkte, um auf sich aufmerksam zu machen. »Stephen! Victoria! Kommt mal her. Alle beide.«

Steve drängte sich durch die Schwingtür und hielt sie dann – ein bisschen verspätet – für Victoria auf.

Teresa lächelte zu den beiden empor. »Ich hatte nicht viel Zeit, deshalb konnte ich noch nicht alles herausfinden. Aber wenn man den Querverweisen zu Wellfleet Dynamics, den vielen anderen Wellfleets in Tallahassee sowie denen zu Aktiengesellschaften mit ähnlichen Namen in anderen Staaten nachgeht, stellt sich heraus, dass alle zu einer Holding namens Cheyenne Range, Inc., gehören, einer Firma in Delaware.«

»Und was macht diese Firma?«, fragte Steve.

»Nichts. Sie ist eine Holding. Und die gehört zu einem Konzern auf den Bermudas namens Island Group Investments. Wer diese Firma gegründet hat, war sehr daran interessiert, dass man die Spur nur schwer zurückverfolgen kann. Aber wer Island Investments besitzt, dem gehören auch die Cheyenne Holding und sämtliche Wellfleets.«

»Und das wäre ...?«

Teresa ermahnte ihn mit dem Zeigefinger, sie nicht zu unterbrechen. »Ein börsennotierter Konzern. Vier Milliarden Umsatz im Jahr. Hardcastle Energy Services.«

Teresa tippte eine Taste auf ihrem Laptop. Auf dem Bildschirm erschien die Website von Hardcastle. Harte Männer mit Schutzhelmen, Bohrinseln im Golf von Mexiko, Tanker auf dem Meer.

»Der Ölkonzern?«, fragte Victoria.

Steve war genauso überrascht. Hardcastle besaß Chemiefabriken, Raffinerien und Pipelines. Das Unternehmen war in den Nachrichten aufgetaucht, weil es nach der Aktion Wüstensturm geholfen hatte, die brennenden Ölquellen in Kuwait zu löschen.

»Nicht nur ein Ölkonzern«, antwortete Teresa. »Auch Rüstungsproduktion. Unterwasserfahrzeuge, kugelsichere Westen, Nachtsichtgeräte. Hunderte von Ausrüstungsartikeln fürs Militär.«

»Na schön«, sagte Steve. »Aber warum sollte Hardcastle mir diese zwei Typen auf den Hals hetzen? Warum interessiert es den Konzern, was Gerald Nash weiß?«

»*No sé.* Aber die fertigen auch Kommunikationstechnik für das Militär.«

»Das tut AT&T auch«, erwiderte Steve. »Na und?«

»*Ten paciencia,* Stephen. Hab ein bisschen Geduld.«

Teresa klickte den Bereich »Verteidigungstechnik« an.

Ein neues Bild erschien auf dem Monitor. Zwei Delfine, die im hohen Bogen aus dem Wasser geschossen kamen. Beide trugen ein weißes Geschirr um den Körper. An einem war eine Antenne befestigt, an dem anderen eine Kamera.

»Kommunikationstechnik und Delfine«, sagte sie und drückte auf die nächste Taste. Ein weiteres Bild. Sechs Delfine, die durch ein türkisfarbenes Meer schwammen, so schnell, dass sie eigentlich Gischtspuren hinter sich herziehen mussten. Über dem Bild standen die Worte »Die Häfen der Heimat und in der Fremde sichern. Delfine im Einsatz der Navy«.

»Heiliger Strohsack«, entfuhr es Steve. »Somit hätten wir einen neuen Schurken im Gerichtssaal. Hardcastle Energy Services. Groß, reich, mächtig. Was will man mehr?«

»Eine Verteidigung, die sich auf Beweise stützt«, schlug Victoria scharfzüngig vor.

»Sanders war ein Ex-Navy SEAL, der mit Delfinen umgehen konnte. Er arbeitete für zwei Typen von Hardcastle, einem Hersteller von Verteidigungstechnik, der Delfine für das Militär ausstattet. Wie ich schon sagte, A führt zu B, und B führt zu C.«

»Also gut. Und weiter? Wohin führt C?«

»Gemach. Gib mir ein paar Stunden. Heute Abend zum Dinner steht meine Theorie, und ich werde sie dir genau erklären.«

»Ich kann es kaum erwarten.«

»Erkennst du, was das Verrückte daran ist, Vic? Mein Mandant schimpft ständig auf den ganzen sogenannten militärisch-industriellen Komplex. Ein unheilvolles Bündnis zwischen Großunternehmen und kriegshetzenden Politikern. Der Staatsanwalt ist nur ein kleines Rädchen im

Getriebe der Verschwörung und Korruption. Linkes Gelaber von einem Typen, der nicht sonderlich helle ist. Aber weißt du was, Vic? Gerald Nash hat Recht. Der Schwachkopf hatte von Anfang an Recht.«

Achtundzwanzig

Schläge

Coach Kreindler erlaubte Bobby zu werfen. Aber nur beim Training. Und nur bei zwei bestimmten Schlagmännern.

Besser als nichts. Was immer Onkel Steve dem Trainer gesagt hatte – oder womit er ihm gedroht hatte –, es funktionierte.

Aber wo steckt Onkel Steve jetzt?

Ein schwüler Abend. Moskitos und andere Plagegeister schwirrten im Lichtkegel der Spielfeldbeleuchtung. Bobby war schweißgebadet, seine Brillengläser ständig beschlagen.

Auf dem kleinen Hügel stieß er nervös die Fußspitze in den Dreck, so wie er es bei den Pitchern im Fernsehen gesehen hatte. Mit einem Unterschied: Diese Typen blieben nie mit den Spikes an der Gummiplatte hängen und stolperten. Schon zweimal war er fast gestürzt, dabei hatte er noch kein einziges Mal geworfen.

Onkel Steve war spät dran. Er hatte vom Auto aus angerufen und gesagt, er stecke in einem Stau auf dem Dixie Highway. Bobby hatte ihn etwas über den Griff beim Fastball fragen wollen, aber sein Onkel hatte die ganze Zeit über den Fall geredet.

»Bobby, was weißt du über Delfine bei der Navy?«

»Nicht viel. Das meiste ist geheim.«

»Aber du hast davon gehört?«

»Im Internet steht so komisches Zeug, aber wer weiß, ob das stimmt.«

»Was denn für Zeug?«

»Delfine werden darauf abgerichtet, gegnerische Kampftaucher mit Giftpfeilen zu beschießen oder sie unter Wasser zu ziehen, bis sie ertrinken – solche Sachen eben.«

»Grundgütiger. Wenn es nicht im Wasser passieren würde, könnte man von Drecksarbeit sprechen.«

»Selbstmordanschläge soll es auch geben. Dafür werden Delfine mit Sprengstoff bestückt und greifen die Boote von Terroristen an. Echt gruselig.«

»Ist da was dran?«

»Keine Ahnung. Man muss total krank im Kopf sein, um einem Delfin so was anzutun.«

Das war vorhin am Telefon gewesen. Aber im Augenblick fragte sich Bobby, wie er ohne seinen Onkel einen anständigen Wurf zustande bringen sollte.

»Dann mal los, Robert!«, schrie Coach Kreindler von der Homeplate aus. Er trug ein *Kreindler-is(s)t-koscher*-T-Shirt und beugte sich zum Fänger.

In der Batterbox stand Barry Roth, Schlagmann der Bobcats. Er war dünn und drahtig und tat so, als würde ihm die Plate gehören. Stählerne Handgelenke, immer für einen Punkt gut. Kein übler Bursche, jedenfalls im Vergleich zu Rich (dem Mistkerl) Shactman.

Fänger war Miguel Juarez. Seine Familie gehörte nicht zur Beth Am, aber Miguels Vater arbeitete als Wachmann der Synagoge – und von den jüdischen Spielern wollte keiner fangen. Miguel hatte kurze, stämmige Beine und war die Ruhe selbst. Bobby sah ihn an und wartete auf das Zeichen. Miguel wackelte mit einem Finger.

Fastball.

Bobby knetete den Ball in der Hand, Zeige- und Mittelfinger auf den Nähten. Er holte aus – was an ein wildes Zucken erinnerte. Aber er hatte einen Arm wie eine Peitsche.

Er ließ los.

Der Ball segelte direkt auf Barry Roths Kopf zu. Barrys Beine flogen hoch. Er landete im Dreck und der Ball schoss wie eine Rakete bis zum Fangzaun.

»Ball Nummer eins!«, rief Coach Kreindler. »Robert, du musst aufpassen. Nicht auf den Schlagmann zielen.«

Aber Onkel Steve hatte ihm doch gesagt, er solle keine Angst haben und draufhalten.

Die Plate gehört dir. Du musst sie dem Batter wegnehmen.

Ein Schauer durchfuhr Bobby. Und wenn er Barry traf? Ihn womöglich *verletzte?*

»Worauf wartest du, Solomon? Auf Chanukka?«, brüllte Rich Shactman vom On-Deck-Circle aus, wo er darauf wartete, als nächster Schlagmann dran zu sein. Der Trottel schwenkte drei Schläger, um seine Muskeln zu zeigen.

Michael Juarez gab das Zeichen – wieder Fastball. Bobby holte aus und warf. Hoch und weit. Miguel sprang aus der Hocke hoch und griff die Kugel aus der Luft. Ball Nummer zwei.

Barry Roth machte sich noch breiter auf der Plate. Der nächste Wurf. Dieses Mal ließ Bobby zu spät los. Der Ball landete ein ganzes Stück vor der Plate im Dreck. Ball Nummer drei.

Wo bist du, Onkel Steve?

Bobby versuchte angestrengt, locker zu bleiben. Er packte den Ball so fest, dass der ihm aus der Hand spritzte wie der Kern einer Wassermelone. Ein Flatterball, der im hohen Bogen flog und drei Meter vor der Plate runterkam.

»Ball Nummer vier!«, schrie Kreindler. »Letzter Durchgang, Robert.«

Der Coach wirkte darüber zufrieden – Bobby werfen zu lassen war offenbar nervenaufreibend und reine Zeitverschwendung.

»Rich, geh rein und mach ein paar Schläge.« Kreindler lächelte seinen Batter an.

Während er zur Plate stolzierte, starrte Rich Shactman Bobby an. Bobby holte zitternd Luft, schnappte sich den Magnesiabeutel, ließ ihn ein paar Mal in der Wurfhand springen und schleuderte ihn dann weg.

Zeit schinden.

Bobby war nervös. Er versuchte, sich an alles zu erinnern, was Onkel Steve ihm beigebracht hatte.

Der richtige Griff. Das Ausholen. Das Loslassen. Alles wie weggeblasen.

»Komm schon, Robert!«, rief Coach Kreindler. »Wir haben den Platz nur für eine Stunde.«

»Und die ist in zwei verdammten Minuten um«, vermeldete eine andere Stimme. Ein kräftiger Mann in gestreiftem Baseballtrikot stand am Zaun der First-Base-Linie. Seine Wampe hing über das Stahlgeländer. Shug Moss. Coach der First Baptist Bashers.

Ein Dutzend Kids in Basher-Trikots reihte sich neben Moss hinter dem Zaun auf. Die meisten wirkten kräftiger als Rich Shactman. Und die übrigen hatten das hagere Aussehen von Sprintern.

»Mach voran, Kreindler!«, rief Shug Moss. »Immer schön koscher bleiben: Der Platz gehört nicht dir allein.«

Die Bashers lachten. Kreindler winkte müde ab.

Vor dreißig Jahren war Moss an der Homestead High ein Sportass gewesen. Aber indem er in seinem Abschlussjahr so gut wie gar nicht zum Unterricht erschienen war, hatte er sich um etliche Stipendienangebote von Colleges gebracht. Er unterschrieb stattdessen einen Vertrag bei der Baseball-Unterliga. Die wilden Bälle, die er schlug, zersplitterten die Homerun-Begrenzungen in Dunedin, Lakeland und anderen Buschliga-Städten.

Nach vier Jahren bekam er eine Chance bei den Baltimore Orioles. Als er aber nur einen von 34 Bällen überzeugend schlug, schickte man ihn wieder in die Provinz. So wenig, wie er in der Schule Grammatik kapiert hatte, lernte er in der Unterliga, angeschnittene Bälle zu treffen.

Doch nach einigen Gläsern Gin fantasierte er heute noch davon, es irgendwann zu Starruhm zu bringen. Seine Lieblingsgeschichte war, dass er einmal im Yankee-Stadion einen Schlag wie eine Granate bis in die oberen Zuschauerränge gedroschen hatte. Leider war das beim Training gewesen und der Ball gut 15 Meter im Aus.

Moss verkaufte jetzt Berufsunfähigkeitsversicherungen, aber sein wichtigstes Lebensziel war, die Meisterschaft in der Kendall-Sonntagsschul-Baseball-Liga zu gewinnen. Das war ihm bereits vier Mal hintereinander gelungen. Mit einer Mannschaft, die nicht nur aus Mitgliedern der First Baptist Church bestand, sondern aus illegal eingewanderten Haitianern, die aussahen, als wären sie alt genug zum Wählen, sowie ein paar Spielern, die in der Jugendstrafanstalt von Miami-Dade trainiert hatten. Moss war es einerlei, ob seine Jungs mit Bällen, Handgranaten oder Molotowcocktails Werfen übten.

Bobby stand auf dem Hügel und sah nervös zu den bedrohlich wirkenden Bashers, die darauf brannten, endlich zum Training auf den Platz zu können.

»*Gib zich a traisel,* Robert«, drängte Kreindler. »Bringen wir's hinter uns.«

Bobby setzte zum Wurf an und hatte das Gefühl, seine

Arme und Beine würden einem anderen gehören. Er ließ zu früh los, und der Ball segelte über den Fangzaun hinaus.

Gegröle und Pfiffe von den Bashers am Zaun.

»Ball Nummer eins«, sagte Kreindler an.

Bobby versuchte es erneut. Dieses Mal kam der Ball drei Meter hinter Shactman runter.

»Ball Nummer zwei.«

»Ist das dein neuer Werfer?«, spottete Shug Moss. »Sogar Stevie Wonder kann besser zielen.«

Bobby wischte sich den Schweiß von der Brille und warf wieder einen Fastball, der über die Plate hinausjagte.

»Ball Nummer drei!«, rief Kreindler.

Shug Moss grinste. Seine Spieler klatschten einander ab.

Shagman ließ den Schläger sinken. »Das ist oberpeinlich, Coach. Die Bashers halten uns für Schlappschwänze.«

Ihm ist es peinlich, dachte Bobby. Alle starrten ihn an.

»Nur die Ruhe, Robert!«, rief Coach Kreindler. »Zieh einfach gerade durch.«

Shactman ging zurück in die Batter's Box.

Bobby holte weniger stark aus und schleuderte den Ball in Brusthöhe genau auf die Plate.

Shactman reagierte mit einem hammermäßigen Schwinger. Ein Kanonenschlag. Das Krachen von Metall auf Leder. Wie eine Rakete überflog der Ball das linke Feld, gewann Höhe und Geschwindigkeit, als gäbe es keine Schwerkraft. Der Ball stieg immer noch, als er den Holzzaun überquerte und in den Baumkronen der Virginia-Eichen vor dem Stadion verschwand.

Heilige Scheiße!

Im Pro Player-Stadion, bei einem Spiel der Giants gegen

die Marlins, hatte Bobby einmal miterlebt, wie Barry Bonds einen Homerun schlug, der so schnell war, dass er schon über den Zaun zischte, während Bonds noch den Schläger bis zum Ende durchzog. Abgesehen davon hatte er noch nie einen so harten Schlag gesehen.

Shactman stand immer noch in der Batter's Box, wie ein Golfer, der bewundernd seinem Abschlag hinterhersieht.

Kreindler rappelte sich aus der Schiedsrichterposition hoch und blickte nach oben. *»Gott im Himmel!«*

Shug Moss strahlte Shactman an. »Netter Schlag, Junge. Nur Pech, dass du im falschen Team spielst.« Dann wandte er sich Bobby zu, der bereits zu den Kabinen schlurfte. »Und du, Brillenschlange – schon mal daran gedacht, es mit Schach zu versuchen?«

Neunundzwanzig

Trau keinem Typ in Nadelstreifen

»Tut mir leid, dass ich zu spät komme, Kiddo«, entschuldigte sich Steve.

»Hätte auch nichts geändert«, schmollte Bobby.

»Steve hätte dir ein paar Tipps geben können«, sagte Victoria.

»Ich hätt's trotzdem nicht geschafft.«

Victoria fuhr dem Jungen durch das platt an den Kopf gedrückte Haar – man konnte noch erkennen, wo die Baseballkappe gesessen hatte. »Steve sagt, du hast Talent.«

»Eine lebende Kanone.« Steve machte eine Wurfbewegung. »Du brauchst nur ein bisschen Selbstvertrauen und Training.«

Bobby griff nach seiner Limonade und saugte am Strohhalm. Er ertrank gerade in Selbstmitleid. Sie saßen an einem Tisch draußen vor dem Red Fish Grill im Matheson Hammock Park. Es war ein schwül-warmer Abend, aber von der Bay wehte ein kühles Lüftchen herüber. Sie konnten übers Wasser bis zu den Lichtern von Key Biscayne schauen. Einige der Lampen mussten zum Cetacean Park gehören, aber auf diese Entfernung war nicht zu erkennen, wo genau der Park lag.

Bobby starrte in die Dunkelheit über der Bay. »Ich will nicht über Baseball reden, okay?«

»Wie wär's dann mit dem Fall?«, schlug Steve vor. »Du hast mir heute wirklich weitergeholfen, Kiddo.«

»Ja. Klar.«

»Im Ernst. Durch dich habe ich den Beweis, dass Hardcastle Spunky und Misty gekidnappt hat.«

»Beweis?« Victoria bemühte sich, nicht zu skeptisch zu klingen. Sie nippte an ihrem Pinot Noir.

»Überleg doch mal«, fuhr Steve fort. »Hardcastle braucht die cleversten Delfine der Welt für ein Navy-Projekt. Das war das Motiv für den Überfall.«

»Ich möchte dir ja nicht den Spaß verderben«, wandte Victoria ein, »aber Hardcastle ist ein börsennotiertes Unternehmen. Ein vier Milliarden Dollar schwerer Konzern, der im Blickpunkt der Öffentlichkeit steht.«

»Schon mal was von Enron gehört? Trau nie einem Typen in Nadelstreifen, Vic.«

»Du trägst doch auch Anzüge.«

»Aber nicht solche.«

»Ich bin trotzdem nicht überzeugt«, widersprach sie. »Du hast vielleicht eine Theorie, aber keinen Beweis.«

»Meinst du? Bobby, wie lange dauert es, einen Delfin zu dressieren?«

»Vier oder fünf Jahre, bis er so weit ist wie Spunky oder Misty.« Bobby dippte ein Stück gegrillte Makrele in die scharfe Remoulade.

»Verstehst du nicht, Vic? Hardcastle verpflichtet sich vertraglich, dem Militär ausgebildete Delfine zur Sicherung von Hafenanlagen zu liefern. Aber wer hat schon fünf Jahre Zeit? Die Uhr tickt. Fort Lauderdale. Long Beach. New York. Jede Hafenbehörde will seit *gestern* geschützt sein. Und zwar mit den raffiniertesten, neuesten Verteidigungswaffen: Delfinen mit Kameras und Sendern, mit Giftpfeilen und iPods.«

Victoria nippte am Wein und schüttelte dann den Kopf. »Wieso sollte ein so großer Konzern ein solches Risiko eingehen?«

»Jetzt vergiss mal, dass Hardcastle ein Vier-Milliarden-

Dollar-Verein ist. Diese Firma besteht aus zig Geschäftsbereichen und Abteilungen. Irgendwer leitet das Delfin-Projekt. Dieser Kerl ist einem Zahlenakrobaten unterstellt. Der wiederum irgendeinem Ellbogentypen, und der demjenigen, der die Rüstungssparte unter sich hat. Wenn der Delfin-Mann nichts auf die Beine stellt, geht ihm die Jahresprämie flöten. Und es gibt schlechte Publicity. Ist sie schlecht genug, klopfen bald die Enthüllungsjournalisten an die Tür. Es kommt zu einer Untersuchung durch den Kongress. Schon ist von Vertragsbruch, Mauschelei und Vetternwirtschaft die Rede, von Steuergeldern, die zum Fenster rausgeworfen werden. Und Hardcastle verliert wichtige Großaufträge, bloß weil sie keine Delfine liefern können.«

Victoria überlegte. Im nahe gelegenen Salzwasserteich stocherten zwei Fischreiher im seichten Wasser nach Krabben. »Nehmen wir mal an, du hast Recht, und Hardcastle fehlt die Zeit, Delfine zu dressieren. Warum *kaufen* sie nicht einfach welche?«

»Mr Grisby liebt Spunky und Misty«, sagte Bobby. »Er würde sie nie verkaufen.«

»Er könnte es gar nicht, selbst wenn er wollte«, sagte Steve. »Stellt euch mal das Geschrei vor. An dem einen Tag spielen Spunky und Misty mit Kindern, die unter Muskelschwund leiden, und am nächsten legen sie Bomben.«

Eine Kellnerin kam an ihren Tisch und bot zum Dessert Limettenkuchen an. Bobby bestellte ein Stück. Victoria entschied sich für Apfel-Zimt-Tee.

»Wenn Hardcastle so korrupt ist, wie du meinst, was hat dann ein ehemaliger Marineoffizier wie Sanders mit denen zu schaffen?«, fragte Victoria.

»Vermutlich war er ganz korrekt dort angestellt, der perfekte Mann für das Delfin-Projekt. Dann teilt Hardcastle ihm mit, er hätte zwölf Monate Zeit, trainierte Delfine zu liefern. Er sagt, das sei ein Problem. Die sagen, er soll es lösen. Sanders bleibt dabei, dass das nicht zu schaffen ist. Also setzen sie zwei weitere Kerle darauf an, zwei Typen aus der Sicherheitsabteilung – oder wie sie ihre Jungs fürs Grobe nennen mögen.«

»Die Männer in dem Lincoln«, sagte Victoria.

»Die erzählen Sanders, sie wüssten eine Abkürzung: ausgebildete Delfine klauen. Aber solche Aktionen muss man kaschieren. Es soll zum Beispiel so aussehen, als stecke die Tierbefreiungsbewegung dahinter.«

»Deshalb machte Sanders sich an Nash heran? Ist das deine Theorie?«

»Ein perfekter Plan. Sanders und seine Kumpel können Parks im ganzen Land überfallen und es diesen Tierrechtsspinnern in die Schuhe schieben. Das hier war der erste Überfall – und der ging voll in die Hose.«

Victoria nippte am Tee.

Steve wartete.

Im Salzwasserbecken gesellte sich ein langhalsiger weißer Ibis mit gebogenem Schnabel zu den Reihern, um sich ebenfalls ein Abendessen zu suchen.

Victoria nahm noch einen Schluck. »Du könntest Recht haben.«

»Ja! Ich wusste es. Mit Logik und vernünftigen Argumenten kann man dich immer überzeugen.«

»Dein Mandant war völlig ahnungslos, nicht wahr?«

»Allerdings. Nash dachte, sie würden die Delfine freilassen. Wenn er gewusst hätte, dass die vermeintlichen Tierbefreier aus den Tieren Kampfmaschinen machen wollten, hätte er das große Kotzen bekommen.«

»Was nur leider keine Rolle spielt.« Victoria stellte die Teetasse ab und tupfte sich die Lippen trocken. »Dass seine Komplizen ein anderes Verbrechen verüben wollten, ist irrelevant. Unabhängig von deren oder seinem Motiv ist Nash schuldig im Sinne von Felony Murder. Schwerer Diebstahl, im Zuge dessen Sanders getötet wurde. Selbst wenn du den Geschworenen deine Theorie beweisen kannst, entlastet das nicht deinen Mandanten. Er ist nach wie vor schuldig.«

Solomons Gesetze

§ 9 Gib dich zuversichtlich, aber nicht großspurig. Lächle! Aber niemals fies. Und ganz egal, wie schlecht es für deinen Mandanten aussehen mag, zeig den Geschworenen nie, dass du Angst hast.

Dreißig

Sprachlos

Steve saß am Tisch der Verteidigung, zusammengesackt, stirnrunzelnd – ein eklatanter Verstoß gegen seine eigenen Verhaltensregeln vor Gericht. Er hatte Victoria beigebracht, dass ein Strafverteidiger stets Zuversicht ausstrahlen musste.

»Der Gerichtssaal gehört dir, nicht dem Richter. Schon gar nicht den Geschworenen oder dem schnarchenden Gerichtsdiener. Zeig allen, dass du das Kommando führst.«

Victoria wirkte beim Eröffnungsplädoyer kompetent und locker. Ganz offensichtlich hatte sie ihre Lektionen gelernt.

Steve hatte einen leeren Notizblick vor sich auf dem Tisch liegen und seinen Mandanten neben sich sitzen. Victoria verhielt sich genauso, wie Steve erwartet hatte. Keine Schnörkel, keine Wortspiele, keine überflüssige Dramatik. Einfach eine solide, Vertrauen einflößende Prozessführung. Sie begann mit dem Verlesen der Anklageschrift. Das taten Staatsanwälte oft. Die formelle Ausdrucksweise vermittelte den Geschworenen das Gefühl, Zeus persönlich würde Anklage erheben.

»Das Hohe Gericht des Staates Florida, ordnungsgemäß einberufen, ausgewählt und vereidigt, um der Wahrheitsfindung zu dienen ...«

Einen Moment lang spielte Steve mit dem Gedanken, einen alten Trick anzuwenden.

»Ist bloß ein Stück Papier, Leute.«

Und dann würde er die Anklageschrift mittendurch reißen. Aber Victoria wäre darauf vorbereitet. Sie war schon öfter dabei gewesen, wenn er diese Nummer abzog.

»Ich werde Ihnen die Ereignisse jener Nacht schildern«, sagte Victoria zu den Geschworenen. »Aber bevor ich das tue, möchte ich Ihnen etwas zeigen.«

Sie stellte ein postergroßes Foto vor die Geschworenen hin. Eine Porträtaufnahme von Sanders in weißer Uniform. Gut aussehend. Vital. Lebendig.

Cleverer Schachzug, Vic.

Er hatte ihr immer gesagt, sie müsse ihre Mandanten vor allem als lebendige Menschen aus Fleisch und Blut darstellen. Theoretisch war jetzt der Staat Florida ihr Mandant, und sie wollte, dass die Geschworenen ihn mit dem verstorbenen Chuck Sanders in Zusammenhang brachten.

»Das ist Lieutenant Commander Charles Sanders«, sagte Victoria. »Aufgewachsen in einer Kleinstadt in South Carolina. Im Sommer arbeitete er als Rettungsschwimmer. Er erhielt ein Schwimmstipendium an der Vanderbilt und schrieb sich beim Trainings-Corps für Reserveoffiziere ein, weil er seinem Land dienen wollte. Bei der U.S. Navy absolvierte er das härteste Training des gesamten Militärs und wurde ein Navy SEAL. Als dekorierter Kriegsheld der Aktion Wüstensturm hat er ...«

Steve konzentrierte sich lieber auf die Geschworenen. Alle zwölf hörten wie gebannt zu. Victoria war ein Naturtalent. Gepflegtes Erscheinungsbild und sicheres Auftreten. Man musste ihr nicht einmal zuhören. Es genügte, sie einfach nur anzuschauen, in dem zweireihigen Blazer mit passendem Rock, der bis knapp über die Knie reichte. Braune Nadelstreifen, breite Aufschläge. Gucci oder Prada oder Fendi. Einer der italienischen Designer, die Steve nicht auseinanderhalten konnte. Victoria sah in allem klasse aus. Elegant, stilvoll und sexy.

Zwei widersprüchliche Gefühle beherrschten Steve: Verzweiflung darüber, dass er diesen Fall verlieren würde, und gleichzeitig eine unendliche Wärme, ein Ozean der Liebe für die Frau, die ihn besiegen würde.

»Charles Sanders ist tot«, fuhr Victoria fort. »Getötet in der unmittelbaren Folge eines Verbrechens, das der Angeklagte, Gerald Nash, verübt hat.«

Sie zeigte zum Tisch der Verteidigung, den Nadelstreifen-Arm ruhig ausgestreckt. Ihre dezent lackierten Nägel glänzten.

Die Geschworenen blickten auf Nash, der zusammenzuckte und sich auf dem Stuhl wand. In seinem schlecht sitzenden Anzug und mit der schlampig geknoteten Krawatte hätte er auch mit Schaum vor dem Mund oder wenn er den Mond angeheult hätte kaum schuldiger aussehen können.

Geschickt ging Victoria zu den Details des Verbrechens über und beschrieb genau, welche Rolle Nash dabei gespielt hatte.

Steves Gedanken schweiften wieder ab. Victoria hatte Recht gehabt: Er hatte tatsächlich nichts Entlastendes in der Hand. Sicher, es war ihm gelungen, ein paar Ungereimtheiten aufzuklären. Er wusste, was Sanders getan hatte und für wen er gearbeitet hatte – na und? Steve hatte so viel Zeit damit zugebracht, die unterschiedlichsten Spuren zu verfolgen, dass er leider nicht dazu gekommen war, die Verteidigung seines Mandanten auf die Beine zu stellen. Deshalb musste er jetzt etwas tun, was er nie für möglich gehalten hätte. Wenn sich der Richter gleich an ihn wandte, würde er höflich darauf verzichten, ein Eröffnungsplädoyer zu halten. Er würde zunächst der Staatsanwaltschaft das Feld überlassen und dann nachträglich etwas zusammenschustern.

Diese Strategie – genau genommen eine Verlegenheitslösung – verstieß gegen eine weitere seiner Regeln, die auf der psychologischen Bedeutung des »Anfangs« beruhte. Menschen nahmen am *Anfang* mehr Informationen auf als in der Mitte oder am Ende eines Vorgangs. Sicher, manche Anwälte glaubten an die Wichtigkeit des »Endes« – daran, dass Menschen sich vor allem an das erinnern, was sie *zuletzt* gehört haben. Aber Steve riet Victoria immer, einen guten Start hinzulegen.

»Du musst eine ganze Salve von Hieben austeilen – schlag sie alle in der ersten Runde k. o.«

Und jetzt hockte er hier und stellte sein Eröffnungsplädoyer zurück, bis er sämtliche Beweise der Staatsanwaltschaft gehört hatte – weil er keine Erfolg versprechende Strategie hatte.

Ihm fehlten die Worte.

Steve ließ den Blick durch den Zuschauerraum schweifen. Marvin und Teresa Toraño saßen händchenhaltend in der ersten Reihe. Sie nickten zustimmend, als Victoria knapp den Unterschied zwischen friedlichem Protest, rechtlich unterstützt durch den ersten Verfassungszusatz, und unbefugtem Betreten fremder Grundstücke in Tateinheit mit Diebstahl erklärte.

»Sie ist gut«, flüsterte Nash und klang beunruhigt.

Natürlich ist sie das, dachte Steve – ich hab ihr schließlich alles beigebracht. Nein, das stimmte nicht. Ein Mensch war kein Delfin. Man blies keine Trillerpfeife und hielt eine Makrele in die Luft, um einem Menschen beizubringen, wie man einen Prozess führte. Entweder er hatte Talent oder nicht.

Manche Menschen konnten einen Baseball mit einer Geschwindigkeit von 160 Stundenkilometern werfen oder achtzig Strophen lange Gedichte auswendig aufsagen, ohne eine Zeile zu vergessen.

Und manche Menschen konnten eine Geschichte so erzählen, dass sie zwölf wildfremde Personen dazu bewegte, einen Angeklagten zu verurteilen oder freizusprechen.

Während Steve solchen Gedanken nachhing, rundete Victoria ihr Plädoyer mit herzlichen Dankesworten an die Geschworenen ab. Gute Bürgerinnen und Bürger, die jetzt gerade nicht bei ihren Familien und Jobs sein konnten, weil sie bereit waren, der Gerechtigkeit zu dienen. Diese zwölf aufrechten Leute strahlten sie an und waren mächtig stolz, zu Diensten sein zu können.

Die Tür des Gerichtssaals ging auf. Eine Frau kam herein und setzte sich in die letzte Reihe. Sie war vielleicht Mitte zwanzig. Schwer zu sagen, denn sie trug eine riesige Sonnenbrille und eine weiße Tennisjacke mit Stehkragen, bis oben hin geschlossen. Vielleicht war es wegen der Sonnenbrille. Oder wegen der Art, wie sie das blonde Haar hochgesteckt hatte. Oder es lag daran, dass sie sich in einem Gerichtssaal befanden. Jedenfalls musste Steve an Lee Remick in dem Filmklassiker *Anatomie eines Mordes* denken. Eine geheimnisvolle Frau von zweifelhafter Glaubwürdigkeit.

Sein Mandant folgte Steves Blick und blinzelte.

»Hä?«, sagte Nash.

»Hä, was?«

»Einen Moment lang dachte ich, das wäre Passion.«

Steve horchte auf. Passion Connor. Nashs Freundin und Komplizin, die ihn hängen lassen hatte.

»Aber sie ist es nicht«, sagte Nash.

Steve verrenkte sich den Hals nach der Dame. »Sind Sie sicher?«

»Ja. Passion ist nicht blond.«

»Schon mal was von Haarefärben gehört?«

Steve stand auf und machte einen Schritt auf die Schwingtür zu, die den Zuschauerraum abtrennte. Die Frau sah ihn an und erstarrte.

Steve ging durch die Tür und hielt auf sie zu.

»Mr Solomon!«, rief Richter Gridley ihm nach.

Steve ignorierte ihn. Die Frau sprang auf und eilte zur Tür.

Der Richter betätigte seine Dampfpfeife. Etliche Zuschauer fuhren erschrocken zusammen.

Die Frau drängte sich durch die Tür hinaus auf den Flur.

»Mr Solomon! Ms. Lord hat ihr Eröffnungsplädoyer noch nicht beendet. Sie können nicht von einem fahrenden Zug abspringen ...«

»Ich bitte um Entschuldigung, Euer Ehren. Aber die Natur verlangt ihr Recht.«

»Ausgerechnet jetzt?«

»Die Burritos aus der Cafeteria, Euer Ehren.«

Noch bevor der Richter etwas erwidern konnte, war Steve durch die Tür.

Draußen auf dem Flur wandte er sich erst nach links, dann nach rechts. Er sah gerade noch, wie die Frau um die Ecke verschwand, in Richtung der Rolltreppe. Es waren sechs Etagen bis hinunter in die Lobby. Wenn er die Treppe nahm, konnte er sie unten abfangen.

Steve lief zur Tür des Treppenhauses und hätte beinahe zwei junge Anwälte in schicken Anzügen umgerannt, die in den Fluren des Gerichts auf neue Aufträge lauerten. Steve nahm jeweils zwei Stufen auf einmal und schwang sich an jedem Treppenabsatz übers Geländer, um Zeit gutzumachen.

Die Stockwerke flogen nur so vorbei.

Er platzte durch die Tür in die Lobby.

Die üblichen Verdächtigen – Cops, Justizvollzugsbeamte, Gerichtsschreiber, Pflichtverteidiger, Staatsanwälte, Zuschauer, Zeugen und Anwälte aus der Stadt. Sie alle schwirrten herum wie Bienen in einem Stock. Steve wartete vor der Rolltreppe. Keine Blondine in Tennisjacke, weder mit noch ohne Sonnenbrille. Vielleicht war sie in einem der oberen Stockwerke in den Aufzug gestiegen. Steve lief zu den Aufzügen. Aus zweien strömten Leute heraus. Sie war nicht dabei.

Verdammt.

Es brachte nichts, hier herumzustehen. Er musste etwas unternehmen. Und er musste zurück in den Gerichtssaal, bevor Richter Gridley ihn wegen Missachtung des Gerichts verknackte.

Steve rannte die Rolltreppe entgegen der Fahrrichtung hinauf und fing sich eine Menge kritischer Blicke von Wachmännern und den Leuten ein, an denen er sich vorbeidrängte. Er lief von der Lobby hoch in den ersten Stock und dann weiter in den zweiten.

Und da sah er etwas.

Eine blonde Perücke, die aus einem Mülleimer hing. Darunter war eine weiße Tennisjacke gestopft.

»Mr Solomon.«

Eine müde Männerstimme.

Elwood Reed in seiner Hängehintern-Gerichtsdiener-Uniform. Er griff in die Tasche.

Verdammter Mist. Werden mir jetzt Handschellen verpasst?

»Der Richter meinte, Sie könnten das hier vielleicht gebrauchen«, sagte Reed und reichte ihm ein kleines Fläschchen mit Pillen.

Steve betrachtete das Etikett. »Equilactin?«

»Der Richter sagt, davon bekommt man festeren Stuhl.«

»Er muss es ja wissen«, nickte Steve.

Einunddreißig

Ratlos

»Bist du sicher, dass die Frau Nashs Exfreundin war?«, fragte Victoria.

»Warum sollte sie sonst vor mir weglaufen?«, erwiderte Steve.

»Sie könnte eine von *deinen* Exfreundinnen gewesen sein.«

»Sie hat sich nicht mehr bei Nash gemeldet, und dann taucht sie plötzlich bei seiner Verhandlung auf. Warum tut sie das?«

»Was meint Nash dazu?«

»Der hat nicht die geringste Ahnung. Dafür umso mehr Liebeskummer, weil sie sich einfach aus dem Staub gemacht hat.«

Sie saßen zu Hause in der Kumquat Avenue auf der Terrasse. Victoria trank Chardonnay, Steve kippte sich ein Morimoto Ale hinter die Binde. Es war Freitagabend. Am Montag würde Victoria Wade Grisby in den Zeugenstand rufen, und Steve hatte nichts in der Hand, um dessen Geschichte zu zerpflücken. Ihm ging ein beunruhigender Gedanke durch den Kopf.

Vielleicht sagt Grisby ja die Wahrheit, und er hat sich wirklich nur verteidigt, als er auf Sanders schoss.

Es gab keine Anhaltspunkte, um Grisby mit Hardcastle in Verbindung zu bringen. Nichts deutete darauf hin, dass sich Grisby und Sanders vor dem Überfall je begegnet waren. Aber ohne Verbindung und ohne Motiv, weshalb Grisby Sanders töten sollte, hatte Steve gar nichts.

Zilch. Bupkes. Gornisht.

Schuldig im Sinne der Anklage.

»Ich war noch nie so ratlos«, sagte er.

»Willst du mich auf den Arm nehmen?«

Steve schüttelte den Kopf. »Du wirst mich besiegen. Aber das ist nicht das Schlimmste. Ich lasse Nash hängen. Dabei ist er nur ein naives Kind, das eine Chance verdient hätte.«

Victoria hörte es an Steves Stimme. Er spürte seine eigene Schwäche.

»Du hast eine Menge Hinweise«, sagte sie. »Du weißt nur nicht, wo sie hinführen.«

»Versuchst du, mir etwas zu sagen?«

Statt zu antworten, trank sie einen Schluck Wein.

»Wenn du irgendetwas über Passion Connor weißt«, bedrängte er sie, »das in die Beweisaufnahme einfließen könnte, solltest du es mir besser sagen.«

»Du musst mich nicht an meine moralischen Pflichten erinnern. Über Passion Connor weiß ich nichts. Ich bin bloß froh, dass meine Eltern weniger kreativ waren, als sie für mich einen Namen aussuchten.«

»Es muss eine Verbindung zwischen ihr und Sanders geben. Beide haben Kontakt zu Gerald Nash gesucht. Als Sanders vorschlug, den Cetacean Park zu überfallen, hat Passion sofort Hurra geschrien. Aber als Nash hinterher versuchte, sie anzurufen, war ihr Telefon bereits abgemeldet. Was sie ihm über sich erzählt hat, von wegen Abschluss in Meeresbiologie an der Rosenstiel, war erstunken und erlogen. Kein Mensch mit diesem Namen war jemals dort eingeschrieben. Und auf einem Thunfischfänger anzuheuern, um die radikale Tierrechtsfanatikerin herauszukehren? Ich kann es nicht widerlegen, bezweifle aber, dass das stimmt.«

Victoria versuchte, Steve ein wenig auf die Sprünge zu helfen. »Wenn du mit ihr in einer Sackgasse steckst, warum konzentrierst du dich dann nicht auf Sanders?«

»Weil ich schon weiß, wer er war – ein Ex-Navy SEAL, der für Hardcastle gearbeitet hat.«

»Mit Zwischenstopp bei einer Versicherungsgesellschaft.«

Steve lachte. »Stimmt. Seine Tarnung. Nash hat mir davon erzählt.«

Victoria warf ihm die Art Blick zu, die er sich häufiger einfing: einen mit leichtem Kopfschütteln.

»Was ist?«, fragte er.

»Hast du Sanders' persönliche Sachen aus seinem Wagen überprüft?«

»Alle, die auf deiner Beweisliste stehen. Eine Prepaid-Telefonkarte. Ein paar Shorts und Hawaiihemden. Eine Brieftasche mit einem Bündel Hundert-Dollar-Noten. Keine Kreditkarten, keine Wäschereirechnungen, keine Lotterielose.«

»Dir ist die Visitenkarte also nicht aufgefallen. *Charles J. Sanders. Abteilungsleiter Schadensregulierung.*«

»Habe ich gesehen. Die Versicherung gibt es vermutlich gar nicht.«

»Du meinst, dass sie nur erfunden ist?«

»Ich kann mir auch eine Visitenkarte drucken lassen, auf der steht, ich sei der König dieser Welt.«

Victoria leerte ihr Glas und seufzte. »Du fängst an zu schludern. Und weißt du, warum? Weil ich dir immer die Kleinarbeit abnehme.«

»Wovon redest du?«

»Hast du die Nummer auf der Karte angerufen?«

»Klar doch. Sanders' Anrufbeantworter war dran. Es war *sein* Handy, nicht der Anschluss einer Versicherungsgesellschaft.«

»Hast du dir die Ansage angehört?«

»Er wäre momentan nicht erreichbar. Die Untertreibung des Jahrhunderts.«

»Und damit war die Sache für dich erledigt?«

»Ja. Der juristische Fachterminus dafür ist ›Sackgasse‹, Vic.«

»Aber du hast seine Telefonnummer. Du könntest den Netzbetreiber vorladen lassen und den Namen des Rechnungsempfängers herausbekommen.«

»Wer würde so etwas tun? Sicher kein Anwalt, den ich kenne.« Steve schwieg einen Moment lang. »*Du* etwa?«

»Dazu sage ich nichts. Ich habe dir schon mehr verraten als gesetzlich vorgeschrieben. Es gibt keinen Paragraphen, der besagt, dass ich dich an der Hand führen muss.«

»Nein, das erledigt dein Gerechtigkeitssinn. Sollte ich etwas übersehen und dadurch möglicherweise ein Unrecht entstehen, würdest du mich darauf hinweisen. Und nicht nur, weil wir uns lieben. Du würdest es bei jedem anderen Verteidiger auch tun.«

»Spar dir das Gesülze, Steve.«

»Schon gut. Schon gut. Ich besorge mir eine Vorladung für den Netzbetreiber. Und einen Gerichtszusteller. Ich werde richtig schuften.«

»Gut.«

»Und wenn ich die Unterlagen habe, was werde ich dann wissen?«

»Steve!«

»Du hast Recht. Du hast schon genug geholfen. Danke.«

Victoria seufzte. Ein tiefer, entnervter Atemzug. »Das

Handy läuft auf eine Versicherungsgesellschaft. Bestia Versicherungen. Die Zentrale sitzt in Denver.«

»Die gibt es wirklich?«

»Sanders hat da gearbeitet. Als leitender Sachbearbeiter der Schadensregulierung.«

»Ich tu mich schwer damit, mir Sanders in weißem Hemd und mit Krawatte und Klemmbrett in der Hand vorzustellen.«

»Wir sprechen nicht von einer Autoversicherung. Und es war auch nicht sein Job, irgendwelche Blechschäden zu begutachten.«

Steve dachte nach. Im Zylinderputzerbaum rief eine Spottdrossel nach ihrem Gefährten. »Und welche Art Versicherungen verkauft Bestia?«

»Versicherungen für Unternehmen mit komplexen Haftungsproblemen.«

»Komplexe Haftungsprobleme? Was soll das heißen?«

Victoria schenkte sich noch etwas Wein nach. »In der Branche werden ›außergewöhnliche Risiken‹ so bezeichnet.«

»Aha. Und was habe ich mir darunter vorzustellen?«

Ihr Schweigen zwang ihn, selbst draufzukommen. Er brauchte einen Moment. »Tierattraktionen?«

»Bingo. Löwensafariparks. Affenfreigehege. Seeaquarium.«

»Und der Cetacean Park? Und Grisbys andere Anlage? Die in Kalifornien, die die TBB als Erstes überfallen hat?«

»Undersea World«, half Victoria ihm aus.

»Hat Bestia die auch versichert?«

»Ich werde Grisby am Montag in den Zeugenstand rufen. Warum fragst du ihn nicht einfach?«

»Du bist einfach umwerfend, Vic.«

»Ich möchte nur dieselben Ausgangsbedingungen für alle schaffen. Das Spielfeld ein bisschen begradigen.«

»Du gibst mir meinen Glauben an das Rechtssystem zurück.«

»Jetzt hör schon auf. Du würdest das Gleiche für mich tun.«

Er antwortete nicht.

»Oder etwa nicht, Steve?«

Eine Stunde später klopfte Steve an die Tür des Arbeitszimmers und wartete.

»Komm rein!«, rief Victoria.

Nur die Lampe auf dem Beistelltisch brannte, ansonsten war es dunkel im Zimmer. Victoria saß mit zwei Kissen im Rücken auf dem ausklappbaren Schlafsofa und las. Sie trug ein orangefarbenes Seidenhemdchen zu weißen Seidenhosen und erinnerte Steve an Vanilleeis mit Aprikose.

Er näherte sich langsam dem Schlafsofa, doch sie hob abwehrend die Hand. »Bleib, wo du bist, Cowboy. Du kennst die Regeln.«

»Ich will nur reden, ehrlich.«

»Soso.«

Steve setzte sich auf die Ecke des Sofabettes. »Ich glaube, du hast soeben deiner Anklage den Todesstoß versetzt.«

»Wie kommst du denn darauf?«

»Grisby hat mir gegenüber geleugnet, Sanders zu kennen. Im Kreuzverhör werde ich beweisen, dass er gelogen hat. Damit ist seine Glaubwürdigkeit dahin, und keiner wird ihm mehr seine Geschichte vom Ablauf der Schießerei abkaufen.«

»Grisby sagt, er habe nicht gewusst, dass Sanders für

eine Versicherungsgesellschaft gearbeitet hat, und ich glaube ihm.«

»Da stimmt was nicht. Grisby hat den Anschlag auf Undersea World garantiert der Versicherung mitgeteilt.«

»Jemand aus Sanders' Abteilung hat den Fall abgewickelt. Sanders hat nur vom Schreibtisch aus alles abgesegnet. Das geht aus den Unterlagen bei Bestia hervor.«

»Du willst also behaupten, das sei nur ein seltsamer Zufall? Der Typ, der nach dem ersten Überfall die Auszahlung der Versicherungssumme genehmigt hat, ist beim zweiten Überfall plötzlich der Eindringling.«

»Wer spricht denn von Zufall? Sanders kannte die Aufenthaltsorte sämtlicher trainierter Delfine des Landes. Nachdem Hardcastle ihn engagiert hatte, wusste er genau, wo er sich die besten holen konnte.«

»Das glaube ich einfach nicht. Es ist mir egal, was in den Unterlagen steht. Grisby muss Sanders gekannt und seinen Tod gewollt haben.«

»Warum?«

»Weil ich nur so meinen Mandanten freibekomme.«

Solomons Gesetze

§ 10 Schlafe nie mit einem Gerichtsmediziner – es sei denn, du bist tot.

Zweiunddreißig

Samstags im Leichenschauhaus

Steve schwenkte die Bratpfanne über der Herdplatte. Er rühmte sich seiner Fähigkeit, ein absolut symmetrisches Apfel-Käse-Omelette hinzubekommen, bei dem der Käse exakt bis zum Rand lief, aber nicht darüber hinaus.

»Das duftet köstlich«, sagte Victoria und nahm den Küchentisch in Augenschein. Getoastete Muffins, frisch gebrühter Kaffee, Papayascheiben. »Da will wohl jemand etwas erreichen.«

»Sei nicht so misstrauisch, Vic. Du weißt doch, wie sehr ich es liebe, dir am Samstagmorgen Frühstück zu machen.«

»Nur wenn du dich Freitagnacht danebenbenommen hast.«

Bobby kam herein, barfuß und in einem Miami-Heat-Trikot, das ihm bis über die Knie hing. »Mjam. Hast du was gutzumachen, Onkel Steve?«

»Hey, lasst den Quatsch, ihr zwei.« Steve servierte Victoria ein Omelette und bereitete das nächste vor. »Kann ein Mann nicht einfach mal nett zu den Menschen sein, die er liebt?«

»Davon hat man schon gehört. Bobby, was denkst du, warum dein Onkel so fürsorglich ist?«

»Keine Ahnung. Aber ist doch cool.« Der Junge spießte eine Scheibe Papaya auf. »Können wir heute Würfe üben, Onkel Steve?«

»Sobald wir aus dem Leichenschauhaus zurück sind.«

»Cool. Kann ich bei einer Autopsie zugucken?«

»Nein. Wir treffen uns mit Dr. Ling.«

»Das ist es also«, sagte Victoria. »Du gehst heute Zeugen manipulieren.«

»Hey, ich habe das Recht, deine Zeugen zu befragen.«

»Du möchtest nicht, dass ich Dr. Ling bitte, dir gegenüber zu mauern, stimmt's?«

»Dr. Ling redet sowieso nicht mit Onkel Steve«, mischte sich Bobby ein. »Sie kann ihn nicht ausstehen.«

Steve wendete das zweite Omelette zu ruckartig. Der Käse lief über den Rand. »Gar nicht wahr, Kiddo.«

»Ich habe gehört, wie sie gesagt hat, sie möchte dir das Herz rausschneiden.«

»Sie ist Gerichtsmedizinerin. Das war rein beruflich gemeint.«

Kurz bevor Steve Victoria kennengelernt hatte, hatte er eine Affäre mit Dr. Mai Ling gehabt. Sie kannten sich schon seit Jahren aus dem Gericht, waren aber erst nach einer Marathon-Pokernacht – mit einer fröhlichen Truppe aus Detectives, Notärzten und Gerichtsmedizinern – im Bett gelandet. Steve bewunderte Mais Pokerface, gleichgültig, ob sie bluffte, ausstieg oder gerade Kugelsplitter aus einer Milz pulte. Sie war besessen von ihrer Arbeit und hätte jedes Dinner abgesagt, wenn in Liberty City mal wieder jemand aus einem fahrenden Auto heraus erschossen worden war.

Mai stand unverhohlen auf Seiten der Anklage. Steves Verteidiger-Mätzchen im Gerichtssaal nervten sie. Das Fass lief endgültig über, als er sie bei einem Mordprozess ins Kreuzverhör nahm und darauf hinwies, dass sie die Nacht vor der fraglichen Autopsie nicht in ihrem eigenen Bett verbracht und zudem in deren Verlauf zwei Flaschen Sauvignon Blanc konsumiert hatte. Um an diese Information zu kommen, musste Steve keinen Privatdetektiv engagieren, da er sowohl das Bett als auch den Wein zur Verfügung gestellt hatte. Auf dem Weg aus dem Gerichtssaal hatte Mai dann verkündet, es würde ihr ein Vergnügen sein, an Steve eine Autopsie durchzuführen – bei lebendigem Leib.

»Ich wusste es jedes Mal, wenn Dr. Ling bei uns übernachtet hat«, sagte Bobby. »Das ganze Haus stank nach Formaldehyd.«

»Sie nannte es das ›Parfum des Todes‹«, sagte Steve. »Aber für sie duftete es wie Rosen.«

»Du warst v. V. mit echt vielen Knalltüten zusammen, Onkel Steve.«

V. V. hieß »vor Victoria«, wie Steve wusste.

Victoria goss sich eine Tasse Kaffee ein. »Du erwartest doch nicht etwa, dass Dr. Ling ihrem eigenen Autopsiebericht widerspricht, Steve?«

»Sie muss nur ein, zwei Punkte nachbessern.«

»Falls sie gerade ein Skalpell in der Hand hält«, sagte Bobby, »weiß ich, was sie gern nachbessern würde.«

Die Gerichtsmedizin war in einem roten Backsteingebäude untergebracht, das an eine Schule erinnerte. Und es lag – ironischerweise – an der Bob Hope Road. Normalerweise arbeitete Dr. Mai Ling samstagvormittags den Papierkram ab, der sich mit den Leichen angehäuft hatte. Aber heute hockte sie in einem blitzsauberen Labor auf einem Stuhl und bürstete unter einem Vergrößerungsglas vorsichtig Gewebefetzen von einem Schädel.

»Hallo, Mai!«, rief Steve ihr zu.

Sie drehte sich um und sah ihn mit derselben Miene an, die sie zeigte, wenn sie alles setzte und nur noch eine Karte aufnehmen durfte. Mai war eine zierliche Person mit kurzem schwarzem Haar und einem Gesicht mit feinen Zügen und klaren Konturen. Sie mochte auberginenfarbenen Lidschatten. In Kombination mit ihren dunklen Augen erinnerte sie dadurch an einen Waschbären. Ihr weißer Laborkittel war gestärkt und steif gebügelt.

»Wie geht es denn meiner Lieblings-Sargmacherin?«

Kein Lächeln. Gar nichts.

»Bobby«, fuhr Steve fort, »habe ich dir eigentlich schon erzählt, dass noch nie ein Patient Dr. Lings Praxis lebend verlassen hat?«

Bobby verdrehte die Augen.

Steve weiter ignorierend, lächelte Mai den Jungen an und hielt den Totenschädel hoch. »Bobby, weißt du, was ich gerade tue?«

»Der Schädel weist zwei unterschiedliche Frakturen auf. Sie möchten herausfinden, welche von beiden den Tod verursacht hat, weil – hier muss ich raten – zwei Täter auf das Opfer eingeschlagen haben.«

»Du bist ein ziemlich cleverer Bursche.« Mai legte den Schädel auf die Arbeitsplatte und wandte sich Steve zu. »Was treibt dich an einem Samstag hierher, Herr Anwalt?«

»Das Gleiche wie dich. Immer der Gerechtigkeit auf der Spur.«

»Falls es um den Nash-Prozess geht, dann lies meinen Autopsiebericht – da steht alles drin.«

»Ich werde dich nächste Woche ins Kreuzverhör nehmen. Möchtest du nicht vorher gern die Fragen durchgehen?«

»Sicher. Vorzugsweise ohne Wein.«

Steve brauchte ein paar Minuten, um zu erläutern, worauf er hinauswollte. Die Bilder im Autopsiebericht zeigten, an welchen Stellen Sanders verwundet worden war.

Die Schrotladung des ersten Schusses hatte den Musculus gluteus medius – den mittleren Gesäßmuskel – durchlöchert und war im Beckenknochen stecken geblieben. Die Oberschenkelarterie war unversehrt. Steve hatte dazu nur eine einfache Frage.

»Hätte der erste Schuss Sanders getötet?«

»Ich weiß, worauf du hinauswillst«, antwortete Mai. »Ich soll sagen, der erste Schuss hätte Sanders außer Gefecht gesetzt, aber nicht getötet. Dann willst du den Geschworenen einreden, dass Grisby die Verantwortung an Sanders' Tod trägt, weil er den zweiten Schuss unnötigerweise abgefeuert hat.«

»Ich will die Wahrheit wissen, Mai. Nicht mehr und nicht weniger.«

»Ha.«

»Komm schon. Du solltest unparteiisch sein. Du dienst den Bürgern dieses Staates, und mein Mandant gehört dazu.«

»Du willst Objektivität? Kannst du haben. Aus medizinischer Sicht kann ich nicht mit Gewissheit sagen, ob der erste Schuss Sanders getötet hätte.«

»Das kaufe ich dir nicht ab. Du unterstützt die Gastgebermannschaft, Mai, so wie immer.«

»Und du bist wie immer ein Scheißkerl.«

»Bitte. Keine ordinären Ausdrücke vor dem Kind.« Steve verzog keine Miene.

Bobby lachte. »Seit wann denn das nicht, Onkel Steve?«

»Mai, ich werde beantragen, deine Aussage wegen Befangenheit und Voreingenommenheit zu streichen.«

Mais violett ummalte Augen funkelten. »Verdammt. Ich erzähle dir genau das Gleiche, was ich auch dieser FBI-Agentin gesagt habe. Es ist unmöglich, mit Sicherheit festzustellen ...«

»Welche FBI-Agentin? Der Prozess ist Sache des Staates Florida.«

»Tatsächlich? Dann geh und erzähl das denen in Washington.«

»Komm schon, Mai. Wer war bei dir?«

»Eine Frau. An den Namen kann ich mich nicht erinnern.«

»Ich muss wissen, wer in meinem Fall herumwühlt.«

»Oh, du hast also Bedürfnisse? Stell dir vor, Steve, ich auch.«

»Grundgütiger, vergiss doch mal deinen Privatkrieg gegen mich. Ich kenne dich, Mai. Wenn du mit jemandem über einen Fall sprichst, machst du dir hinterher eine Aktennotiz. Diese Unterlagen sind Staatseigentum und müssen im Bedarfsfall der Öffentlichkeit zugänglich gemacht werden. Wenn ich mir erst eine richterliche Verfügung besorgen muss, dann tue ich das.«

»Bobby«, sagte Mai. »Versprichst du mir, kein Strafverteidiger zu werden, wenn du groß bist?«

»Ich werde Pitcher in der Profiliga«, versprach der Junge.

Sechs Minuten später zog Dr. Mai Ling einen Ordner aus einem Aktenschrank und reichte ihn Steve. Er brauchte nicht lange, um zu finden, wonach er suchte. Innen an den Umschlag war eine Visitenkarte geheftet.

Constance Parsons. Special Agent. Federal Bureau of Investigation.

»Zufrieden?«, fragte Mai.

»Hat sie dir erzählt, was das FBI mit einem bundesstaatlichen Mordprozess zu tun hat?«

»Sie sagte, sie würde in einem Fall ermitteln. Das war alles.«

»Constance Parsons«, sagte Steve, als verspräche der Name die Lösung aller Rätsel. »Was kannst du mir noch über sie sagen?«

»Sie war eine von den ganz Jungen. Du weißt, wie die sind. Karrieregeile Überflieger – bis sie nach Missoula oder Rapid City versetzt werden.«

»Connie Parsons«, sagte Bobby.

Steve sah ihn fragend an. »Constance. Connie. Was macht das für einen Unterschied, Kiddo?«

»Keinen großen. Abgesehen davon, dass ihre Freunde sie wahrscheinlich Connie rufen.«

»Ja, wahrscheinlich. Und?«

»Connie Parsons ist ein Anagramm für Passion Connor«, sagte Bobby.

Dreiunddreißig

Würfe üben

»Heißt das, dass wir heute keine Würfe üben?«, fragte Bobby.

»Doch, machen wir. Wir arbeiten am Circle-Change-Up. Ein Trickwurf, der für den Schlagmann schneller aussieht, als er ist.«

Sie fuhren in Steves Mustang auf dem South Dixie Highway nach Coconut Grove.

»Müssen wir nicht die FBI-Agentin suchen?«, wollte Bobby wissen.

»Beim Fastball geht es um Kraft. Beim Change-Up ums Täuschen. Ich mag den Change-Up.«

»Onkel Steve! Was ist mit Connie Parsons?«

»Darum kümmere ich mich jetzt gleich.«

Steve schnappte sich sein Handy. Es dauerte eine Weile, bis er sich durch das automatisierte Menü des örtlichen FBI-Büros gearbeitet und endlich eine menschliche Stimme am Apparat hatte. Es war die Wochenendbesetzung in der Zentrale.

»Die Agentin Constance Parsons, bitte«, sagte Steve.

»Das Büro ist heute geschlossen, Sir.«

»Wissen das die Kidnapper und Bankräuber?«

»Möchten Sie eine Nachricht hinterlassen, Sir?«

»Mein Name ist Steve Solomon. Ich weiß, dass Ihre Agenten in Notfällen telefonisch erreichbar sind. Rufen Sie Agent Parsons umgehend an und richten Sie ihr aus, dass ich sie heute Abend um sechs auf einen Drink im Rusty Pelican am Causeway erwarte. Ich zahle.«

»Heißt das, Sie wollen ein Date mit Agent Parsons, Sir?«

»Wie man's nimmt. Sagen Sie ihr bitte auch, dass ich sie im Nash-Prozess offiziell vorladen lassen werde – falls sie heute Abend nicht aufkreuzt. Dann hat sie in dieser Stadt das letzte Mal undercover gearbeitet.«

»Sonst noch was, Sir?«

»Nur, dass ich ihre Perücke und ihre Sonnenbrille habe.«

Steve schaltete das Handy aus und zwinkerte Bobby zu.

»Kann ich mitkommen, Onkel Steve?«

»Nein. Wenn wir mit dem Training fertig sind, ruhst du dich aus. Du hast morgen ein Spiel.«

»Man braucht nicht viel Kraft, um im rechten Feld herumzustehen.«

»Morgen wirst du werfen, Kiddo.«

»Weiß das auch Coach Kreindler?«

»Noch nicht. Aber ich werde mit ihm reden.«

»Klar doch.«

»Du musst mir vertrauen, Bobby. Bei allem. Heute Abend um sechs werde ich den Nash-Fall aufklären. Und morgen, wenn sich der Schlagmann der First Baptist Bashers bereit macht, wirst du werfen.«

Vierunddreißig

Der Lockspitzel

Die Sonne neigte sich in Richtung Everglades und färbte das Wolkenband am Himmel granatapfelrot. Das ruhige Wasser der Biscayne Bay glitzerte wie Diamanten. Das könnte ein wunderschöner Abend sein, dachte Steve, wenn man nicht bei ein paar Cocktails eine FBI-Agentin unter Druck setzen müsste.

Das Rusty Pelican lag auf der Nordseite des Rickenbacker Causeway, in der Mitte zwischen dem Festland und der Insel Key Biscayne. Steve war schon früh da. Er parkte den Wagen, folgte einem künstlichen Tropenpfad über einen ebenso künstlichen Wasserfall und betrat das Lokal. Eine Touristenfalle mit durchschnittlichem Essen, aber einer fantastischen Aussicht auf die Skyline von Miami. Das Pelican war schon mal abgebrannt und mehr als einmal von Hurricanes weggefegt worden. Aber wie ein gefällter Teebaum erwachte es immer wieder zu neuem Leben.

Steve hatte diesen Ort wegen der Aussicht gewählt – und weil Agent Parsons ihn an einem so belebten Platz nicht gut erschießen konnte. Jetzt saß er unter einem Ventilator mit Rattanflügeln, widmete sich einem Clase Azul Tequila und verfolgte durch die Glasfront eine Segelboot-Regatta.

Er fragte sich, ob sie auftauchen würde.

Passion Connor.

Tierrechtsaktivistin. Freundin des unheilbar dämlichen Gerald Nash.

Constance Parsons.

FBI-Nachwuchskraft. Undercover-Agentin. Anstifterin. Und ...

Wie heißt das noch gleich?

Lockspitzel.

Steve war bei seinem zweiten Tequila, als sich ihm von hinten jemand näherte. »Mr Solomon.«

Groß, selbstbewusster Gang, sportliche Figur. Brünett mit süßem Dorothy-Hamill-Kurzhaarschnitt. Blauer Leinenrock mit weißen Streifen, weißes Baumwoll-Top mit blauen Streifen. Matrosen-Look. Eine Tasche aus geflochtenem Bast, groß genug für eine Waffe, aber nicht so groß, dass sie sie auf der Flucht behindern würde. Die Frau setzte sich in den Sessel Steve gegenüber.

»Wie soll ich Sie ansprechen?«, begann Steve. »Passion? Constance? Connie?«

»Agent Parsons genügt völlig.«

»Ich konnte Sie in der Nacht auf dem Jetski nicht gut erkennen. Aber Sie waren es, Agent Parsons.«

»Ich war im Dienst. Das wissen Sie ja jetzt.«

»Sie haben sich in die TBB eingeschleust und erst gar nicht gemerkt, womit Sie es zu tun hatten.«

»Anfangs nicht. Aber sobald Sanders ins Spiel kam, haben wir ihn durchleuchtet und stießen auf die Verbindung mit Hardcastle. Die Ermittlungen wurden entsprechend ausgeweitet.«

»Faule Verträge eines großen Rüstungslieferanten mit der Regierung. Die parallel laufende Ermittlung, über die der Bundesanwalt mit Pincher gesprochen hat.«

»Ja. Und?«

»Ein so großer und wichtiger Fall. Liegt der nicht ein bisschen über Ihrer Gehaltsstufe?«

»Haben Sie mich hierher eingeladen, um mich zu beleidigen, Mr Solomon?«

Ein Kellner im Hawaiihemd kam an ihren Tisch, und Agent Parsons bestellte einen Passionsfrucht-Eistee. Passion Connor. Passionsfrucht. Sicher, warum nicht?

Steve wartete, bis der Kellner außer Hörweite war. »Ich will damit nur sagen, dass Sie an einem Tag ein paar bekiffte Tierbefreier ausspionieren, die Hundezüchter überfallen, und sich am nächsten Tag einen vier Milliarden Dollar schweren Konzern vornehmen, der faule Geschäfte mit der Regierung macht. Und wenn mich nicht alles täuscht, sind Ihre Erfolge dabei eher mäßig.«

»Was wollen Sie, Mr Solomon?«

»Ich frage mich nur, wer den Kopf hinhalten muss für das, was Sie verbockt haben. Sie selbst oder Ihr Vorgesetzter? Und was wird Hector Diaz zu all dem sagen? Der U.S.-Bundesanwalt kann nicht sonderlich erfreut darüber sein, dass das FBI einen Mord anzettelt, statt ein Verbrechen aufzuklären.«

»Fall Sie auf Sanders anspielen ...«

»Sie haben Nash angestiftet, bei dem Überfall mitzumachen. Er wollte sich ein paar Tierhandlungen vorknöpfen. Aber Sie schlugen vor: ›Lass uns ein größeres Ding drehen. Wir wär's, wenn wir den Cetacean Park überfallen?‹«

»Das war Sanders' Idee, nicht meine.«

»Was macht das für einen Unterschied? Sie waren sofort dafür.«

»Ich habe verdeckt ermittelt. Die Richtlinien des Justizministeriums besagen, wenn eine vorgeschlagene Straftat gewaltlos ist ...«

»Aber die ›vorgeschlagene Straftat‹ entwickelte sich anders als geplant, nicht wahr?«

»Das war nicht absehbar. Ich habe mich an die Regeln gehalten.«

»Sie *wussten*, wer Sanders war. Sie wussten, dass er bewaffnet war, und Sie schleppten diese Dumpfbacke von meinem Mandanten mit. Und jetzt sitzen Sie hier: eine Bundesagentin, die zu einem Verbrechen anstiftet. Was Sie getan haben, war Beihilfe zum Mord.«

Agent Parsons schwieg einen Moment lang und tat so, als würde sie einem Rotfeuerfisch in dem Aquarium neben ihrem Tisch dabei zusehen, wie er durch die Korallenhöhlen flitzte.

»Ich frage Sie jetzt zum letzten Mal, Mr Solomon, und danach werde ich gehen: Was wollen Sie?«

Der Kellner brachte den Eistee, samt Strohhalm und einer Blume, die aus dem Glas herausragte.

»Ganz einfach«, antwortet Steve. »Schieben Sie eine Kettenreaktion in der Behördenlandschaft an. Sagen Sie Ihrem Boss, er soll Pincher über den U.S.-Bundesanwalt auffordern, Victoria zu bitten, Nash einen Deal vorzuschlagen. Unbefugtes Betreten eines Privatgrundstücks, mehr nicht. Die Strafe dafür hat er bereits abgesessen. Fall erledigt.«

»Unmöglich.«

»Wie Sie wollen. Dann werde ich Sie vorladen lassen. Sie können dann den Geschworenen erklären, dass mein naiver Mandant ins Gefängnis soll, weil eine FBI-Agentin ihn angestiftet hat, bei einem Verbrechen mitzumachen, das mit einem Mord endete.«

»Dadurch würden die laufenden Ermittlungen gegen Hardcastle gefährdet.«

»Ganz zu schweigen von Ihrer Karriere, Agent Parsons.«

Draußen vor dem Fenster segelte geräuschlos ein Trimaran mit sechs Passagieren vorbei, die eine Party feierten und den Gästen im Lokal zuwinkten.

»Es gibt vielleicht einen Weg, wie ich Ihnen helfen kann«, sagte sie nach einer Weile.

Steve wartete. Er wünschte, er wäre auf einem Segelboot, statt hier mit den Mächten des Bösen, alias FBI, zu verhandeln.

»In jener Nacht warteten zwei Männer auf dem Boot, um die Delfine aufzunehmen. Sie gehören zur Sicherheitsabteilung von Hardcastle.«

»Wir sind uns begegnet. Die beiden fahren einen Lincoln und laden Fremde zu Spritztouren ein.«

»Ist Ihr Mandant bereit, gegen diese Leute auszusagen?«

»Wozu brauchen Sie meinen Mandanten? Sie können die beiden doch selbst identifizieren.«

»Dann fliegt meine Deckung auf. Diese Kerle sollen singen, damit wir die Führungskräfte von Hardcastle drankriegen. Wegen betrügerischer Vertragsgeschäfte und krimineller Machenschaften. Wenn Nash kooperiert ...«

»Betrachten Sie das als abgemacht. Wo sind die Typen?«

»Das wissen wir nicht, aber wir werden sie finden.«

»Na wunderbar. Der Prozess läuft bereits. Wenn Nash erst einmal verurteilt ist, ist es zu spät.«

»Wir sind ihnen auf der Spur.«

»Sicher. Denen und Osama bin Laden.«

»Hören Sie, Solomon. Ich werde tun, was ich kann, um Nash zu helfen, aber den Prozess kann ich nicht aus der Welt schaffen.«

»Was *können* Sie denn tun?«

»Informationen weitergeben.«

»Ich höre.«

»Wir haben Grisby observiert. Zwei Tage vor dem Überfall tauchte Sanders im Cetacean Park auf.«

»Hat er mit Grisby gesprochen?«

»Zwei oder drei Minuten lang. Draußen am Dock. Leider wissen wir nicht, worüber.«

»Das ist nicht viel, aber besser als nichts«, sagte Steve. »Grisby behauptet nämlich, er hätte Sanders nie zuvor gesehen.«

»Außerdem haben wir etwas Seltsames beobachtet«, fuhr Agent Parsons fort. »In den drei Nächten vor dem Überfall hat Grisby die Delfine hinaus in die Bay gebracht.«

»Was meinen Sie mit ›hinausgebracht‹?«

»Gegen Mitternacht fuhr Grisby auf einem Jetski aus dem Kanal und führte die Delfine rüber zum Hurricane Harbor. Dort ließ er sie über Nacht. Früh am nächsten Morgen holte er sie wieder ab und brachte sie durch den Kanal zurück in den Park. Jedes Mal derselbe Ablauf.«

»Warum hat er das gemacht?«

»Keine Ahnung.« Agent Passion saugte mit dem Strohhalm den letzten Rest Eistee aus dem Glas, bis ein wenig damenhaftes Schlürfen zu hören war. »Für unsere Ermittlungen im Fall Hardcastle erschien uns das nicht relevant.«

»Mag sein«, sagte Steve. »Aber für die Beantwortung der Frage, warum Grisby Sanders getötet hat, könnte es durchaus relevant sein.«

Fünfunddreißig

Doppelgänger-Delfine

»Er hat sie trainiert«, sagte Bobby.

»Wie meinst du das?«, fragte Steve.

»Anscheinend wollte Mr Grisby Spunky und Misty zeigen, dass er, falls sie jemals den Kanal verlassen sollten, kommen und sie holen würde. Er würde sie zurück zum Park führen.«

»Ist das überhaupt möglich – Delfinen beizubringen, auf jemanden zu warten?«

»Wenn du mich auffordern würdest, irgendwo zu warten, was würde ich tun?«

»Das, wozu du gerade Lust hast.«

»Spunky und Misty sind anders. Die wollen immer alles richtig machen – und gefüttert werden.«

Steve fuhr die Miracle Mile in Coral Gables entlang und telefonierte dabei mit Bobby. Dieser saß zu Hause und sah sich ein Baseball-Lehrvideo an. Den Ton hatte er abgedreht. Eigentlich sollte er duschen gehen und sich zum Abendessen umziehen. Zur Feier des Wochenendes führte Steve ihn und Victoria jeden Samstag in ein Restaurant ihrer Wahl. Heute wollten sie ins St. Michel in Gables.

»Grisby wusste, dass Sanders die Delfine wollte«, überlegte Steve laut. »Deshalb feuerte er den Wachmann. Und deshalb trug er auch eine Waffe. Er hat alles vorbereitet, einschließlich eines sicheren Verstecks für die Delfine, bis die Schießerei vorbei war.«

»Klingt vernünftig, Onkel Steve. Er hat schon einmal

seine beiden besten Delfine verloren und war nicht scharf darauf, dass ihm das ein zweites Mal passiert.«

Steve trat auf die Bremse und hielt am Straßenrand. »Sag das noch mal.«

»Mr Grisby wurden bereits früher zwei Delfine –«

»Das ist es, Bobby. Genau dasselbe ist schon einmal passiert! Grisbys Park in Kalifornien wurde überfallen, und seine beiden Star-Delfine wurden freigelassen. Grisby kassierte die Versicherungssumme und eröffnete damit den Cetacean Park. Das ist das fehlende Teil des zweiten Puzzles, mit dessen Hilfe wir das erste lösen können.«

»Und wie soll dieses Teil aussehen?«

»Die meisten Menschen können einen Delfin nicht vom anderen unterscheiden, nicht wahr?«

»Die meisten wissen einfach nicht, worauf sie achten müssen.«

»Aber Sanders schon.«

»Ich auch. Misty hat einen rosafarbenen Bauch und eine Scharte an der Schwanzflosse ...«

»Häng dich ins Internet, Kiddo. Such nach Undersea World in Kalifornien. Grab alte Zeitungsartikel über den Einbruch und alte Websites aus. Alles, worauf du Bilder von Grisbys Delfinen findest. Wenn die beiden Hauptdarsteller nicht genauso aussehen wie Spunky und Misty, esse ich eine Dose Thunfisch, ohne sie vorher zu öffnen.«

»Soll das heißen, dass Mr Grisby seine eigenen Delfine *geklaut* hat?«

»Ich wette, dass die TBB nie einen Anschlag auf Undersea World verübt hat. Sanders fand das heraus, zahlte Grisby die Versicherungssumme aber trotzdem aus.«

»Warum sollte er das tun?«

»Damit er Grisby erpressen konnte. Eine Zeit lang hat er

sich sein Schweigen wahrscheinlich bezahlen lassen. Dann verlangte er Spunky und Misty. Er wollte es wie einen weiteren TBB-Überfall aussehen lassen. Grisby konnte nicht ablehnen. Aber er plante ein doppeltes Spiel – er wollte die Delfine behalten und seinen Erpresser loswerden. Der gute alte Grisby wusste, wann der Überfall stattfand, konnte also bei der Gelegenheit Sanders erschießen und auf Notwehr plädieren.«

»Krass. Kannst du das beweisen, Onkel Steve?«

»Kein bisschen. Jedenfalls im Augenblick nicht. Fällt dir irgendwas dazu ein?«

»Nur eins«, sagte Bobby. »Wenn Mr Grisby Spunky und Misty beigebracht hat, zum Park zurückzuschwimmen, dann müssten sie jetzt genau da sein.«

Solomons Gesetze

§ 11 Wenn du einem geliebten Menschen gegenüber ein Versprechen nicht halten kannst, dann wirst du den geliebten Menschen wahrscheinlich auch nicht halten können.

Sechsunddreißig

Bürokratische Abläufe

»Habe ich nicht erst vor einer Stunde mit Ihnen gesprochen?« Agent Parsons klang verärgert.

»Ich habe soeben herausgefunden, was Grisby getan hat«, antwortete Steve. »In Wahrheit hat mein Neffe sehr dabei geholfen, aber er lässt mich immer die Lorbeeren ernten.«

Steve hielt in einer Parkbucht am Ponce de Leon Boulevard. In zehn Minuten war er mit Victoria und Bobby zum Abendessen verabredet. Aber Agent Parsons hatte ihm ihre Handynummer gegeben, und jetzt erläuterte er ihr seine Theorie zu Grisbys Doppelspiel.

»In Grisbys Park gibt es ein Gebäude, das er ›die Krankenstation‹ nennt. Eine überdimensionale Wellblechbaracke, die versteckt hinter ein paar Palmen liegt. Darin befindet sich ein großes Delfinbecken mit einem Zugang zum Kanal. Bobby meint, dass dort die Delfine sein müssen. Wenn Sie einen Durchsuchungsbefehl und einen Trupp Marshals besorgen, können wir noch heute Nacht zuschlagen.«

»Heute? Am Samstag?«

»Wo ist das Problem? Bekommen Sie Ihre Überstunden nicht bezahlt?«

»Ich bin nicht einmal befugt, mittwochmorgens einen Durchsuchungsbefehl zu verlangen, geschweige denn samstagabends einen Richter zu Hause anzurufen. Ich muss das mit meinen Vorgesetzten abklären.«

»Schön. Dann tun Sie das. Jetzt.«

»Und was für ein Verbrechen untersuche ich angeblich?«

»Zunächst mal Mord. Grisby hat Sanders umgebracht.«

»Unterliegt nicht der Zuständigkeit des Bundes. Das wissen Sie doch, Solomon.«

»Wie wäre es mit Versicherungsbetrug?«

»Ist nicht Teil meiner Ermittlungen. Ich bin nicht hinter diesem Fischpark-Typen her.«

Steve verzichtete darauf zu erklären, dass Delfine keine Fische waren. »Was sind Sie eigentlich? Verkäuferin bei Macy's? Und das hier ist nicht Ihre Abteilung?«

»Wir haben unsere Richtlinien, Solomon. Und feste Abläufe.«

»Genau deshalb sind die Leute sauer auf die Regierung – und auf die Kaufhäuser.«

»Nur die Ruhe, Solomon. Am Montagmorgen werde ich die Angelegenheit bei der Mitarbeiterbesprechung vorbringen. Und bis dahin hören Sie auf, mir auf die Nerven zu gehen.«

Ein Klicken verriet, dass sie aufgelegt hatte, gerade in dem Moment, als Steve sie mit einem Wort beschimpfte, das sich auf »Schuh« reimte.

Im nächsten Moment fuhr Victoria auf den freien Parkplatz vor ihm. Ohne zurücksetzen zu müssen, lenkte sie ihren Mini Cooper in die Lücke am Fahrbahnrand. Victoria stieg aus, und Steve wartete darauf, dass sich die Beifahrertür öffnete. Tat sie aber nicht.

Wo ist Bobby?

»Bobby hat gesagt, du willst, dass er sich ausruht«, informierte Victoria Steve. »Hat wohl was mit dem morgigen Spiel zu tun.«

»Ich meinte damit aber nicht, dass er das Abendessen ausfallen lassen soll.«

Sie saßen an einem Ecktisch im St. Michel. Das romantische Restaurant gehörte zu einem Hotel aus den 1920er-Jahren. Am Klavier spielte jemand *I've got you under my skin,* und die Gäste flüsterten beim Essen in dem eleganten Art-Deco-Ambiente miteinander. Steve nahm an, dass Victoria als Gewohnheitsmensch auf Zuckerrohr gespießtes und mit Rum-Melasse glasiertes Schweinefilet bestellen würde. Die gegrillten Ananas-Kochbananen-Chips rührte sie nie an, sodass er ihren Beilagenteller zusammen mit seinem Filet Mignon Tartar wegputzen konnte. Bobby liebte die Krebsfleisch-Küchlein im St. Michael, weshalb es Steve wunderte, dass er nicht mitgekommen war.

»Was hat Bobby gerade gemacht, als du losgefahren bist?«, fragte er.

»Ein Käsesandwich gegessen und am Computer gearbeitet.«

»Mm«, brummte Steve nachdenklich.

»Was beunruhigt dich?«

»Das weiß ich nicht genau.«

»Ich habe ihm versprochen, dass wir früh zurück sein werden und ihm einen Nachtisch mitbringen.«

»Und? Welchen will er – Tiramisu oder Limettenkuchen?«

»Weder noch. Er sagte, er wolle nicht zu viel Zucker einwerfen.«

Steve überlegte. Vielleicht war der Junge einfach aufgeregt wegen des Spiels. »Ich habe Bobby gesagt, er würde pitchen, das hat ihm wohl ein bisschen Angst gemacht.«

»Wie hast du Ira Kreindler dazu gebracht, dass er Bobby werfen lässt?«

»Habe ich noch gar nicht, aber ich werde ihn schon dazu kriegen.«

»Wie denn? Du weißt doch, wie stur er ist.«

»Hast du noch die Waffe, die Pincher dir gegeben hat?«

»Ich meine das ernst, Steve. Du solltest Bobby keine Hoffnungen machen, die du nicht erfüllen kannst.«

»Ich verspreche dir und Bobby nie etwas, was ich nicht halten kann.«

»Mich beunruhigen nur die Methoden, mit denen du die Versprechen manchmal einlöst.«

»Lass uns jetzt nicht darüber streiten. Lass uns essen und nach Hause fahren, damit ich mit Bobby reden kann.«

Victoria nahm die Karte.

»Ich übernehme deine Ananas-Chips«, bot sich Steve an.

»Ich bestelle heute kein Schweinefilet. Ich esse Gelbschwanzschnapper in Currysauce.«

»Oh.«

»Jetzt guck nicht so enttäuscht. Du kannst die Ananas-Chips ja als Beilage bestellen.«

»Darum geht's nicht. Du wirst so unberechenbar.«

»Ist das schlimm?«

»Ich weiß nicht.«

»Menschen entwickeln sich weiter, Steve. Und sie verändern sich.«

»Sie verwandeln sich in Staatsanwälte.«

»Jetzt fang nicht damit an. Erzähl mir lieber, was heute alles los war.«

»Hab ich das nicht schon?«

»Nur bruchstückhaft. Erzähl von Anfang an.«

Steve holte tief Luft. Es war ein ereignisreicher Tag gewesen.

Mai Ling hatte ihn auf die Spur von FBI-Agentin Constance Parsons gebracht.

Die hatte sich als Nashs Freundin Passion Connor erwiesen.

Sanders hatte sich zwei Tage vor dem Einbruch in den Park mit Grisby getroffen und ihn vermutlich schon längere Zeit erpresst.

Parsons hatte dem Überfall zugestimmt, weil sie Hardcastle drankriegen wollte.

Bobby vermutete, dass die beiden Delfine immer noch bei Grisby waren.

Victoria hörte aufmerksam zu. Im Unterschied zu Steve unterbrach sie andere nur selten. Sie saugte gern sämtliche Informationen auf und ließ sie einen Moment sacken, bevor sie antwortete. Dieses Mal beschleunigte ein Glas kalifornischer Wein den Prozess. Ein Sangiovese vom Weingut Eberle. Victoria sagte immer, er schmecke nach Cherry-Cola und Himbeeren mit einem Hauch Lakritze. Steve fand, er schmeckte wie ein verdammt guter Chianti, aber er war schließlich kein Experte.

»Überleg mal, wie viele Verbindungen es zwischen Grisby und Sanders gibt«, sagte Steve und zählte auf. »Der Versicherungsanspruch von damals. Dann taucht kurz vor dem Überfall Sanders im Cetacean Park auf. Und schließlich erwartet Grisby ihn mit einer Knarre in der Hand. Jede Wette, dass ich auch eine Geldspur von Grisby zu Sanders zurückverfolgen, die Erpressung beweisen und das Motiv für den Mord liefern kann.«

»Was ist mit den beiden Typen von Hardcastle, denen aus dem Lincoln?«, fragte Victoria.

»Was soll mit ihnen sein?«

»Grisby hat auch die reingelegt, oder?«

»Mit Sicherheit. Sie dachten, Sanders hätte alles mit Grisby abgesprochen. Dass die Aktion wie ein Überfall der TBB aussehen sollte und sie im allgemeinen Chaos mit den Delfinen abhauen könnten.«

Victoria winkte dem Kellner, damit er ihr Wein nachschenkte. »Wenn Bobby herausgefunden hat, dass die Delfine im Park sein müssen, können die beiden dann nicht auch darauf kommen?«

Siebenunddreißig

Aus Liebe alles riskieren

Steve wusste es.

Im Haus brannte Licht, aber als er in die Einfahrt bog, wurde die dumpfe Vorahnung zur Gewissheit.

Während er zur Eingangstür ging, kam Victoria angefahren.

Steve schloss auf und rief nach Bobby. Keine Antwort.

Steve war längst sicher, dass niemand zu Hause war.

Auch dass Bobbys Fahrrad weg war, überraschte ihn nicht.

Er ging davon aus, dass Bobby unterwegs war. Zum Cetacean Park. Steve wusste nur nicht, wie viel Vorsprung der Junge hatte.

Der Wind blies Bobby ins Gesicht. Über die Brücke nach Key Biscayne zu radeln dauerte immer länger als der Rückweg zum Festland, weil der Wind vom Meer herkam. Heute Abend war es halb so schlimm. Die Brise fühlte sich so warm und feucht an wie ein Waschlappen.

Bobby hatte, direkt nachdem Victoria zu ihrem Treffen mit Onkel Steve aufgebrochen war, das Haus verlassen. Mittlerweile war es dunkel, und der Halbmond stand über der Bay. Bobby zerrte sein Fahrrad hinter ein paar struppige Kiefern am Rand des Parks.

Onkel Steve hatte ihn schon wieder hängen lassen. Vor zwei Stunden hatte Bobby ihm erzählt, dass Spunky und Misty wieder im Park sein mussten. Alles andere ergab keinen Sinn. Sein Onkel hatte versprochen, etwas zu unternehmen, hatte aber wenig später wieder angerufen und gesagt, dass FBI würde sich am Montag darum kümmern.

Montag!

Gerade jetzt, in diesem Moment, verlud Grisby die beiden Delfine vielleicht bereits in ein Transportbecken. So wie damals, als er sie von Kalifornien hergebracht hatte. Bobby hatte Aufnahmen von Undersea World im Internet gefunden. Spunky war in dem aufspritzenden Wasser nur schwer zu erkennen. Aber ein Bild von Misty ließ keinen Zweifel. Die kleine Scharte an der Schwanzflosse und ihr rosafarbener Bauch verrieten sie.

Bobby versuchte, sich vorzustellen, was womöglich gerade im Cetacean Park passierte. Die beiden Kerle von Hardcastle konnten dort sein. Stinksauer, weil man sie ausgetrickst hatte. Bereit, Grisby zu töten, die Delfine zu kidnappen, ins Navy-Hauptquartier nach San Diego zu verfrachten und dort Mörder aus ihnen zu machen.

Aus meinen besten Freunden.

Das hier war seine einzige Chance, sonst verschwanden die beiden vielleicht für immer. Sagte Onkel Steve nicht ständig, dass ein Mann tun müsse, was nötig sei – selbst wenn es mal gefährlich wurde? Besonderes wenn es um die ging, die man liebte?

Ich liebe Spunky und Misty, und ich bin ihre einzige Hoffnung.

Bobby arbeitete sich vor in Richtung Dock und lauschte auf das Plätschern des Wassers im Kanal. Keine Delfine. Er fragte sich, wann Onkel Steve und Victoria wohl nach Hause kämen. Die würden ganz schön sauer sein. Aber das war nicht seine Schuld. Onkel Steve hätte die Delfine retten oder sich zumindest mehr bemühen müssen. *Aber er ist ja so damit beschäftigt, die Unschuld seines däm-*

lichen Mandanten zu beweisen. Dabei hat er die Delfine ganz vergessen ... und mich auch.

»Die Familie steht an erster Stelle.« Das sagte Onkel Steve immer. Aber er war und blieb Anwalt, und Bobby hatte schon gemerkt, dass die Verpflichtungen gegenüber der Familie, die man liebte, manchmal hinter den Verpflichtungen gegenüber dem Dreckskerl, den man verteidigte, zurückstehen mussten.

Im Kanal spritzte Wasser auf, aber es war nur ein kleiner Fisch, der dort in die Höhe sprang und im Mondlicht schimmerte. Kein Spunky. Keine Misty.

Bobby folgte dem Kanal bis zum Hauptgebäude. Tagsüber war hier viel los. Es gab einen Souvenirstand, diverse Snack-Bars und auf einem riesigen Bildschirm liefen die ganze Zeit Delfinvideos. Der Kanal verjüngte sich hier und schlängelte sich am Gebäude vorbei landeinwärts, unter einem Dach aus Palmwedeln hindurch. Er endete an einem Überlauf, der zu der Wellblechhütte gehörte, die Mr Grisby als die »Krankenstation« bezeichnete.

Das Gebäude war knapp zehn Meter hoch. Sein Dach ruhte auf hölzernen Sparren. Zwischen Außenwand und Dach gab es zur Belüftung einen breiten Spalt. Durch diese Öffnung sah Bobby Licht schimmern, und er hörte Männerstimmen.

Er kletterte die Leiter hoch, die seitlich angebracht war. Auf halber Höhe erkannte er Mr Grisbys Stimme, verstand aber nicht, was er sagte. Dann ertönte ein schriller Pfiff. Bobby kannte das Geräusch. Mr Grisby trainierte seine Delfine immer mit einer Pfeife.

Die Leiter endete an einem metallenen Steg direkt unterhalb der Belüftungsöffnung. Wenn sich Bobby auf die Zehenspitzen stellte, konnte er in das Gebäude spähen.

Dort stand Mr Grisby auf einer Plattform, die kaum breiter war als ein Sprungbrett. Zwei Männer standen am Rand des Beckens. Ein kleinerer in Cowboystiefeln und schwarzem T-Shirt. Brutal aussehender Typ. Und ein größerer, nicht ganz so muskulöser, mit blondem Haar.

Mr Grisby pfiff. Spunky und Misty sprangen synchron, landeten und paddelten aufrecht auf ihren Schwanzflossen wie zwei Ballerinas.

»Und jetzt aufgepasst, Gentlemen. Sie werden beeindruckt sein.«

Grisby kniete sich hin und packte einen großen Nylonsack, der zu seinen Füßen lag. Er öffnete die Schnüre. Etwas rollte aus dem Sack heraus ins Wasser.

Ein Körper in einem grünbraunen Tarnanzug.

Achtunddreißig

Schritt für Schritt

»Verdammt!«

Steve schlug mit der Hand aufs Lenkrad. Vor ihnen auf der Brücke eine endlose Schlange Bremslichter. Auf allen Spuren. Vorn blockierten zwei Polizei- und ein Abschleppwagen die nach Osten gehende Spur. Ein Geländewagen stand quer auf der Fahrbahn, ein Segelboot war offenbar vom Anhänger gerutscht und lag schwer beschädigt auf der Straße.

»Und jetzt?«, fragte Victoria.

»Wir gehen. Oder rennen. Komm.«

Steve fuhr den Wagen so weit wie möglich an den Straßenrand und sie liefen los. Zuerst joggten sie. Sie hatten sich nach dem Essen noch rasch umgezogen. Victoria trug ihre Trainingskluft: Stretchhose, Laufschuhe, enges Top. Steve war in Khakishorts und einem alten Hurricanes-Trikot unterwegs.

Sobald sie von der Brücke herunter waren, konnten sie über die Picknickplätze abkürzen, die nur wenige Meter vom Wasser entfernt den Causeway säumten. Ihr Weg wurde von den unzähligen Scheinwerfern der Staufahrzeuge beleuchtet. Weiße Möwen suchten den Strand nach Krebsen ab.

»Das ist alles meine Schuld«, sagte Steve. Sie liefen nebeneinander her.

»Was denn?«

»Das mit Bobby. Ich war zu sehr mit mir selbst beschäftigt. Habe mich nicht genügend um ihn gekümmert.«

»Du bist ein wunderbarer Vater, Steve. Bobby vergöttert dich.«

»Ich war nicht konsequent genug. Anfangs wollte ich ihm nichts verweigern, weil er bei meiner durchgeknallten Schwester so viel durchgemacht hat. Dann hatte ich Angst, ich würde ihn zu sehr beglucken, also hielt ich mich zurück. Und jetzt weiß ich gar nicht mehr, was tun. Ich habe das Gefühl fürs richtige Maß verloren.«

»Vater zu sein ist eben ein dauernder Lernprozess. Und du machst das sehr gut.«

»Tatsächlich? Warum ist Bobby dann jetzt nicht zu Hause?« Steve warf einen Blick über die Bay in Richtung Cetacean Park. »Wenn ihm irgendetwas zustößt ...«

Seine Worte hingen in der feuchten Luft. Eine Weile liefen sie schweigend weiter.

Kurz nachdem sie von zu Hause weggefahren waren, hatte Steve FBI-Agentin Parsons auf ihrem Handy angerufen. Dieses Mal klang sie noch entnervter. »Ihr zwölfjähriger Neffe ist mit dem Fahrrad abgehauen, und Sie rufen das FBI an? Sonst noch was, Solomon?«

Dann hatte sie aufgelegt.

Als Nächstes hatte Steve die Nummer der Polizei von Miami gewählt und war zu einem der diensthabenden Beamten durchgestellt worden. Als deutlich wurde, dass Bobby nicht entführt und noch keine zwei Stunden weg war, verflüchtigte sich das Interesse des Sergeants merklich. Ganz nach Vorschrift riet er Steve, am nächsten Morgen wieder anzurufen, wenn der Junge bis dahin nicht wieder aufgetaucht sei.

»Weißt du, was mir als Erstes an dir gefallen hat?«, fragte Victoria, während sie sich dem havarierten Anhänger samt Segelboot näherten.

»Mein Moschus-After-Shave?«

»Deine Liebe zu Bobby. Die Risiken, die du eingegangen bist, um ihn zu retten. Wie unsagbar wichtig er dir ist. Trotz all deiner Macken bist du genau die Art Mann, den eine Frau sich als Vater ihrer Kinder wünscht.«

»Was für Macken?«

»Komm schon, Steve. Lass uns einen Zahn zulegen.«

Jetzt rannten sie, wobei Steve kürzere Schritte machte, um sich Victorias besser anzupassen. Sie bewegte sich geschmeidig. Die beiden liefen im selben Rhythmus, vollkommen synchron und ziemlich schnell.

Sie rannten an den Autos vorbei, die auf der »Knutschmeile« am Ufer parkten. Drinnen saßen Pärchen, die etwas tranken, sich küssten oder sich ineinander verknoteten. Ganz in der Nähe wühlte ein Obdachloser in einer Mülltonne. Er hatte einen dürren Hund bei sich.

Der Abschleppwagen stand immer noch mitten auf der Straße. Arbeiter bemühten sich, das Segelboot von der Fahrbahn zu schaffen.

Der Causeway beschrieb eine sanfte Rechtskurve, sodass sie den warmen Seewind aus Südost stärker spürten. Hinter ihnen hupten Autos. Aber der Verkehr stand. Knapp eine Meile vor ihnen konnten sie die Lichter des Cetacean Park erkennen.

Steve zeigte auf Victorias Handtasche. Schwarzes Leder, Dolce & Gabbana. »Stört die nicht beim Laufen?«

»Eine Frau lässt ihre Handtasche niemals im Auto zurück.«

»Soll ich sie tragen?«

»Kommt nicht infrage. Du hast keine Lizenz.«

Steve sah sie fragend an.

»Ja«, antwortete Victoria. »Ich habe die Waffe noch, die Pincher mir gegeben hat.«

Neununddreißig

Toter Dummy

Es war kein menschlicher Körper.

Es war eine Puppe. Ein Dummy, wie die Navy sie beim Trainieren von Rettungseinsätzen benutzte.

Bobby kletterte über die niedrige Brüstung in den Schuppen. An einen Sparren gequetscht, kauerte er im Schatten versteckt auf einem schmalen Querbalken.

Irgendwo tief unter ihm im Wasserbecken waren Spunky und Misty. Der Dummy trieb mit dem Gesicht nach oben im Wasser. Mr Grisby hielt zwei dünne Stöcke in der Hand. Der Mann in Cowboystiefeln und der größere Typ schauten zu, wie Mr Grisby die Stöcke dreimal gegeneinanderschlug. Nur eine Sekunde später kamen die Delfine aus dem Wasser geschossen. Spunky packte die Puppe am Fußgelenk und tauchte. Misty blieb oben und drehte Kreise, als würde sie Schmiere stehen.

Die Sekunden verstrichen. Eine Minute. Zwei Minuten. Wäre der Dummy ein Mann, würde er jetzt blau anlaufen. Nach drei Minuten pfiff Mr Grisby. Wieder durchstieß Spunky die Wasseroberfläche und schleuderte die Puppe auf die Plattform, wobei er die drei Männer nass spritzte.

Gute Methode, um einen Saboteur zu töten, dachte Bobby.

Oder Rich (den Mistkerl) Shactman.

Mr Grisby holte rohe Fischstücke aus einem Eimer und warf sie den Delfinen zu. Misty pustete mit ihrem Blasloch eine Wasserfontäne in die Luft und *klick-klackte* ein »Danke« – was aber nur Bobby verstand. Spunkys Reaktion klang weinerlich, sein »Danke« verriet, dass er noch hungrig war.

»Netter Partytrick«, sagte Cowboystiefel.

»Aber ich bin nicht sicher, ob das eine Million wert ist«, fügte der größere Kerl hinzu. »Wir können die Viecher ja auch selbst abrichten.«

»Ohne Sanders' Hilfe?«

Ihre Stimmen wurden übers Wasser getragen und hallten von den Blechwänden zurück.

»Kein Problem. Wir engagieren einen anderen Froschmann«, erklärte Cowboystiefel.

»In der Zentrale ist man wegen der Sanders-Geschichte nicht allzu gut auf Sie zu sprechen«, sagte der andere Kerl.

»Aber wenn ich's doch sage«, verteidigte sich Grisby, »Sanders hat fürs FBI gearbeitet. Er wollte mich festnehmen, deshalb musste ich ihn erschießen.«

»Blödsinn«, sagte Cowboystiefel.

»Wenn Sanders ein Spitzel gewesen wäre, dann säßen jetzt statt diesem Tierbefreiungs-Schwachkopf Sie hinter Gittern«, fügte der andere hinzu. »Und ich weiß nicht, warum wir plötzlich das Doppelte zahlen sollten. Wir haben ein Angebot aus der Dominikanischen Republik. Sechs Delfine, die schon auf B-Level trainiert sind.«

Grisby lachte. »Dann versuchen Sie mal, einen B-Level-Delfin dazu zu bringen, das hier zu tun.«

Er kickte die Puppe zurück ins Wasser und schlug die Hölzer gegeneinander, als würde er einen Marsch trommeln. Dieses *Rat-a-tat-tat* behielt er bei, bis sich Spunky und Misty jeweils ein Fußgelenk der Puppe schnappten. Dann schwammen die beiden in entgegengesetzte Richtungen los, wanden und drehten sich wie wild – bis die Puppe säuberlich in Stücke riss.

»Heiliger Strohsack«, murmelte Cowboystiefel.

Grisby grinste die beiden Männer an. »Hat jemand Lust auf ein Bad?«

Der größere Typ lachte nervös. »Wegen des Preises melden wir uns. Wir müssen erst mit der Zentrale reden.«

Grisby warf zwei Makrelenstücke zu den Delfinen, die auf ihren Schwanzflossen standen und mit den Flossen winkten, als würden sie sich selbst applaudieren.

Bobby zwängte sich zitternd tiefer in sein Versteck. Waren das wirklich seine besten Kumpel?

Was haben sie mit euch gemacht?

Die Delfine begannen zu springen. Wetteiferten, wer von ihnen höher kam. Spunky war größer und stärker, aber Misty hatte einen wendigeren Körper. Sie kamen den Dachsparren immer näher. Beim dritten Sprung flog Misty so hoch, dass sie Bobby geradewegs in die Augen schauen konnte. Einen Moment lang schien sie bewegungslos in der Luft zu hängen und stieß mit ihrem Blasloch ein *Tuuut* aus. Nicht die übliche Begrüßung. Bobby übersetzte den Laut in ein aufgeregtes und ängstliches *»Fremder«*.

Beide Delfine tauchten geschmeidig wieder in das Wasser tief unter ihm ein. Fünf Sekunden später schossen sie schon wieder auf ihn zu und kamen dieses Mal noch näher heran. Wie aus einem Munde fiepten sie: *»Fremder!«* Ihr Ton war beängstigend und das Wort umso mehr.

Haben sie euch einer Gehirnwäsche unterzogen? Aus mir einen Fremden gemacht?

Zurück im Wasser zogen die Delfine Kreise und bespritzten die Männer auf der Plattform.

Hört auf damit! Wollt ihr meine Deckung auffliegen lassen?

»Irgendetwas macht sie nervös.« Cowboystiefel spähte

nach oben zu den Sparren und schirmte die Augen mit der flachen Hand gegen die Deckenstrahler ab.

»Wahrscheinlich nur ein paar Fledermäuse«, erwiderte Grisby.

Bobby kniff die Augen ganz fest zu und gab sich der Illusion hin, wenn er die Männer nicht sah, würden sie ihn auch nicht sehen. Er versuchte, sich noch tiefer in die Nische zwischen zwei Sparren zu drücken. In dem Moment sprang Spunky abermals. Und zwar diesmal so hoch, dass er Bobby mit der Rückenflosse streifte. Bobby erschrak. Sein Fuß rutschte weg, er verlor den Halt und landete auf dem Hintern. Seine Beine baumelten rechts und links vom Balken herunter. Bobby war so fest auf seine empfindlichsten Teile geknallt, dass er vor Schmerz aufschrie.

»Was zum Teufel ist das?«, brüllte Cowboystiefel.

Die drei Männer starrten nach oben und blinzelten gegen das Licht an.

»Wer ist da oben?«, rief Grisby.

Bobby fühlte sich, als hätte ihn ein Pferd in die Hoden getreten. Der Schmerz nahm ihm fast die Sicht. Außerdem war ihm speiübel. Auf dem Hintern rutschend, arbeitete er sich langsam auf dem schmalen Kantholz zurück zur Wand.

Von unten hörte er ein beängstigendes *Klicketi-klack*. Das Durchladen einer Schrotflinte.

»Wer ist da oben? Letzte Chance, oder ich verpasse dir eine Ladung.«

Bobby wurde so schwindelig, dass er das Gleichgewicht verlor und zur Seite kippte. Wie ein Äffchen hing er kopfüber an dem Balken und klammerte sich mit den Beinen fest.

»Verdammt, wer ist das?« Der größere Mann zeigte in Richtung Decke.

Bobbys Schenkel schmerzten. Er versuchte, sich wieder nach oben zu schwingen, hatte aber nicht die Kraft dazu.

Er baumelte nach links.

Er baumelte nach rechts.

Dann verlor er den Halt. Das Gebäude schien sich einmal um die eigene Achse zu drehen.

Nur eine Sekunde später tauchte er ins Wasser ein und war überrascht, wie kalt es sich anfühlte und wie salzig es schmeckte. Da packte ihn etwas am Fußgelenk.

Vierzig

Delfinliebe

Spunky zog Bobby durchs Becken und wirbelte ihn herum. Sein T-Shirt riss, und die Shorts rutschten ihm bis auf die Knie. Spunky legte noch einen Zahn zu. Er drehte Bobby so schnell, dass er nicht mehr wusste, wo oben und unten war und ihm das Wasser in Nase und Ohren lief.

Wie ein menschlicher Kreisel an Chanukka.

Mr Grisby pfiff, und Spunky ließ los. Die Dachsparren weit oben über Bobbys Kopf drehten sich immer noch wie Holzpferdchen auf einem Karussell. Er verschluckte sich am Salzwasser, hustete – und übergab sich.

»Wer zum Teufel ist das?«, knurrte Cowboystiefel erneut.

»Robert Solomon«, antwortete Grisby. »Mit seinem Onkel hattet ihr schon das Vergnügen.«

»Mit dem Anwalt? Verdammt.«

»Wie viel hast du mitbekommen, Robert?«

»Nichts.« Bobby trat Wasser. »Gar nichts.«

»Er lügt«, sagte der größere Typ. »Hier drin hallt es wie in einem Fass.«

»So oder so«, überlegte Grisby laut. »Er hat die Delfine gesehen – und euch beide.«

»Ich habe meine Brille verloren. Ohne die bin ich völlig blind. Ehrlich, Mr Grisby.«

Bobby wusste, dass er bettelte. Er bettelte um sein Leben. Etwas Besseres fiel ihm einfach nicht ein.

»Was werden Sie jetzt tun, Grisby?«, fragte der große Typ.

Mr Grisby schnappte sich die beiden Stöcke. »Eine weitere Demonstration, die Ihre Bosse beeindrucken sollte. Damit beweise ich die durchschlagende Wirksamkeit meines Trainings.«

»Wie das?«

»Die Delfine kennen Robert. Sie mögen ihn. Aber gut dressierte Delfine gehorchen hundertprozentig. Sie haben keinen eigenen Willen mehr.«

»Wie ein Kampfroboter?«, fragte der große Typ.

»Aufgepasst. Die beiden werden mit dem Jungen dasselbe machen wie mit der Puppe.«

»Nein, Mr Grisby!« Bobby sah sich schon in zwei Teile zerfetzt, mit heraushängenden Gedärmen, die wie Würste im Wasser trieben.

Misty umkreiste Bobby. Ihre Flosse strich über seine Arme. Spunky produzierte mit seinem Blasloch Laute. Dieselben Töne wie vorhin. *»Fremder.«* Aber dieses Mal wies der Delfin mit seinem Schnabel zur Plattform. Er zeigte auf Mr Grisby. Bobby brauchte einen Moment, um die Botschaft zu verstehen. Offenbar hatte er sich vorhin geirrt.

Nicht ich bin der Fremde. Mr Grisby ist für die beiden ein Fremder geworden.

Sie wollen mich warnen.

Danke, aber dafür ist es leider zu spät.

Bobby pfiff auf zwei Fingern eine Tonfolge, die die Delfine verstanden: *»Ich liebe euch.«*

Mr Grisby begann, die Stöcke gegeneinanderzuschlagen. Das Zeichen für die Delfine, sich jeder einen Knöchel zu schnappen und ihr Opfer in Stücke zu reißen.

Keiner von beiden gehorchte. Stattdessen packte Misty mit den Zähnen Bobby an der Schulter, so behutsam, dass er nicht einmal einen Kratzer bekam. Sie hielt ihn an der Wasseroberfläche, damit er sich ausruhen konnte. Bobby musste endlich nicht mehr Wasser treten.

Wieder schlug Grisby die Stöcke gegeneinander, fester.

Misty hielt Bobby und wühlte mit ihrer Flosse das Wasser auf.

»Verdammt noch mal!«, fauchte Grisby. »Gehorcht gefälligst!« Er blies in seine Pfeife. Ein schrilles, durchdringendes Geräusch.

Spunky tauchte, während Misty oben blieb und Bobby stützte.

»Was zur Hölle ist los mit euch beiden?«, brüllte Grisby.

Bobby sah Misty an, hörte ihr *Klick-klick.* »Atme«, sagte sie zu ihm.

Sie wartet. Sie wartet darauf, dass ich tief Luft hole.

Bobby gehorchte. Er holte so tief Luft, wie er nur konnte. Und dann tauchte Misty und zog ihn bis zum Boden des mehr als vier Meter tiefen Beckens.

Bevor sie untertauchten, hörte Bobby noch, wie Grisby sie beschimpfte.

Spunky wartete bereits am Beckengrund und bearbeitete mit dem Schnabel den Metallriegel des Gittertors, das den Weg zum Zulauf versperrte. Der Riegel rührte sich nicht. Vielleicht war er festgerostet. Oder der Druck des Wassers war zu hoch. Obwohl er so stark war, schien Spunky aufgeschmissen.

Bobby ging allmählich die Luft aus. Er atmete einen Stoß aus, spürte, wie sich seine Lunge zusammenzog.

Spunky schwamm ein Stück zurück, nahm Anlauf und donnerte mit voller Wucht gegen das Gittertor, sodass sich der Riegel lockerte. Mit dem Schnabel schob er ihn weg und stieß das Tor auf.

Bobby wusste, dass er ertrinken würde.

Misty packte ihn noch fester an der Schulter. Sie zog ihn durch das Tor. Spunky folgte ihnen und stupste Bobby an den Füßen weiter. Die drei beschleunigten mit der Strömung und erreichten bald das Ende des Überlaufs, der in den Kanal mündete. Misty zog Bobby an die Wasseroberfläche. Er spürte die Nachtluft. Ein paar Mal schnappte er keuchend nach Luft und klammerte sich an Mistys Rückenflosse. Hinter ihnen hörte Bobby die schrillen Pfiffe von Grisbys Pfeife.

Knapp hundert Meter vom Kanal entfernt kam Steve unter einer Palme zum Stehen. Sie befanden sich am Rande des Parks. Steve stand vorgebeugt, die Hände in die Hüften gestemmt und keuchte. Victoria atmete ganz normal. Schwitzte sie überhaupt? Eine Stunde täglich auf dem Laufband und Tennis-Einzel unter der Sonne Floridas brachten anscheinend viel Ausdauer.

»Du bist ja nicht einmal außer Atem«, keuchte Steve entrüstet.

»Du musst lernen, deine Kräfte einzuteilen.«

»Wovon redest du?«

»Das Leben ist ein Marathon. Du darfst dich nicht zu früh verausgaben.«

Steve richtete sich auf und blickte sich um. Auf dem Kanal war alles ruhig. Der Halbmond schimmerte in der Dunkelheit, die Palmwedel bewegten sich sacht im warmen Wind. Steve schaute bis zur Biegung des Kanals, hinter der die Wellblechbaracke lag. Er sah Licht durch die Ritzen unterhalb des Daches schimmern.

»Irgendjemand ist da drin.« Er zeigte zu dem Gebäude.

Aber bevor sie auch nur zwei Schritte gemacht hatten, drang aus der Baracke ein schrilles Geräusch. Ein Pfeifen. Ein langer Ton, gefolgt von vielen kurzen.

Solomons Gesetze

§ 12 Das Leben mag ein Marathon sein, aber manchmal musst du sprinten, um ein Leben zu retten.

Einundvierzig

Knall den Anwalt ab

Bobby hörte die Pfiffe und Schreie hinter ihnen. Mr Grisby und die beiden Männer. Sie waren aus dem Gebäude hinaus und zum Dock gelaufen. Ein Motor heulte auf. Das Starten eines Jetskis.

Die Delfine legten einen Zahn zu, schwammen in Richtung Kanaltor, Spunky voran. Bobby ritt auf Misty.

Aber warum da hin?

Das Tor war bestimmt zu. Der Fluchtweg versperrt.

Hinter ihnen knallte ein Schuss. Grisby verfolgte sie mit dem Jetski und hatte in die Luft geballert. Bobby zuckte zusammen. Die Delfine schwammen unbeirrt weiter.

Als der Schuss durch den Park hallte, blieben Steve und Victoria wie erstarrt stehen.

»Was zum Teufel …?«

Sie hörten den Jetski röhren und rannten zur Uferböschung. Keine fünfzig Meter entfernt sahen sie Bobby auf dem Rücken eines Delfins vorbeisausen.

»Bobby!«

Aber der Junge konnte seinen Onkel nicht hören.

Knapp hinter ihm kauerte Grisby auf einem Jetski, ein Gewehr über die Schulter gehängt. Steve spurtete los. Er lief am Kanal entlang, so wie damals, als er Nash hinterhergejagt war. Aber dieses Mal lief er noch schneller. Seine Füße berührten kaum das verfilzte Unkraut, das den sandigen Boden bedeckte. Er fühlte sich stark und war zu allem entschlossen. Steve kannte die Entfernung zum Tor, kannte die Abkürzung und wusste genau, was er tun würde.

Er war schon einmal in den Kanal gesprungen, hatte Nash einen Purzelbaum ins Wasser schlagen lassen.

Genau das Gleiche würde er mit Grisby machen.

»Warte!«, schrie Victoria und lief ihm nach.

Aber Steve konnte nicht warten. *Sicher, Vic, das Leben ist ein Marathon. Aber manchmal musst du sprinten, um ein Leben zu retten.*

Misty sprang und tauchte wieder ins Wasser ein. Bobby umklammerte die ganze Zeit ihren Hals. Spunky schwamm vorneweg und wies ihnen den Weg.

Das Tor war vielleicht noch hundert Meter entfernt. Vom Kanal aus wirkte es unsagbar hoch. Es ragte etwa drei Meter über die Wasseroberfläche. Die Stacheldrahtrolle, die es zusätzlich sicherte, noch gar nicht mitgerechnet. Scheußlich.

Konnten die Delfine das Tor überspringen? Bobby wusste es nicht. Sie hatten es nie versucht. Wenn sie es nicht schafften, wurden sie von dem Stacheldraht in Fetzen gerissen – alle drei.

Die Delfine wurden langsamer. Sie würden nicht springen, sondern vor dem Tor anhalten. Durch ihr Blasloch formte Misty nur eine Silbe: *»Geh!«*

Bobby brauchte einen Moment, um zu verstehen. Misty wollte vor dem Tor anhalten, sodass sich Bobby auf ihren Rücken stellen konnte. Das Tor bestand aus Längsstangen mit jeweils einer Querverstrebung oben und unten. So dünn wie Bobby war, konnte er sich durchquetschen, durch die Bucht zum Causeway schwimmen und wäre frei. Spunky und Misty würden zurückbleiben. Sie opferten sich, um ihn zu retten.

Bobby klickte Misty ein *»Nein, nein, nein«* zu, gefolgt von *»Schneller!«*.

Das Röhren des Jetskis hinter ihnen wurde lauter.

Bobby tätschelte Mistys Flanke und pfiff einen Befehl: *»Wir springen!«*

Misty beschleunigte, schoss schnell wie ein Rennboot dahin und hinterließ sogar Schaumkronen.

Noch fünfzig Meter bis zum Tor.

Der Jetski hüpfte im Kielwasser der Delfine. Grisby griff nach der Flinte.

Steve rannte mit Volldampf den Kanal entlang.

Er sah, wie sich Bobby an den Delfin klammerte, wie die drei auf das Tor zuhielten.

Und er erkannte Grisby, der ihnen immer näher kam und das Gewehr von der Schulter riss.

Bobby rieb Misty am Blasloch und schrie: »Spring! Spring, Misty! Spring!«

Der Delfin sprang – mit Bobby, der an seiner Rückenflosse hing wie ein Cowboy auf einem bockenden Pferd.

Grisby legte an. Er zielte auf Bobbys Rücken.

Steve erreichte die Böschung und sprang ebenfalls – direkt auf Grisby zu.

Grisby nahm die Bewegung wahr und riss das Gewehr herum, als wolle er ein Moorhuhn vom Himmel holen. Aber bevor er abdrücken konnte, schoss Spunky aus dem Wasser heraus und schlug Grisby mit seiner mächtigen Schwanzflosse mitten ins Gesicht. Grisbys Kopf flog mit einem hörbaren Knacken nach hinten. Er kippte vom Jetski. Steve landete mit einem uneleganten Bauchplatscher im Wasser. Neben ihm trieb Grisby auf dem Rücken, die Augen starr geöffnet, aber mit ausdruckslosem Gesicht.

Misty flog förmlich über das Tor, mit einem gehörigen Abstand zum Stacheldraht. Bobby machte einen Satz über Mistys Rückenflosse hinweg und fiel kopfüber ins Wasser. Spunky sprang kurz nach den beiden und folgte ihnen in die offene Bay.

»Komm sofort zurück, Kleiner!«

Das war Cowboystiefel, der auf der Böschung stand und eine Pistole in die Dunkelheit über der Bay richtete. Der größere Typ stand neben ihm. Sie waren mit einem Golfwagen den Weg entlang zum Tor gefahren.

»Schwimm weiter, Bobby!«, schrie Steve und trat Wasser im Kanal.

»Knall den Anwalt ab«, befahl der größere Kerl.

Cowboystiefel feuerte zweimal in Steves Richtung. »Schaff diese Viecher wieder her, Junge, oder ich erschieße deinen Onkel!«

»Lassen Sie die Waffe fallen«, befahl eine weibliche Stimme, »oder ich puste Ihnen ein Loch in Ihren hirnlosen Schädel.«

Cowboystiefel rührte sich nicht. Die Waffe behielt er in der Hand.

»Sie macht es wirklich«, sagte Steve wassertretend. »Sie hat schon viele Knallköpfe erschossen.«

Cowboystiefel schien zu überlegen.

Victoria spannte den Abzug ihrer staatseigenen .38er. Ein bedrohliches *Klick*.

Cowboystiefel ließ seine Pistole fallen.

»Langsam umdrehen, alle beide«, befahl Victoria.

Die Männer folgten ihrer Aufforderung. Aber plötzlich

griff der größere Typ hinter sich und zog etwas aus dem Hosenbund.

Eine zweite Waffe.

Victoria schoss.

Die Kugel zischte dicht am Kopf des Kerls vorbei. Er ließ den Revolver fallen und anscheinend noch etwas, denn es roch plötzlich verdächtig danach, als hätte er die Hosen voll.

Über ihnen dröhnte ein Rotor. Ein Hubschrauber setzte zur Landung an und ein starker Suchscheinwerfer erhellte den Kanal und die Böschung. In der offenen Tür kauerte ein Scharfschütze, das Gewehr mit Zielfernrohr im Anschlag. Neben ihm brüllte FBI-Agentin Constance Parsons in ein Megafon: »Keine Bewegung! Das gilt für alle!«

Zweiundvierzig

Tatort

Es dauerte Stunden. Dutzende von Polizisten, Ermittlungsbeamten und FBI-Agenten waren vor Ort und alle hatten Fragen.

Sogar Cops aus Key Biscayne tauchten auf und erwiesen sich als sehr hilfreich dabei, den Verkehr auf dem Causeway zu regeln.

Überall Einsatzwagen, blinkende Blaulichter, rauschende Funkgeräte. Polizeifotografen, die Jungs und Mädels von der Spurensicherung und ein Kamerateam von *Channel 4*. Vom *Miami Herald* war niemand da. Die Zeitung hatte so viele Leute entlassen, dass jetzt für eine Schlagzeile schon ein dreifacher Mord oder Fidel Castros Gallenblase nötig waren.

Drei Krankenwagen fuhren zum Park, gebraucht wurde aber nur einer. Wade Grisby wurde auf eine Bahre geschnallt, sein Hals mit einer Manschette fixiert. Der Krankenwagen brachte ihn zum Jackson Memorial, und Steve schnappte auf, dass von »gebrochener Wirbelsäule« und »Querschnittslähmung« die Rede war.

Bobby weigerte sich, aus dem Wasser zu kommen, bis ein Polizist mit einem Gummiboot zum Tor paddelte und mit einem Stemmeisen das Schloss aufbrach. Der Polizist öffnete das Tor, und Bobby klick-klackte Spunky und Misty etwas zu, woraufhin die beiden zurück in den Kanal schwammen. Hinter ihnen schloss der Polizist das Tor wieder.

Ray Pincher nahm Victoria die Waffe ab und sagte, dass

in dem halben Jahrhundert, in dem Staatsanwälten Waffen ausgehändigt wurden, noch nie einer von ihnen auf einen Verdächtigen geschossen hätte. Victoria fragte ihn, ob sie etwas falsch gemacht habe. Nein, beruhigte er sie. Trotzdem nahm er die Waffe an sich. Die Anklage gegen Nash würde fallen gelassen werden und ihre Pflichten endeten offiziell am Montagnachmittag um fünf Uhr.

Die beiden Kerle entpuppten sich als Larry Vollman, der dringend frische Unterhosen brauchte, und Richard Zinn, Mr Cowboystiefel. Sie gehörten zu Wellfleet Investigations, einer Sicherheitsfirma, die ein entfernter Verwandter von Hardcastle Energy Services war. Nach drei Tassen Kaffee und unter dem erbarmungslosen Strahl einer Taschenlampe mitten ins Gesicht quasselten die beiden eine ganze Stunde lang.

»Wir haben nichts Strafbares getan.«

»Sanders sagte uns, es wäre vereinbart, dass wir Grisby die Delfine abkaufen.«

»Es sollte aussehen wie ein Überfall dieser Tierrechtler, aber das ging uns nichts an.«

»Wir führen nur die Befehle von Hardcastle aus.«

»Sicher verraten wir Ihnen den Namen unseres Bosses – und alles, was Sie sonst noch wissen wollen.«

Sanitäter wickelten Bobby und Steve in Decken, überprüften ihre Vitalfunktionen und erklärten sie für unverletzt. Bobby redete wie ein Wasserfall auf Agent Parsons ein und wollte wissen, was jetzt mit Spunky und Misty passieren würde. Sie versprach, sich darum zu kümmern.

»Das reicht mir nicht«, sagte Steve.

»Wie bitte?« Agent Parsons' Ton klang alles andere als bittend.

»Sie sind zu beschäftigt und werden nie dazu kommen.«

»Vielleicht nicht heute, aber –«

»Die Delfine müssen gefüttert werden. Jemand muss sich um sie kümmern. Wir kennen auf Key Largo eine tolle Anlage. Kranke Kinder können dort mit Delfinen schwimmen. Ich könnte die Betreiber in zwölf Stunden herschaffen.«

»Wozu brauchen Sie dann mich?«

»Ich will einfach nicht, dass irgendein U.S. Marshal sich querstellt und behauptet, die Delfine seien Beweismittel oder Staatseigentum. Wer weiß, welchen bürokratischen Mist die sich einfallen lassen.«

»Ich regle die Sache noch heute Morgen. Genügt das?«

»Abgemacht.«

Bei Tagesanbruch kam ein Imbisswagen. Einer dieser rollenden Kioske, die auch Baustellen versorgten. Sandwiches, Pommes und Limonaden wurden herumgereicht.

Steves Handy war mit Wasser vollgelaufen, also borgte er sich Victorias. Und mit Pinchers Unterstützung drang er sogar bis zu seinem Mandanten im Knast vor.

»Dein Anwalt will dich sprechen, aber vorher muss ich mich noch entschuldigen«, sagte Pincher, als Nash an der Strippe war. »Das mit der Mordanklage tut mir leid. Trotzdem bist du ein Volltrottel und dein alter Herr auch.«

Anscheinend wurde die Entschuldigung angenommen, denn Pincher knackte mit den Knöcheln und reichte Steve das Telefon.

»Ich habe erfreuliche Nachrichten, Gerald«, sagte er. »In ein paar Stunden sind Sie wieder frei. Ich wünsche Ihnen alles Gute.«

»Danke, Mann. Sie waren großartig.«

»Normalerweise würde ich rüberkommen und Ihnen bei

dem Papierkram helfen, aber ich habe einen wichtigen Termin. Wenn Sie also einverstanden sind ...«

»Das ist absolut okay, Solomon.«

»Haben Sie schon irgendwelche Pläne, Gerald?«

»Ich will so schnell wie möglich nach Dänemark.«

»Dänemark?«

»Dort stehen die meisten Nerzfarmen der ganzen Welt. Es gibt also jede Menge zu tun.«

»Passen Sie auf sich auf, Gerald.«

»Sagen Sie, ist Passion bei Ihnen?«

»Agent Parsons? Ja, aber sie ist im Augenblick ziemlich beschäftigt.«

»Sagen Sie ihr bitte, dass ich ihr nichts nachtrage. Falls sie Lust hat, mit nach Dänemark zu kommen ...«

Steve verabschiedete sich und sah noch mal nach Bobby, der mit jedem Cop plauderte, der auch nur einen Anflug von Interesse zeigte. Victoria schlang die Arme um Steve und flüsterte: »Dieses Mal lagst du richtig, Süßer.«

»Das mit Grisby war reine Vermutung. Seine Geschichte klang irgendwie fischig. Ich bin nur froh, dass wir Bobbys Kumpel gerettet haben.«

»Und wie ist es, vor Gericht gegen mich anzutreten? Es schien dir zu gefallen.«

»Es hat mich richtig heiß gemacht. Apropos – ist dir eigentlich klar, wie lange es her ist, seit wir ...?«

»Nach Bobbys Spiel heute, okay?«

»Das Spiel! Grundgütiger, wie viel Uhr ist es?«

Bevor Victoria antworten konnte, entdeckte Steve Constance Parsons mitten in einem Pulk von FBI-Leuten. »Agent Parsons! Wir haben einen Notfall.«

»Was ist denn jetzt schon wieder los?«, fragte sie.

»Ihr Hubschrauber – wir brauchen ihn.«

Dreiundvierzig

Zusammenspielen

Es gibt viele Wege, um zu einem Sonntagsschulliga-Baseballspiel in den Sunniland Park in Kendall zu gelangen. Am besten fährt man über den Dixie Highway. Mit der Metrorail-Bahn geht es auch, vorausgesetzt, man nimmt für das letzte Wegstück ein Fahrrad mit.

Aber heute reisten Bobby, Steve und Victoria mit einem FBI-Hubschrauber an. Er flog sie von Key Biscayne über die Bay nach Coconut Grove. Bobby betrachtete schweigend das ruhige türkisfarbene Wasser in der Morgensonne. Er wirkte abwesend und ganz sicher nicht so, als würde er gerade an Baseball denken.

»Es wird ihnen gutgehen, Kiddo«, versicherte Steve.

»Ich weiß.«

»Wir werden oft nach Key Largo fahren. Und wenn die Kinder aus dem Krankenhaus dorthin kommen, stellst du ihnen Spunky und Misty vor.«

»Kann ich den Kindern Delfinesisch beibringen?«

»Ganz bestimmt.«

Das Wasser unter ihnen war seicht und klar, braunes Seegras wiegte sich unter der Oberfläche.

»Tut mir leid wegen allem, was passiert ist, Onkel Steve.«

»Was meinst du denn?«

Bobby zuckte die Achseln. Der Hubschrauber überflog die Küstenlinie von Coconut Grove und folgte dann dem mit Feigenbäumen gesäumten Main Highway.

»Du weißt schon. All die gemeinen Sachen, die ich zu

dir gesagt habe, von wegen Spunky und Misty wären dir egal.«

»Schon vergessen, Kiddo. Du warst traurig und wütend.«

»Ja, klar. Aber trotzdem. Das war total ...« Bobby schwieg. Er suchte nach dem passenden Wort. »Unreif von mir.«

»Du bist ein Solomon. Es wird von dir erwartet, dass du dich von Zeit zu Zeit kindisch aufführst. Und, bist du jetzt bereit, den Werferhügel zu erklimmen?«

»In einem richtigen Spiel wird mich Coach Kreindler nie werfen lassen.«

»Abwarten.«

Der Hubschrauber landete im Park am Morningside Drive. Dort wartete ein Streifenwagen, um Bobby die paar Blocks zur Kumquat zu fahren. Zu Hause zog er rasch sein Beth-Am-Trikot an, schnappte sich seinen Handschuh und die Baseballschuhe mit Spikes, und dann brachten die Cops ihn zurück zum Hubschrauber. Sie hoben wieder ab, und nur acht Minuten später landete der Helikopter mit dem FBI-Logo auf dem Outfield, wo die Bobcats und Bashers gerade das Aufwärmen beendeten.

Das nenne ich einen Auftritt, dachte Steve.

Er, Bobby und Victoria sprangen aus dem Hubschrauber.

»Geh deinen Wurfarm aufwärmen«, sagte Steve zu Bobby, der sofort zu seinen Teamkameraden lief.

Coach Ira Kreindler kam aus seinem Unterstand gewatschelt und wedelte mit den Armen.

»Was soll das?« Kreindler kam keuchend neben der zweiten Base zum Stehen.

»Wir bringen Ihnen Ihren Spieleröffnungs-Pitcher.« Steve gab dem Piloten mit beiden Daumen das Okay-Zeichen, und der FBI-Hubschrauber hob ab.

Die Rotoren verursachten so viel Wind, dass Kreindler seine Yarmulke festhalten musste. »Vergessen Sie's, Solomon. Ich habe heute schon genug Probleme.«

Er drückte Steve die Mannschaftsaufstellungen in die Hand. Als Spieleröffnungs-Schlagmann der First Baptist Bashers war »R. Shactman« eingetragen.

»Richie spielt bei den Bashers?«, fragte Steve. »Wie das?«

»Dieser verzogene *momzer* hat das Team gewechselt. Er meint, die Scouts von Gulliver und Ransom würden ihn in einem besseren Team öfter spielen sehen.«

»Angeber«, sagte Steve verächtlich.

»Dass Robert wirft, können Sie also getrost vergessen. Der Ball von ihm, den Shactman beim Training geschlagen hat, ist bis jetzt noch nicht wieder runtergekommen. Außerdem hat Robert das Aufwärmen verpasst, und Sie kennen meine Regeln. Wer zu spät kommt, spielt nicht mit.«

Victoria mischte sich auf ihre gewohnt höfliche Weise ein. »Mr Kreindler, könnten Sie nicht eine Ausnahme machen? Bobby hat eine unglaublich harte Nacht hinter sich.«

»Ja, Kreindler«, fiel Steve mit ein. »Während Sie Leber klein hackten, hat er einen Mörder überführt, zwei Verbrecher zur Strecke gebracht und zwei bedrohte Delfine gerettet.«

Kreindler sah ihn so ungläubig an, dass Steve ihn am liebsten an der Gurgel gepackt hätte. »Kann ja sein, aber Regeln sind Regeln.«

»So wie die Koscher-Regeln?«, fragte Victoria. »Wie heißen die noch gleich?«

»*Kaschrut*, Ms. Lord. Ist zufällig mein Geschäft. Kreindler's koschere Fleischprodukte.«

»Und mein Geschäft ist es, für die Einhaltung der Gesetze zu sorgen – zumindest bis ich morgen meine Marke zurückgebe. Ist Ihnen klar, dass der Verkauf von fälschlich als koscher deklariertem Fleisch Betrug am Kunden ist?«

»Wie können Sie es wagen!«

»Nur ein Wort von mir, und das Büro des Staatsanwalts leitet eine Untersuchung ein.«

»Das ist lächerlich. Ich habe in meinem ganzen Leben nicht ein Milligramm *trayf* verkauft.«

»Das wird die Untersuchung ja dann bestätigen – in zwei oder drei Monaten.«

Steve lachte. »Das bedeutet jede Menge vergammelter Rinderbrüste.«

»Ms. Lord, das hätte ich nie von Ihnen gedacht.«

»Ich auch nicht«, sagte Steve. »Vic, du bist fantastisch. Du bist unbezahlbar. Du bist ...«

»Eine Erpresserin!« Kreindler schäumte vor Wut.

»Lassen Sie Bobby nur zwei Innings lang werfen«, schlug sie vor.

»Öfter darf sowieso kein Pitcher ran! Ligaregeln.«

»Gut. Also abgemacht. Und morgen werde ich wohl so beschäftigt sein, dass ich kaum dazu komme, irgendeine Untersuchung in die Wege zu leiten.«

Kreindlers Gesicht nahm die Farbe von Borschtsch an. »Sie haben vielleicht *chuzpe*, Lady.« Er seufzte so tief, dass seine Kehllappen wabbelten.

Bobby machte ein paar Aufwärmwürfe. Rich Shactman, der Verräter, beobachtete ihn aus der Ferne.

Konzentrier dich, ermahnte sich Bobby. Halt den Ball unter Kontrolle. Denk an alles, was Onkel Steve dir gesagt hat.

»Stell dir einen Kreis vor, in den du den Ball werfen willst, und mal alles andere schwarz. Du wirst den Schlagmann nicht mehr sehen. Du siehst nur noch diesen Kreis.«

Rich Shactman marschierte in die Batter's Box und machte sich so breit wie möglich. Bobby sollte es ja nicht wagen, einen harten Ball zu werfen. Shactman zeigte mit dem Schläger auf den Werferhügel und kniff ein Auge zu, als ziele er mit einem Gewehr. »Ich knall die Kugel direkt zu dir zurück, Buchstabenjunge.«

Bobby wandte sich zur Tribüne um, wo Steve und Victoria so dicht beieinander saßen, dass sich ihre Schultern berührten. Bobby nickte als Zeichen, dass alles in Ordnung war. Er würde sich nicht in die Hose pinkeln, nur weil Rich »der Mistkerl« Shactman meinte, ihn mit einem Louisville-Schläger abschießen zu können.

Hinter der Plate gab der Fänger Miguel Juarez das Zeichen für einen Fastball nach innen. Bobby konzentrierte sich, zog den Kreis direkt unter Shactmans Händen und versuchte, sich den Idioten wegzudenken.

Bobby holte aus, riss ein Bein hoch und zog den Arm durch. Ein knallharter Fastball, der mit einem so satten Aufprall mitten in Miguels Fanghandschuh landete, dass es über den ganzen Platz zu hören war. Shagman stolperte zurück, fassungslos über die Geschwindigkeit des Balls.

»Ball Nummer eins!«, rief der Schiedsrichter.

»Wenn du mich triffst, breche ich dir alle Knochen!«, geiferte Shactman.

Bobby zuckte mit den Schultern, als würde ihn das nicht sonderlich beunruhigen.

Miguel ging in Hockstellung und zeigte zwei Finger – Curveball. Coach Kreindler wollte nicht, dass die Jungs angeschnittene Bälle warfen – aber er konnte es kaum verhindern.

Bobby hielt den Ball mit Zeige- und Mittelfinger und drehte das Handgelenk in dem Moment, in dem er den Ball losließ. Der Ball schien nach innen zu fliegen. Shactman machte einen Schritt zurück und ging leicht in die Knie. Aber dieses Mal flog der Ball über die Plate.

»Strike Nummer eins!«, rief der Schiedsrichter.

Shactman wirkte verlegen. Er hatte ausgesehen, als wiche er wie eine Memme vor dem Ball zurück.

Bobby machte schnell weiter. Noch ein Fastball. Mitten über die Plate. Als Shactman gerade ausholte, war der Ball bereits mit einem *Plopp* in Miguels Handschuh gelandet.

»Strike Nummer zwei!«

Shactman wirkte verwirrt. Er ging tiefer in den Schlagkäfig hinein, bohrte seinen hinteren Fuß fest in den Dreck. Miguel gab das Zeichen zum Curveball über die äußere Ecke. Bobby schüttelte den Kopf. Er wollte ein Kräftemessen. Fastball gegen Power-Hitter. Mann gegen Mann. Er fürchtete sich nicht.

»Direkt auf *dich,* Shactman!«, rief Bobby.

»Hä?« Shactman starrte ihn an.

»Fastball mitten ins Rohr.«

Seinen Wurf diesem Idioten auch noch vorher anzukündigen, war eine Kampfansage an dessen Männlichkeit.

Bobby schob zwei Finger über die Nähte und den Daumen unter den Ball. Er holte aus, hob beide Ellbogen schulterhoch, stellte einen Fuß zurück, drehte sich in der Hüfte und zog durch.

Ein Geschoss, hüfthoch, mitten über die Plate.

Shactmans Schlag war hart, kam aber zu spät und

brachte ihn aus dem Gleichgewicht. Mit verhedderten Beinen landete er auf dem Hintern.

Miguel schrie: »Autsch!«, als der Ball in seinen Fanghandschuh knallte.

»Strike Nummer drei!« Der Schiedsrichter knallte die Faust in die offene Hand. »Du bist raus.«

Shactman rappelte sich hoch, klopfte sich den Staub von der Hose und marschierte zur Spielerbank, ohne Bobby eines Blickes zu würdigen.

Bobby schnappte sich den Magnesiabeutel, drückte ihn und warf ihn zurück auf den Boden. Er zog seine Shorts hoch, fasste sich in den Schritt und spuckte auf den Boden. Er wünschte, er hätte einen Kanten Kautabak – oder wenigstens einen fetten Kaugummi.

Ich bin ein Pitcher. Ein richtiger Pitcher.

Er drehte sich zu Onkel Steve und Victoria um und zwinkerte ihnen zu. Die beiden lächelten zurück und taten zum Glück nichts Peinliches wie aufzuspringen oder laut zu kreischen. Bobby überlegte kurz, ob sie wohl nach dem Spiel alle zusammen ins Whip 'N Dip gehen und sich ein Pfefferminz-Schokoladensplitter-Eis gönnen würden. Der zweite Schlagmann ging nervös Richtung Plate. Bobby sah Miguel an und wartete auf dessen Zeichen.

Auf der Tribüne hielten Steve und Victoria Händchen.

»Ist da etwa eine Träne in deinem Augenwinkel?«, fragte Victoria.

»Das kommt vom Wind.«

»Wir haben 26 Grad im Schatten, und es ist so schwül, dass du die Luft auswringen kannst. Kein Windhauch weit und breit.«

Steve hatte sich zwingen müssen, ruhig zu bleiben, als

Bobby Rich Shactman ausspielte. Er hatte Bobby geraten, immer cool zu bleiben, und versuchte jetzt, seinen eigenen Rat zu befolgen.

»Wenn du jemanden ausspielst, bleib ganz cool, Kiddo. Tu so, als hättest du das schon oft getan. Als würdest du diesen Gegner jedes Mal besiegen, wenn du ihn vor dir hast.«

Steve hatte Mühe, seine Gefühle unter Kontrolle zu halten. Er dachte an den langen Weg, den Bobby hinter sich hatte. Der eingeschüchterte, abgemagerte Junge aus dem Hundekäfig hatte seine Ängste überwunden. Jetzt stand er auf dem Spielfeld, selbstsicher und entschlossen. Verdammt, er war dabei, der Star seiner Mannschaft zu werden. Die anderen Jungs seines Teams klatschten begeistert ab. Nach dcm Spiel würde es Limonade und Pizza für alle geben. Steve biss sich fest auf die Unterlippe, weil er hoffte, der Schmerz würde verhindern, dass er anfing zu heulen.

»Du wusstest, dass Bobby es schafft, nicht wahr?«, fragte Victoria.

»Ich wusste, dass er das Zeug dazu hat. Er brauchte nur ein bisschen Anleitung.«

Victoria streichelte Steve den Nacken. »Du bist ein wunderbarer Lehrer.«

»Bobby lernt schnell. Du übrigens auch.«

»Ich?«

»Die Art, wie du Kreindler geblufft hast. Du klaust mir meine Strategie.«

»Tue ich das?«

»Das ist ein Kompliment. Du hast gelernt zu improvisieren, aus der Hüfte zu schießen.«

Bobby hatte mittlerweile dem zweiten Schlagmann einen Ball und zwei Strikes verpasst.

»Ich habe nicht aus der Hüfte geschossen«, korrigierte Victoria.

»Was?«

»Verstöße gegen die Vorschriften beim Handel mit koscherem Essen findest du wie alle Vergehen in den Akten der Miami Beach City Hall. Kreindler wurde vor sechs Jahren vorgeladen. Es hatte irgendwas damit zu tun, dass er das Fleisch nicht richtig ausbluten ließ. Oder so ähnlich.«

»Du hast Nachforschungen über ihn angestellt?«

Victoria schenkte Steve die Andeutung eines Lächelns.

»Das hätte ich eigentlich wissen müssen«, sagte Steve.

»Bist du jetzt enttäuscht? Dass ich doch nicht so spontan bin wie du?«

»Überhaupt nicht. Es ist sogar besser, dass wir so unterschiedlich sind. Genau das macht uns zu einem unschlagbaren Team.«

Victoria beugte sich vor und küsste ihn.

Sie sahen zu, wie Bobby einen knallharten Fastball in Strike Nummer drei verwandelte. Victoria applaudierte, ebenso wie viele andere auf der Tribüne.

»Großartig, was für einen guten Draht du zu Bobby hast«, sagte Steve.

»Ich liebe ihn. Das weißt du doch.«

»Du wirst eine großartige Mutter sein.«

»Wann?«

»Wann was?«

»Wann werde ich eine großartige Mutter sein?«

»Wenn du verheiratet bist.«

»Wenn *ich* verheiratet bin?«

»Du weißt schon, was ich meine. Wenn wir ...« Steve stotterte verlegen herum und suchte nach Worten. »Komm schon, Vic. Wenn die Zeit dafür reif ist und wir bereit dazu sind, dann natürlich, sollten wir, du weißt ...«

»Nein. Sag's mir.«

»Oh, bitte!«

»Sprich es einfach aus.«

»Eines Tages sollten wir ...«

Steve schien das Wort einfach nicht über die Lippen zu bringen.

»Heiraten?«, half sie ihm aus.

»Was soll das? Willst du mich dazu bringen, ganz offiziell um deine Hand anzuhalten? Damit das auch in der City Hall zu den Akten kommt, so wie Verstöße gegen Koscher-Regeln?«

»Es muss gar nicht so offiziell sein. Nichts Schriftliches, und du musst auch nicht meine Mutter um Erlaubnis bitten. Ein schlichtes ›Willst du mich heiraten, Vic?‹ würde genügen.«

Kreindler hatte Recht. Victoria verfügte über massenhaft *chuzpe*. Auch wenn es Episkopale vielleicht anders nannten. Mut vielleicht. Oder Cleverness. Sie konnte eine Jury dazu bringen, ihrem Mandanten eine Million Dollar zuzusprechen – oder ihren Partner veranlassen, die nächste Phase ihrer Beziehung einzuläuten. Alles ohne mit der Wimper zu zucken oder rot zu werden.

Steve musste schnell antworten. Jede Verzögerung würde als Unentschlossenheit interpretiert werden. Dabei hätte er in diesem Moment gern den Schiedsrichter angebrüllt, der einen Ball »Aus« gegeben hatte, der kniehoch drin gewesen war.

Früher, v. V., vor Victoria, hatte Steve unter einer Bindungsphobie gelitten. Aber das hatte sich geändert. Nicht nur, dass er Victoria sehr liebte, er betrachtete sich auch als den glücklichsten Rechtsverdreher auf Erden, weil sie diese Liebe erwiderte. Im Kopf konnte er es ganz leicht sagen: *»Sicher, Vic, ich möchte mein Leben mit dir verbringen, mit dir Kinder haben, spektakuläre Prozesse mit dir gewinnen.«*

Was war so schlimm daran, es laut auszusprechen?

Nichts.

Sehnte sie sich nicht nach denselben Dingen wie er? Und wäre es nicht wunderbar, sie das sagen zu hören?

»Willst du mich heiraten, Vic?«

Sie schenkte ihm ein süßes Lächeln. »Ich denk drüber nach.«

Solomons Gesetze

§ 1 Vermeide es, einen Cop zu ärgern, es sei denn, du hast einen verdammt guten Grund … oder einen verdammt guten Anwalt.

§ 2 Am schnellsten ergatterst du einen Fall, wenn du Desinteresse heuchelst.

§ 3 Beim Streit mit einer Frau, die stark, intelligent und geradeheraus ist, solltest du auf Tricks, List und Tücke zurückgreifen.

§ 4 Der Job einer Staatsanwältin besteht darin, eine Mauer um ihren Fall zu bauen. Aufgabe des Verteidigers ist es, diese einzureißen – oder das verdammte Ding wenigstens mit Graffiti zu besprühen.

§ 5 Hör auf Busfahrer, Gerichtsdiener und zwölfjährige Jungs. Sie wissen oft mehr als du.

§ 6 Wenn eine Aussage perfekt ist, es keinerlei Widersprüche gibt und sämtliche Schlaglöcher säuberlich ausgebessert sind – dann lügt der Zeuge.

§ 7 Ein Hai, der nicht zubeißen kann, ist kaum gefährlicher als eine Meerjungfrau.

§ 8 Wenn die Frau, die du liebst, sauer auf dich ist, dann lass ihr Zeit, gib ihr Freiraum und reichlich Wein.

§ 9 Gib dich zuversichtlich, aber nicht großspurig. Lächle! Aber niemals fies. Und ganz egal, wie schlecht es für deinen Mandanten aussehen mag, zeig den Geschworenen nie, dass du Angst hast.

§ 10 Schlafe nie mit einem Gerichtsmediziner – es sei denn, du bist tot.

§ 11 Wenn du einem geliebten Menschen gegenüber ein Versprechen nicht halten kannst, dann wirst du den geliebten Menschen wahrscheinlich auch nicht halten können.

§ 12 Das Leben mag ein Marathon sein, aber manchmal musst du sprinten, um ein Leben zu retten.